U0085772

滄海叢刊

蘇忍尼辛選集

劉安雲譯

1988

東大圖書公司印行

© 蘇忍尼辛選集

譯者 劉安雲
發行人 劉仲文
出版者 東大圖書股份有限公司
總經銷 三民書局股份有限公司
印刷所 東大圖書股份有限公司
地址／臺北市重慶南路一段六十一號二樓
郵撥／〇一〇七一七五一〇號
初版 中華民國六十五年九月
再版 中華民國七十七年一月
編號 E 88013
基本定價 貳元貳角貳分
行政院新聞局登記證局版臺業字第〇一九七號

蘇忍尼辛選集
編號 E 88013
東大圖書公司

蘇忍尼辛選集 目錄

散文詩

導言：蘇忍尼辛的短篇小說與散文詩

劉述先

蘇忍尼辛（Alexander Isaiyevich Solzhenitsyn），一九七〇年諾貝爾文學獎金的得主，無疑是當代最偉大的文學家之一。他的一生也正象徵了一個生活在極權統制下的作家的苦難遭遇和堅強鬪志。

蘇忍尼辛生於一九一八年十二月十一日。他在大學裏學的是數學和物理，由於成績優異，曾經獲得極爲難得的史太林獎學金。但他很早就有文學創作的興趣，唸大學時曾經利用閒暇參加函授學校。一九四〇年和同學娜塔里亞・蕾希托夫絲卡亞（Natalya Alekseyevna Reshetovskaya）結婚，一九四一年大學畢業，擔任過很短時間的中學物理教師，就被徵召入伍。不久卽因其所學專長轉入炮兵，表現優異，曾經兩次得到獎章，並升到上尉官階。不幸在一九四五年因私信被截，裏面有批評史太林的言論而被捕繫獄。他在牢裏總共呆了八年，並曾染上胃癌。一九五三年獲釋，放逐在鄉間。他曾經在塔什干的病院醫療癌症，靠自己生命力的強靭，居然慢慢痊癒了。一九五四年，他寫成劇本「愛的女郎與天眞者」（The Love-Girl and the Innocent）的初稿，題材卽集中營的生活；然後他着手寫他的第一部長篇小說：「第一層」（The First Circle）到一九六四年才完成。書名源出但丁的神曲，描寫監獄裏的科學家被逼在限期以內完成一個由分解電話裏聽到經過僞裝的聲音，卽可指認追查到原說話者的設計的故事；這些科學家以他們的勞力和技術日以繼夜地發奮工作以圖苟延殘喘，由於他們的待遇還遠勝過其他的監獄，所以可以將之比之爲地獄的第一層。在這個監獄裏，我們看到有正直和邪惡、順從和反抗、人道和兇暴、獄裏和獄外、上層社會和被剝奪了權利的人們的對比與互相作用。然而他這兩件作品終未能在蘇聯上演或出版。一九五七年，他的寃獄終經最高法院平反，同時在他繫獄期間與他離了婚的妻子也重新回到他的懷抱。是在五〇年代的後期，他寫了短篇小說「瑪德瑞安娜的屋子」(Matryona's House)和使他一擧成名的「伊凡·但尼索維其一生之中的一日」(One Day in the Life of Ivan Denisovich)。

說也湊巧，六〇年代初期正當赫魯雪夫反史之際，蘇忍尼辛把稿子托一同繫獄後來獲釋的難友投交 Novy Mir 雜誌，主編脫瓦道夫斯基 (Alexander Tvardovsky) 激賞這篇東西，設法將之轉呈赫魯雪夫。赫魯雪夫果然喜歡這部作品。也許是因爲主角是個農民，和他本人的出身相似。在監獄那樣艱苦的生活，他仍然能夠好好的工作，渡過了一日，不喪失自己的尊嚴。這種工作的倫理觀是和官方的意識型態一致的。赫魯雪夫主張出版這部作品，主要的目的是用它來做武器抨擊史太林的制度，它便得善良無辜的農民受到這種非人的荼毒。「一日」在一九六二年十一月出版，立刻在蘇聯大爲轟動，許多人都認同或者同情主角的遭遇。一個籍籍無名爲牢獄與絕症折磨幾死的蘇忍尼辛就這樣在一夜之間變成了蘇聯文壇的新彗星。當然這不是說其間就沒有暗流險阻。黨政高層人物包括現今當權的布列玆涅夫在內，自始就不贊成「一日」出版，因爲主角的思想根本與共產黨的一套無關，而這種暴露黑暗的作品乃是一種危險的信號。他們乃在暗中佈署伺機反擊。同時在不久以後，赫魯雪夫本人的政治地位逐漸動搖，無法庇護文壇自由的傾向。次年正月，蘇忍尼辛在 Novy Mir 發表兩個短篇小說：「瑪德瑞安娜的屋子」與「克雷奇托夫卡火車站上的一件小事」(An Inc:dent at Krechetovka Station)。由於這兩篇作品未經赫魯雪夫本人嘉許，批評的議論已經不能完全壓制。但是從文學的觀點來看，「瑪德瑞安娜的屋子」證明蘇忍辛確是有文學創作的天才，並繼承舊俄偉大文學創作的傳統。「克雷奇托夫卡火車站上的一件小事」因爲提及特務的行爲，大家避免去討論它，同時它的光芒完全被「瑪德瑞安娜的屋子」蓋了下去。同年八月，他又出版短篇小說：「爲了主義」(For the Good of the Cause)，結果引起軒然大波。背景是蘇忍尼辛寄住的來阿曾 (Ryazan)，他把官僚作風、自私自利的行爲與青年人的天眞、工作的熱忱對比，將之攻擊得體無完膚。到 Novy Mir 提名他去競選列寧文學獎，就完全沒有機會了。以後情形繼續惡化，一九六五年秘密警察在蘇忍尼辛的友人處搜去了蘇忍尼辛寄放在他們那裏的原稿，其中包括「第一層」和「勝利者的盛宴」(The Feast of the Victors)，後者是蘇忍尼辛最早期寫的史詩劇，由於內容不成熟太片面也太苦澀而爲蘇忍尼辛本人所棄，這是唯一剩下的底稿，它幾乎替蘇忍尼辛帶來不利的後果，因爲其內容被判定爲反蘇。但無論如何「第一層」在蘇聯出版的機會是沒有了。然而蘇忍尼辛還是極盼自己的作品能在國內出版。從一九六三年起他已着手寫他的第二部長篇：「癌症病房」(Cancer Ward)，他相信他這部作品是附合國內出版標準的。一九六六年他將該書的第一部分投稿，並請作家協會公開討論表示意見，最初似乎有點希望，後來情況急轉直下，蘇忍尼辛在一九六七年寫公開信給作家協會譴責檢查制度，最後終於完全決裂。到一九六八年，「癌症病房」與「第一層」相繼在海外出版，蘇忍尼辛在世界的文名到達頂點，在國內他却處在一種最艱困的處境下，被譴責爲通敵反蘇。但蘇忍尼辛拒絕爲作品在海外出版負責任，因爲他本人早就警告會有這樣的一天，有些手抄本會流傳出去。有人甚至推測有些稿件是秘密警察故意漏出去作爲鬬爭蘇忍尼辛的口實。從此蘇忍尼辛沒有在國內發表任何東西，他在蘇聯發表的最後一篇作品是一九六六年正月的「肚袋・左卡」。蘇忍尼辛另外還寫了兩個短篇小說：「右手」(The Right Hand)與「復活節的遊行行列」(Easter Procession)，在六五和六六年分別寫成，但却是在一九六八與一九六九年在海外出版的。他寫的兩個劇本也約在同時在海外出版。一九六九年尼來阿曾的作家協會將蘇忍尼辛逐出，這純粹是政治性的迫害。一九七〇年蘇忍尼辛贏得諾貝爾文學獎金，但沒法去斯德哥爾摩領獎。一九七一年長篇歷史小說

「一九一四年八月」（August 1914）俄文版在法國出版，描寫一九一四年的戰爭，格局的偉大可以與托爾斯泰的「戰爭與和平」相比；他還在不斷做研究，準備繼續寫「一九一六年十月」，儘管官方與他處處不合作拒絕讓他看許多重要的資料。一九七三年十二月「古拉格羣島，一九一八——一九五六」（The Gulag Archipelago, 1918-1956），在巴黎出版，完全是根據眞人眞事寫成的集中營實錄。這書完成於一九六八、六九年間，但爲了怕危及滯留獄中及蘇俄的那些人的安全，延遲了好幾年，直到秘密警察已經得到一份抄本以後才出版。這使得蘇聯當局忍無可忍，終於在一九七四年二月十二日晚用一架飛機把他載往德國，次日正式宣佈了他的放逐。此外應該一提的是：在六〇年代末期，蘇忍尼辛終於和原配分離，並和另一娜塔里亞（Natalya Svatlova）同居，一九七一年生了一個男孩，最後他們也終於獲准離開俄國。如今蘇忍尼辛在海外仍不斷努力寫作、演講，爲創作自由、人權的保障、眞相的暴露，以及人類的前途的探索而奮鬭。

以上我們大體把蘇忍尼辛的生平和作品作了一個簡略的報告。我們可以看出，蘇忍尼辛寫作的大原則是寫實。他的大部頭的作品，「第一層」和「癌症病房」有許多處是根據他自己親身的經歷。「古拉格羣島」則除了用親身的體驗作佐證以外，主要是建築在眞人眞事的調查之上。「一九一四年八月」則根據他對歷史檔案的研究。他的短篇小說也多以個人的親身經歷與見聞爲背景，但給與了藝術的轉化。蘇忍尼辛的表現方式是以小說爲主。他對於歐美的時潮自無所知，但是他絕不同意「小說是死了的文學形式」的看法，而惟一對抗這種虛假的看法的辦法，就是寫出第一流的小說來。就這一點說來，蘇忍尼辛是成功的。連沙特這樣的前衞法國思想家兼作家在讀了「瑪德瑞安娜的屋子」之後，也不能不承認這篇作品具有托爾斯泰式的透入人心的道德的核心，堪作眞實的社會主義文學的模楷。那麼蘇忍尼辛的作品的表現方式究竟是新還是舊呢？對於這個問題是無法給予一個單純的答覆的。蘇忍尼辛是不大在意當代西方流行的所謂前衞文學那一類的東西。他是相信文學的大流的。他本人熟讀莎士比亞、但丁一類的古典，他甚至對黑格爾與道家的哲學也有興趣；而他本人的作品與舊俄的大家如陀斯妥也夫斯基、托爾斯泰、屠格涅夫、契訶夫等有着顯明的連續性。但因他寫實，所以用現代西方的標準看，可能認爲他的表現的方式是古舊的。但從俄國文學本身的角度來看，則他的作品有着一種新的突破。自從共產黨奪權以來，文學藝術被當作政治鬪爭的工具，有許多作品不免淪爲淺薄的宣傳品。蘇忍尼辛的作品處處接觸到人生眞實的問題，這種以問題爲中心的傾向與當前俄國文學的路線是一致的。但是他寫實，暴露出社會主義統治下的陰暗面，不只是對現狀歌功頌德，這却是一全新的突破。而蘇忍尼辛的文字也把蘇聯的文字提升到了一個新的層面。他是一個強烈的民族主義者，他深知道自己的民族的弱點，但是他也對自己的民族懷着最深厚的感情，使得他與自己的傳統互相呼應，這裏可以看到蘇忍尼辛在俄國文學上的一個承先啓後的地位。

本文不打算對蘇忍尼辛的大部頭的作品作比較詳細的分析，而只準備對他的短篇小說作比較有深度的探測。我們不要忘記，蘇忍尼辛本人在國內只發表了「一日」與四個短篇小說，就使他在蘇聯的文壇留下了不可磨滅的印象，儘管如今官方已經抹去了他的名字。邁可·格蘭尼（Michael Glenny）譯了他寫的六個短篇小說，排列的次序如下：

㈠「瑪德瑞安娜的屋子」

㈡「爲了主義」

㈢「復活節的遊行行列」

㈣「肚袋、左卡」

㈤「右手」

㈥「克雷奇托夫卡火車站上的一件小事」

他還譯了他的十六篇散文詩，大約是蘇忍尼辛五〇年代寫成的作品，合起來成爲一本書：「蘇忍尼辛的短篇小說與散文詩」，一九七一年以班騰叢書（Bantam Books）的普及版的形式在美國出版。爲了方便起見，我們也就順着這個次序來介紹和分析蘇忍尼辛的短篇小說與散文詩。

「一日」雖然使得蘇忍尼辛一舉成名，但是就內行人的標準看來，是「瑪德瑞安娜的屋子」才眞正奠定了蘇忍尼辛在文壇的地位。當然「一日」在文學上的造就是沒有人否認的，不過那是寫的眞實的集中營的生活，不免使人打一個問號：作者處理另外的題材也可以到達同樣的水準嗎?「瑪德瑞安娜的屋子」出版，這樣的懷疑完全被驅散了。譬如蘇聯詩壇的女王阿克瑪托娃(Anna Akhmatova) 雖然喜歡「一日」，却仍不過把蘇忍尼辛當作一個見證而已，不知道他是不是擁有偉大的想像力，現在是眞正確信他屬於俄國文學的大傳統。「瑪德瑞安娜的屋子」是用第一人稱寫的。故事的敍述者也和蘇忍尼辛本人一樣，甫自牢獄出來，打定主意要在俄羅斯的心臟地區呆上一個時期。費了好多手續才算找到了一個教職，就寄住在瑪德瑞安娜的屋子裏。瑪德瑞安娜是個孤獨的老婦人，丈夫失了踪，但她因官僚制度的緣故，四處奔走衙門，却久久領不到養老金，拖了不知多少時間，終於批了下來。集體農場也把她排拒在外面，可是却隨時要徵用她的義務勞力，而農場的主事人的太太那種頤指氣使的態度，又和舊日的地主階級沒有什麼差別；瑪德瑞安娜就是因爲爲人太好，做的事愈多，愈不計較得失，也就愈被人利用；不單不感激她，還總是嫌她蠢。而村民一般的生活都很艱苦，瑪德瑞安娜一天兩餐，都只吃一些瘦小的洋山芋，看見別人得以享用胖大的洋山芋，就羨慕不已了。天氣酷寒時，這個產泥炭的區域的居民却沒有足夠的配量可用，而被逼得個個都出去偸泥炭，好在官方也實在沒有足夠的人手去看守，除了偶而打擺子似地亂抓一通以外，只有睜隻眼閉隻眼算了。故事的高潮起於瑪德瑞安娜的夫兄，也是她最初的戀人，要來拆除她的側屋，搬走那些木料，因爲她將木料許給她的養女，也就是她夫兄的女兒。其實瑪德瑞安娜根本不願在她生前看到側屋的拆除和搬走，可是她拗不過那貪婪的老人的意志力，同時也由於她內心總還對他有着一種負疚的心情。老人糾合了他的子姪朋友痛飲了一場，就把所有的東西勉強架在兩個雪撬上由一輛拖拉車拖走，妄想一次完工，那裏料到途中出了慘劇，在平交道被一輛沒亮燈在倒退的火車頭撞個正着。瑪德瑞安娜根本不必同去的，可是她還是跑去幫忙，結果被撞得粉身碎骨，慘不忍睹。而死後親戚朋友們還在勾心鬥角爭奪她遺下來的東西。

「瑪德瑞安娜的屋子」是一篇完美的作品。作者由平鋪直敍開始，慢慢把讀者帶入事情發生的情景，了解人物以往的淵源，最後製造了一個悲劇性的高潮，然後餘波盪漾，讓人咀嚼生命的眞實，人性的單純與善良和欺詐與貪欲的對比。蘇忍尼辛的這篇作品與他的成名作「一日」，毫無疑問地把他放入俄國文學的大傳統之中。「一日」使人想起陀斯妥也夫斯基的「死屋手記」，但主角蕭可夫（Shukhov）只是個簡單的農民，不是貴族或知識分子。瑪德瑞安娜則使人想起屠格涅夫「獵人日記」中的人物，但蘇忍尼辛從來沒有想去美化農民，他筆下照樣不留情地寫他們的愚蠢和貪欲。值得注意的是，蘇忍尼辛最早出版的兩篇作品的主角都是單純的農民，不是蘇忍尼辛本人那樣的知識分子，關於他本人的經歷他要留到「第一層」才有詳細的隱射和描寫。這可以說明蘇忍尼辛的首要關懷還不是他自己這一個階級，而只是一個普通「人」的生活。在「一日」中，蘇忍尼辛寫的是一個典型的集中營裏的日子，他沒有去故意誇張寫特別悲慘的一日。而「瑪德瑞安娜的屋子」却顯示出一般人在集中營外的日子並不比裏面好多少，另一方面革命以後的人性也沒有改變多少，人的貪婪、官僚習氣、好佔小便宜的習氣依舊，而俄國人一樣酗酒、吹牛、迷信，和過去也沒有什麼顯著的差別。蘇忍尼辛着力寫瑪德瑞安娜這樣一個人物是有其特別的意義的。瑪德瑞安娜從某方面來看是一無所長的，由故事的展開我們慢慢看到，她不會持家，老是被人利用而一點不會算計，又迷信、好面子，終於被她丈夫拋棄，也沒有帶大一個自己親生的兒女。在她死的那一天，甚至故事的敍述者還責怪她不小心弄髒了他的外套。但瑪德瑞安娜是怎樣單純而善良的一個人物啊！而這是蘇忍尼辛所最珍貴的德性，也可由此看出他對現代文明的保留的態度。

「瑪德瑞安娜的屋子」當然可以有它的政治意義，蘇忍尼辛的敵人就譴責他醜化了現實。但蘇忍尼辛只是寫他所把握到的眞實，寫他所熱愛的俄國的風景和人物，以及他們所表現的愚昧和德性。蘇忍尼辛所創作的是完美的藝術品，不止有政治的意義，而這是他的反對者所忽視和抹煞的一面。另外可以提及的一點是，這篇小說雖是寫的五六年的事，却故意說成是五三年的作品，把日期提前到史太林死前的一年才能使得這篇小說順利出版，使其不至於攻擊到赫魯雪夫的時代。

從藝術的觀點着眼，「爲了主義」顯然不能與「瑪德瑞安娜的屋子」相比。蘇忍尼辛顯得急躁一點，而試驗一種新技巧的結果，使得小說的開始顯得雜亂無章，過程發展又有幾條線索，重心不斷轉移，一直到後半才逐漸進入佳境。蘇忍尼辛寫的是一個工業學校，一開始時是東一句、西一句的對話的人聲，使人丈二金剛摸不到頭腦。他借一個新到的教員的眼光看到工業學校的教職員正準備着要遷往新的校舍。全校的員生憑着他們衝天的幹勁利用課外時間自己去打地基造房子，爲的是要使學校得到較好的環境，用他們的所學：電子工技來報効黨國。特別是年輕的女教員麗迪亞和學生有着一種最親切的互相辯論、互相信賴和合作努力工作的可羨的關係。慢慢地校長費爾多・米克黑依奇才進入到圖畫的焦點之內。他由於長期辦行政的緣故，本科已經荒疏了。但是他是一個忠於他自己工作的人，也樂於聽取同事的意見。這天突然學校來了一個五人視察團，有黨和各部會的代表。視察的結果好像覺得舊校舍還相當不錯的樣子。校長開始焦慮了，原來這批人不單不是來幫忙學校迅速辦完手續搬遷到新址去，反而把他們歷經辛苦、最後終於快要完成的校舍，配給一個即將移入本城的高層科學研究機構。他趕緊去找市黨委會的書記；他在戰時一同共過患難的朋友，說服他這是一項愚蠢的措施，因爲建築的設計根本不合研究機構之用。他的朋友也是一條正直而硬朗的漢子，居然甘冒大不韙爲了這事去找區黨委會的第一書記克羅諾入夫理論，因爲黨的基礎畢竟是在人民，不可以對他們背信。然而第一書記的權威是不容動搖的，科學研究機構必須即刻遷入，否則就失去了提高本城聲譽的機會。工業學校的新校舍可以就在旁邊再造。這或者是可以辦得到的，然而人心裏的熱情却死滅了。而接收那新校舍的就是那外表親切和易、校長倚賴他最殷、求他幫忙驗收新校舍的老滑頭卡巴尼金，他搶到了新校舍還不算，而且馬上豎起一道籬笆，運用取巧的手法來侵佔隔鄰未來工業學校新址的土地。

「爲了主義」是寫蘇聯現時的社會，當然有它的強烈的政治意義。蘇忍尼辛就是以他所住的來阿曾爲背景的。這樣不免得罪了該地的當權派。蘇忍尼辛對於工業學校下層的員生有正面的生動描寫，但對於克羅諾入夫那種剛愎自用只顧功效不顧信義、不關心人一類的史太林的學步者，則攻擊得不遺餘力。當然在筆下也不饒過卡巴尼金那種圓滑奸詐、但求自利、八面玲瓏的那種人物。這篇故事在蘇聯發表後引起劇烈的爭辯，有人說這是蘇忍尼辛揑造虛構出來誣蔑社會主義現實的作品，克羅諾入夫是屬於過去的人物，但也有人指證當前社會之內確有這種人物的存在、而感謝蘇忍尼辛把他們揭發出來。

「復活節的遊行行列」則根本沒有在蘇聯發表。蘇忍尼辛寫這個小短篇的用意是要給我們一幅素描，關於在共產統治之下，信衆們仍然在擧行傳統的宗教儀式的奇異的景象；他可能是看了伊里亞·雷平（Ilya Repin）關於這個題材的畫而激起寫作的靈感的。當作一個旁觀者來說，作者對於這少數參與遊行行列的人，頗爲他們揑了一把汗，結果好在沒有什麼發生。這些人恐懼着，然而他們仍然要在充滿着敵意之下完成他們的儀式，顯發着莊嚴和純潔的光輝。蘇忍尼辛是可以欣賞和肯定宗敎的價值的，從散文詩裏，我們可以看到蘇忍尼辛常常以一種懷念的心情，去瞻仰已經荒廢的敎堂鐘樓與它們所代表的價值，而蘇忍尼辛所描寫的人物如瑪德瑞安娜雖然不是虔敬的敎徒，却有着一種宗敎的單純的氣質。與這相對比的是在復活節時圍在邊上看熱鬧的肆無忌憚的年輕人，他們根本沒有任何信仰，只爲了找尋嘻鬧就可以做一些惡意的事情，他們就是這個制度的產物，也是未來的破壞的力量。如果說蘇忍尼辛在「爲了主義」中寫的是年輕一代的好的一面，在這篇東西裏面他也要我們睜大眼睛看到他們的壞的一面，同時，無法不對引導着他們走向破壞的那股力量表示嚴重的抗議。

「肚袋．左卡」是蘇忍尼辛在國內發表的最後一個小故事。背景同樣是作者在蘇聯腹心地帶尋訪歷史的遺跡發生的一件軼事。他要找的是一座紀念碑，紀念決定蘇聯歷史命運的一場與韃靼人大決戰的偉大的戰役。然而古戰場的遺址却淹埋在田間，官方對之完全沒有盡到保護的責任。只派遣了肚袋．左卡這樣一個古怪的人物在這裏看守着。他被冠以這個綽號，是因爲他把所有的東西和文件都放在一件稀怪的外衣的口袋裏，活像袋鼠的肚袋。左卡又是舊時代留下來的這麼一個四不像的人物。雖然他外表兇惡，却也有着一個眞純的性格和近乎虔敬的責任感。這篇小故事無疑地還是屠格涅夫「獵人日記」鄉間的風物和人性的那一個特具俄國風味傳統的沿續。

「右手」是另一篇蘇忍尼辛從未在國內發表過的小故事。作者本人是個連張護照都沒有的被放逐者，由於患上了絕症，被送到這間醫院來醫治，居然慢慢復原了過來。他的身體仍然虛弱不堪，在出去散步的當兒，却去幫助一個新來鎭上的病人去醫院報到、而嚐到了護士的官腔與閉門羹。這篇故事顯然是「癌症病房」的先驅，雖然「癌症病房」的一些重要的主題還沒有在這裏發揮，例如在絕症之前一切階級平等，人如何可以克服死亡的威脅等等。蘇忍尼辛是在一九六三年開始寫「癌症病房」，「右手」則在一九六四完成。蘇忍尼辛一直相信「癌症病房」該可以在蘇聯出版而不斷爲之努力，因爲它的題材比較缺少爆炸性，寫法也比較溫和。但不知爲何蘇忍尼辛沒有試圖在國內出版這篇與「癌症病房」性質接近的短篇小說。但「右手」顯然包括許多蘇忍尼辛的自傳資料，而「癌症病房」的長篇則比較離開他自己個人的中心，這也是值得注意的一點。

「克雷奇托夫卡火車站上的一件小事」是蘇忍尼辛所寫與「瑪德瑞安娜的屋子」同期發表的另一篇頗具份量的短篇小說，篇幅約與「爲了主義」相同。故事一開始時也是一連串亂糟糟的對話。但這篇東西的人物少，焦點集中，乃得避免「爲了主義」的流於散漫的缺點。故事的主角是左托夫中尉，他是因爲眼睛極端近視而沒法到前線去作戰，雖然他是個很不錯的火車調派官，但還是沒法填補他不能上火線的遺憾。除了盡忠職守以外，他也是一個有道德原則的人。剛懷孕的太太失陷在敵後，他雖然長得並不帥，也不秉性風流，但仍然有着他的優越的條件。而他却不再去碰別的女人。正是爲了避免一個歪女人的糾纏，他搬進一個最壞的居處去住，而他也硬着心腸拒絕了可愛的女同事約他住到她家裏的邀請。他只和在郵局工作老把舊報紙留給他的一個女郎，和她的女兒、母親一家建立了一種深厚的感情。但彼此間沒有一點肉慾的關係，是一種神聖的憂愁的約束把他們連結在一起。他也力圖上進，老想利用閒暇的時間攻讀在學生時代沒有機會去看的「資本論」，找到世界人生問題的解答，更堅定自己的革命志向，雖然他讀完這書的願望好似永遠也不能完成。他的外貌嚴肅，但却宅心仁厚，甘願打破常規讓挨了幾天餓的護送兵員留下來幫助他們領取配糧。然而，在這一個寒冷、潮濕、多事的夜裏，終於有件小事情發生了。有一個遺回的敗兵誤了火車，被囑咐到這裏來見他。這個人沒有一個可靠的證件，穿着也頗古怪襤褸，却有着一種特別的氣質。當左托夫發現他原來是個演員的時候，他突然之間把自己的心敞開了。

他從小就愛戲劇，他們講着彼此的經歷，談到許多東西，甚至包括西班牙內戰那樣敏感的話題。左托夫儘他可能地招待這個陌生人，把剛開封的一包烟草都送給他享用，並且計劃用最舒服而快速的方法把他送到他要去的目的地。但是在談話之中，這個人突然顯出了一個漏洞，他竟然不知道史太林格勒是什麼地方。左托夫猛然驚覺了過來，他現在斷定這個人是一個間諜，而羞愧於自己的幼稚、缺乏警覺性。現在他也用機心了，他用了一些花招騙倒了他的對手，把他送到秘密警察手裏，雖然他不慣做這一類的事情，顯得有點僵硬。那人最後發覺到不對時，已經來不及了，只絕望地叫着：「你犯了這個錯誤永遠也不能糾正的了。」左托夫雖然是做了他該做的事情，但他還是希望自己沒有寃屈一個無辜的人。他幾次企圖打聽消息，都是不得要領。秘密警察只向他保證：「我們是從來不會做錯的。」然而，自此以後，左托夫一生都再也不能忘記那人了。……

蘇忍尼辛對於左托夫這個人物是用着一種罕有的同情描寫着。他無論如何不是一個沒有一點人味的那種可憎的官僚，或者他該是黨員裏面最好的楷模罷！他有根本的信守，也有工作的熱情，在嚴肅的外表下有着一顆跳動的仁心，他有他的懷疑、動搖、挫折的時刻，但無論從那一個尺度看來，都不能不說他是個站得起來的人。然而，讀者能夠同情他把這個陌生人交給秘密警察的處置麼？這個人究竟是無辜？還是一個間諜？蘇忍尼辛有意不給我們一個確定的答案，而讓讀者們自己去琢磨。我們難道可以用這樣莫須有的罪名就毁掉這個人的一輩子嗎？就浮現在左托夫的意識上層的決定來說，左托夫一點也沒有做錯，這樣他才眞正是盡到了自己的責任。然而在潛意識裏，左托夫能夠沒有一絲一毫懷疑嗎？他應該知道，一旦把人送交秘密警察就不會有第二種可能性，蘇聯不知有多少人這樣糊里糊塗被送進了集中營，在那裏遭受着悲慘的境遇。左托夫這樣做，就他本人的尺度看是有其充分的理由的，然而他的良心終還不免困擾着；左托夫由最初那種熱情欽慕，轉變到反臉無情的心理過程是非常微妙的。然而，大多數的讀者却始終相信這人的無辜。那麼毛病究竟出在那裏？如果不在左托夫這個人，那麼答案該到何處去找？讀者可以思過半矣！

由於這篇小說觸及像西班牙內戰、秘密警察一類敏感的題目，本來就是不好討論。湊巧它和「瑪德瑞安娜的屋子」同一期出版，所以很自然地被完全漠視了。然而這篇東西對於使得一個正直善良的人做出這種害死人的結果的制度，所提出來的問題、批評和反省，終不容我們來忽視它，在這裏我們是需要一些深沉的思考。

以上我們把蘇忍尼辛發表過的六個短篇小說介紹了一個梗概，也作了某種程度的解析。要站在世界文學的立場來評定蘇忍尼辛當做一個文學家的地位，當然沒法不集中討論他的大部頭著作。但是要了解蘇忍尼辛的崛起，我們却不能不把注意力放在他的短篇小說上，而他的短篇小說在他整個的作品之中也實佔有一定的份量。

我們可以看到，蘇忍尼辛的能夠脫穎而出是多麼的偶然。蘇忍尼辛本人也半開玩笑地說，那是建築在「俄國最後一個獨裁者的錯誤之上」。然而，由蘇忍尼辛這一個例子也可以使得我們獲得一種信心，超然的文學創作和獨立的思考反省，可以在怎樣不利的環境之下照樣滋長繁榮。

除了小說和兩個劇本以外，蘇忍尼辛還有詩作。蘇忍尼辛最早期的作品多半是韻文，這是為了在集中營內便於記誦、也缺乏時間紙張畫寫下來的緣故。這些大多數是不成熟的東西，多半沒有發表。蘇忍尼辛的散文詩則多是五〇年代的作品，到六二年才結集，但他從未企圖將它們在蘇聯出版。這些詩份量上很少，總共只有十六首，在技巧上並沒有新的突破，多數的主題被吸納到小說以內而得到更詳盡的發揮。但詩仍然宣洩了蘇忍尼辛一貫的中心關注：他對俄國的鄉野的熱愛，舊的宗教建築與精神的懷念，戰爭對人的影響，生與死的意義的咀嚼，以及強烈的對於自由的嚮往。

這些散文詩有很多是他在俄國的鄉野流連、尋訪遺跡時寫下的偶感，情調是和「肚袋·左卡」、「復活節的遊行行列」完全一致的。

在「詩人的骨灰」我們看到詩人波朗斯基的埋骨之所的教堂，已被轉成一所監獄，無法給人瞻仰了。這隱射着史太林的惡行還勝過舊日韃靼人的破壞。「歐卡河岸之旅」感慨有這麼多的教堂被棄置而毀壞了。在「拉瓦河上的城市」中，蘇忍尼辛疑問這一代人的苦難會不會像以前成千死在沼澤裏的人那樣，造出像聖彼德堡的宏偉的建築留下的完全、永恒的美？「一日之始」則淡淡的悲悼着現代生活的缺乏靈性。

然而即使在糢糊的「倒影」裏，仍然可以窺見生命的永恒的奧秘。「賽格登湖」特別塑造出一種神秘的不可思議的氣氛，那禁湖的吸引力是不可抑制的。大自然本身的美感則充分表現在「山中的暴風雨」、「在耶斯林鄉間」。而「科克何玆背籃」給我們感受到一種鄉土的風味。「舊鐵桶」回憶到戰爭時代的友情和情況。「我們永不會死亡」提出一個問題，所有的國家都有一日來紀念爲國捐軀的死者，但只有俄國沒有這樣一個紀念日。但是生的意志却強勁過一切，它表現在一段被斫下的「榆樹幹」之上，也表現在柔弱的「小鴨」的身上，人很快就可以飛到金星，但還沒法子合成這個小生物。而有生的都珍愛自由，連無知識的「小狗」也不要人的骨頭，「就給還我的自由好了……」而自由人的最大的享受就是自在地「呼吸的自由」，在開花的蘋果樹下呼吸着空氣的甜香。

這裏，我試錄「篝火同螞蟻」的全文在下面：

我把一段腐朽的木材丟進火堆，沒有注意到裏面全是螞蟻。木材開始發出爆裂，螞蟻急忙爬出來，拼命地四散奔逃。他們沿着頂端跑，被火焰燻烤得痛苦難擋。我抓住那木材朝一邊滾動着。許多螞蟻算是設法逃到沙裏，或者松針裏去了。

但奇怪的是，他們沒有從火裏逃開去。

他們一旦克服了他們的恐懼，轉了轉，打個彎，有一股力量又把他們吸引到他們那遺棄的家園了。許多螞蟻又爬回到那燃燒着的木材上，在上面奔跑着，就在那裏滅亡了。

這是很特別的一首散文詩。有一種解釋說這首詩裏的螞蟻可能是象徵被敵軍斬斷的俄國士兵們。但更好的一種解釋是象徵蘇忍尼辛自己這一羣人，腐朽的木材則象徵當前的俄國。他們有機會遁逃開去，但是他們却仍然爬回來，就在那裏滅亡了。由這裏可以看到，蘇忍尼辛愛他自己的祖國更勝過他自己的生命。他本來打算到瑞典去領諾貝爾獎金，最後終於放棄這個念頭，因爲他害怕回不了國境，而國內更需要他留在那裏，爲被剝奪去人權的人們以及人權的理念而奮鬪。他也懼怕長期呆在國外，會像以前流放出去的人那樣嚴重地影響了他們的創作力。但是蘇忍尼辛終於被放逐了。一九七四年二月十二日晚，他被送上一架飛機，連他自己也不知目的地是什麼地方。被逐出國外以後，其他的國家爭着要蘇忍尼辛做他們的榮譽國民，但這却無法塡補他一生寧肯留居在俄國的土壤的願望。蘇忍尼辛的創作會不會因此受到嚴重的影響，這是我們沒法預卜的事；現在，蘇忍尼辛與他自己的人民的苦痛隔開了一層，但這是沒有補救的事實。然而，蘇忍尼辛已經給了我們一個豐富的寶藏，夠我們細細去發掘和品賞了。

當然蘇忍尼辛的思想不一定是我們全部可以同意的。譬如他爲了討厭現代文明的一些缺點，寧可保留西伯利亞的處女地不去開發。他猛烈地抨擊和解的政策，覺得西方人現在不肯付代價來衞護自由的理想。和解確不似西方人所想像的，可以使得極權國家內部變得開放一點，反而似乎使控制變得更嚴密。但蘇忍尼辛過分詬病西方却給人一種反西方反現代的感覺，他的說話當然就不中聽了。福特不願在白宮接待蘇忍尼辛，這固然是福特和基辛格的愚蠢，應該受到嚴厲的批評，但部分的原因則由於蘇忍尼辛的思想和言論過分不合時潮所致。不過，無論如何我們珍惜蘇忍尼辛的體驗，那是他用自己的生命換來的，不是淺薄之流可以誣蔑的。我們更不能單利用他來當作反蘇的政治工具。眞正使他站得住脚的是他的文學與他所體證的關於生命的眞理與眞實。由他的例證，我們可以知道技巧並不是一切，西方的現代文學很明顯地有它的偏向。小說的形式不必死亡，新的寫實主義仍自有它的份量。但我們也不必完全抹煞西方的現代文學。窮則變，變則通，有各種不同的潮流互相衝擊，未來才有一種萬花齊放的局面。

說起來安雲譯「蘇忍尼辛的短篇小說與散文詩」倒是一件相當偶然的事。她一向醉心俄國文學的大傳統，幾年以前讀到蘇忍尼辛的作品就起着深刻的共鳴。旣然閒在家裏沒有工作，尤其下午孩子們上學的大好時光應該好好利用，就專心一志來做翻譯工作。她以前曾用筆名在「人生」翻譯過幾篇東西，翻譯一整本書，這還是第一趟。但是她的翻譯的態度是嚴謹的，一定把每一句文句徹底通透，把握到它的神韻，這才翻譯成爲中文。以她的業餘的訓練，譯筆流暢信實，能夠有這樣的成績，確實是難能可貴。全稿譯竣之後，我曾經逐字與原文對勘，改正了一些地方，務求把錯誤減少到最小的程度。但由於是由英譯再行轉譯過來的，有些限制是不能避免的。安雲所譯的人名、地名間或有不合常例的地方，但無害於文義，也就沒有去改動。這部書由臺北三民書局出版。正文之外，還有我在七二年談「第一層」的一篇講稿作爲附錄。

我寫這篇東西除了蘇忍尼辛本人的作品之外，有很多故實係取材自下列兩書：

David Burg and George Feifer, Solzhenitsyn. London, Hodder & Stoughton, 1972.
（Abacus edition published in 1973 by Sphere Book Ltd.）大體是蘇忍尼辛的傳記。

Christopher Moody, Solzhenitsyn. Edinburgh, Oliver & Boyd, 1973. 文學方面的評論較多，並附書目。

想作進一步探索的讀者可以參看。

瑪德瑞安娜的屋子

那次意外發生之後，至少有六個月，所有的列車都慢下來，到離開莫斯科剛好一百八十四公里的地方幾乎停下不動。乘客都會擁到車窗來，或者擠到車廂盡頭的出入口處，看看是不是車軌在修理，還是火車快過了頭。但是，這可不是火車延誤的原因。一旦火車過了一個交叉道口，就又加速駛去，乘客們又都各自回到自己的座位，只有火車司機知道何以他們必須在這裡要慢速前進。

我也知道。

一九五三年的夏天，我從炎熱的遍處塵埃的荒原，漫無目的地回往俄國。沒有人來請我，也沒有人在等我，因爲我的歸來被短短的十年所躭誤了。我只想去俄國中部的什麼地方，不太熱的地方，那兒有葉子在樹林裡沙沙作聲。我只想在俄國的中央心臟地帶消聲匿跡，如果是有這樣一個地方的話。

一年之前，在烏拉絲的那一邊，我所能找到的所謂工作頂多是勞力的。在一個有相當規模的建築地盤上，我連一名電器工人也沒有當成，而我的野心是當一名教員。幹這一行的人們告訴我，花這張車票是白白浪費了錢，因為跑這趟路一定是毫無結果的。

但是鄉村的一般氣氛已經開始不同了。當我爬上地方教育科的樓梯找人事室的當兒，我驚訝地發現，人事室已經不在黑皮門後面，却在一個玻璃隔牆的另一邊，像一個藥劑師的那樣。

我膽怯地走近窗口，鞠躬問道：「對不起，你們有沒有數學教員的空缺，在與世隔絕偏遠的地方？我打算就此定居下來。」

他們細查了我每一點的文件，一間一間屋子跑來跑去，還打電話。對他們來說，我的情形很特殊，通常，一般人都要求到城裡去，愈大愈好。突然他們給了我一個叫高原的小地方。光是這地方的名字就令我歡愉莫名。

這地方叫高原可眞是名符其實，座落在山丘之間的斜坡上，四面圍繞着樹林，有個池塘和堤堰，高原正是一個人們樂於生於斯終於斯的地方。我坐在矮樹叢裡的樹樁上良久，願望自己可以無須每日的三餐，唯聽夜間樹枝磨擦屋頂的沙沙聲，那時四面八方都聽不到無線電的聲音，世界的一切都在和平之中。

可是，這地方不行。他們這裡自己不烤麵包，他們這裡吃的東西什麼都不賣。整個村子的食物都是從當地城裡用袋子馱回來的。

因此我又跑到人事室，懇求地站在他們窗口。起初誰也不要理我。後來他們又再一次地一間一間屋子衝出衝進，打電話，塡表格，最後在我的指派令打上了：「泥炭製造」。泥炭製造？

倘若屠格涅夫活到今天，會看到俄國文字受到何等樣的暴力摧殘呀！

由一所灰色臨時木屋充當泥炭製造的車站上，掛着一張警告的牌示：「請由月臺上車。」有人用指甲在上面括上了這幾個字：「就算你沒有車票」，在售票房旁邊，木牌上刻着這樣一個不吉的幽默告示：「無票可售。」我到很後才算明白了這些評語的全幅意義。到泥炭製造來容易，出去可就不那麼簡單了。

革命前以及革命後的一段時期，這地方被沈靜的穿不透的森林所覆蓋。後來森林被挖泥炭的人砍掉些，還有附近的集體農場，它的主席叫夏斯可夫，剷平了相當大一片森林，在奧得薩賣掉獲利。

一個散落的小村子就散佈在泥炭挖掘的地方，有三十年代的單調的茅屋，以及五十年代造的幾座有凸花細工裝飾和玻璃圍牆的走廊的村舍。這些村舍沒有一間有直通天花板的隔牆，所以我找不到一間有四邊完整牆壁的房間。

工廠的煙囪朝整個村子噴着煙，一條狹窄的鐵道蜿蜒經過這裡，小火車頭噴出濃煙，發出尖的氣笛聲，拖載着一車廂一車廂的泥炭，泥炭板和生煤。倒是給我猜對了：通過俱樂部的門整個黃昏會播送出無線電音樂節目，醉酒的人會在街上搖晃浪蕩，不時的還會舉刀相向。

這就是我那「安靜的俄國一角」的夢所帶領我到的地方。至少在我來的地方，我是住在一所泥巴屋子裡，外面看出去是沙漠，晚上會吹新鮮、乾淨的風，頭上則只伸展着佈滿星星的蒼穹。

我無法在車站的木櫈上睡下去，天還沒有亮我就出發去村子裡勘察一番了。我看到一個很小的市場。因爲太早了，只有一個賣牛奶的女人在那裡。我買了一瓶牛奶，當場一飲而盡。她說話的方式令我吃驚。她不是在說，而是用一種稀奇的動人的方式唱着，她的話語令我對亞洲油然生出懷鄉之情。

「喝呀！喝呀，你的心都在渴。你是個陌生人吧？」

「你那裡來的呀？」我高興地問道。

我曉得了這地方不盡都是採泥炭的，鐵路過去，有一座山丘，山丘上面有一個村落名叫塔諾佛，從不知道多久以前就存在在那兒，那時候有一個吉卜賽的女人住在那兒，四周倒處都是幽靈出沒的樹林。從那裡過去，一連串的村落，叫切斯立西、歐文西、斯布狄尼、塞凡尼、塞斯提米羅佛等名字的，一個比一個遙遠，從鐵道遠伸開去一直到近湖區的地方。

這些名字像一陣撫慰的輕風樣地吹拂了我。給我了一個道地的傳奇式的俄國的承諾。因此，市場散市之後，我請我的新交的朋友帶我去塔諾佛，幫我找一間我可以住宿的村舍。

作爲一個寄宿客來說，房東是可以在我身上有點進賬可圖的：房租不算，校方還供給冬季用的一車泥炭。那女人現在所表露出來的關心可就不太動人了。她自己沒有空房（她夫婦倆個照應着她年老的母親），就帶我到她的親戚們處打轉，但是他們的家都又吵又擠，沒有空房子可以出租。

這時我們已經來到一條圍堵住的小河前，上面有一座小橋通過。全個村子再也沒有比這塊地方更美的了——兩三株垂柳，歪倒的茅舍，鴨子在池塘裡游，還有鵝蹣跚地爬上岸來抖落身上的水珠。

「我看我們只有去試試瑪德瑞安娜那裡了，」我的嚮導說道，已經對我生厭了。「不過她的房子照顧得不好，因爲她常生病，房子也就聽其自然了」。

瑪德瑞安娜的房子就在附近。有四扇窗一列排在太陽終年曬不到的一邊，蓋着屋頂板的尖屋頂上，有一扇精巧的裝飾用的天窗。但是屋頂板已經腐朽掉了，房子四壁的柱子和那一度宏偉的門柱因年代已久而變成灰色了，柱子接合處的塡料也都脫落殆盡。雖然門已經關了。我的嚮導省去了叩門的痲煩，只把手從底下伸進去打開了門栓——是對離羣的牛作的最簡單的防範。院子裡沒有小屋，但是在同一屋頂下，却有好幾個側房擠在外面。在正進門處，有幾級臺階通到一條頗寬的通道，對着屋頂的橫木敞着。在左邊，又有幾級臺階通到側房——隔開的一間可是沒有火爐——再幾級臺階通下去貯藏室。右邊是住房連着閣樓和地下室。

這是很久以前造得很堅固的房子，打算給一個大家庭住的，但是現在却由一個年望六十的婦人單獨的住在這裡。寬大的房間，特別是靠窗較亮的一頭，在矮凳上、長椅上，置放着幾盆花與無花果樹的木盆，它們沈默無聲但是却生氣盎然，塡補了瑪德瑞安娜的生命裡的孤寂，掙扎着去撲捉住北邊那點稀疏的陽光，而狂野地滋長着。因爲日薄西山而她又擋在煙囱後面，屋主的圓臉看起來蠟黃而帶病容。她那雙朦朧的爛眼顯露出來她是怎樣地被病魔所耗盡。

她躺着歪向火爐一邊同我講話，沒有枕頭，她的頭對着門，我則對着她站着。她並沒有因爲可能得到一個房客的遠景而顯露一點高興，只在抱怨這場她正在復原中的病，病並不是每一月都犯，不過若犯起來，「……可就要搞上個兩三天，我就沒法子起來或是給你做任何事情。但是房子還不壞，你在這裡會很好的」。

她給了幾個屋主的名字給我，建議我去試試看，也許那邊房子比較安靜些，舒服些。但是我當時已經知道命定了我要住進這座黑暗的村舍，那生銹的鏡子全然照不見人，兩張便宜的鮮色的招貼掛在牆上作裝飾，一張是推銷書刊的廣告，一張是響應收割運動。

瑪德瑞安娜要我再去村子裡試一下，等我第二次來到她那裡，她就作了數不清的託辭，像「不要想有什麼了不起的飯食啊」什麼的。但是她已經起身下地走動了，而且因爲我回來了，她眼睛裡甚至還閃着一絲類似喜悅的光來。

我們同意了租金和校方會供應的泥炭。

我後來才發現瑪德瑞安娜．凡希里夫娜已經好久沒有從任何地方賺得一個毫子了，因爲她沒有領到養老金，而她的親戚幾乎根本就不幫她一點兒忙。她在集體農場做工不是爲拿錢而是爲了拿工作點——這些點子都記在她那翻弄得頗舊的工作簿裏。

就這樣我在瑪德瑞安娜・凡希里夫娜那裏住下了。我們沒有分隔房間，她的床放在門邊的角落裏，靠近火爐；而我則把行軍床搭在窗口旁，我把瑪德瑞安娜的心愛的無花果樹移到一邊讓進一點光線進來，把一張桌子對着一個窗口。村子裏有電；早在二十年代從夏吐娜接過來的。那時候報紙上常常用「伊里奇燈」的口號來宣傳列寧的電器化政策，農夫們却只管它叫「魔術之火」。

也許對一個來自富足些的村子裏的人來說，瑪德瑞安娜的房子不像是一個居住的理想地方，但是那年秋天、冬天，我們在那裏却過得很舒服。雖然房子已經古舊，却擋住了雨，火爐裏餘燼也頗能驅走冰凍的寒風，除了在寒夜將盡的黎明，或是風從冷的部位吹過來，就完全招架不住了。

瑪德瑞安娜和我以外，房子裏別的住客有一隻貓，幾隻老鼠，和蟑螂。

貓是又老又跛，瑪德瑞安娜因爲可憐牠而收養了牠，牠也就此同她安住下來。雖然牠是用四隻脚走路，但是爲了減輕一隻壞脚的負擔，她跛得很厲害，當牠從火爐跳到地板上，所發出的聲音不是那種標準的貓式的輕柔的着地聲，乃是三脚同時着地——碰！好大的聲音，起初在我習慣了以前是令我很吃驚的。牠用三脚立即着地以免除那第四隻脚的負荷。

使得貓不能對付房子裏的老鼠却不是因爲牠跛；牠會緊逼窮追像閃電般的撲過去用牙齒把它們咬死。牠之所以只抓住那麼幾隻，原因是在以前情況好的時候，有人把瑪德瑞安娜那間屋子糊了綠色格子牆紙，不是一層而是五層。五層牆紙彼此黏得很牢，可是很多地方這五層牆紙跟牆脫開了，就給房子好像加了一個內層，老鼠就在壁板跟壁紙間有了它們自己的通道，它們也就毫無忌憚地在裏面猖狂，膽敢在天花板下亂跑，貓兒對着它們的喧嘩怒目而視，但是總也無法奈何它們。

有時候貓還吃蟑螂，但是却常令它作嘔。蟑螂唯一尊重的是把火爐和廚房跟房子乾淨的地方隔開的分隔線。他們從來不進起坐間。但是晚上它們一窩蜂地爬滿了廚房，如果我深夜到廚房開開燈，整個地板，大長椅上，甚至於牆壁上，爬滿了密密麻麻的一層厚厚的紅棕色。有一次我從學校化學試驗室裏帶回一些硼砂，我們把麵粉團混合硼砂來殺蟑螂。它們的數目減少了，但是瑪德瑞安娜怕也把貓毒死了，所以我們就停止下毒，而蟑螂也就再度繁盛起來。

晚上瑪德瑞安娜睡熟了，我在桌前工作，不時有老鼠衝竄的聲音被牆隔那邊無休止的、單調的沙沙聲所掩蓋，好像遠方海洋的呼聲。但是我已經習慣了，牠們又不是有意惺惺作態，這是他們的天性，自己也沒法子控制的。

我甚至於對那招貼上畫得拙劣的女孩也習慣了，老是在向我推銷白令斯基、潘非約羅夫的書，還有一大堆別的書，却永遠一言不發。我已經習慣了瑪德瑞安娜房子裏一切的東西。

瑪德瑞安娜在清晨四、五點鐘起床，她那隻老式的厨鐘，還是她在二十七年以前在村子裏買來的。總是走得太快，可是瑪德瑞安娜不在意，至少它不慢，早晨就不至於起來晚了。

她會擰亮了厨房裏的燈，很安靜的，很週到的，盡量不弄出聲音來，加煤炭在火爐裏。然後她就去擠羊奶（她的全部牲畜就是一頭有着一枝彎羊角的髒白羊），打水，放三隻小鍋在爐子上煮沸，一隻給我，一隻給她，一隻則是給羊的。從地窖的貯藏室裏，她撿出最小的洋芋給羊，一些小的給她自己，再撿些像鷄蛋般大的給我。她的園子沒法子長出大洋芋來，園子裏的沙土從戰前就沒有人墾過，除了種種洋芋而外，就沒有種過任何別的東西。

我幾乎從來都聽不到她早上操作的聲音。我睡得久，同多日的陽光一道晚醒來，伸伸腿，從我的的毛氈和羊皮大衣底下伸出頭來。用一個集中營生涯得來的棉外套包住脚，稻草塞在袋裏作床墊子，就在北風狂擊我們那框子已朽的小窗時，我也能整夜保持溫暖。聽到牆隔背後含糊的聲音，我會莊重地說道：「早安，瑪德瑞安娜・凡希里夫娜。」

而每次同樣仁慈的反應總是從那邊回響過來。用老祖母在童話裏用的那種低低的嗚嗚聲開始的：「唔唔……你也早。」

然後過了一會兒：「你的早飯好了。」

她從來不說早餐吃什麼，但是不難猜到：一隻未削皮的洋芋，一盆湯（村人稱作"'taty Soup"），或是小米粥，另外的穀類這年在泥炭製造都買不到，連小米都難買到；因爲最便宜，所以人們一袋一袋的買回家做猪食。小米粥總是鹹淡不對，常常是燒焦了，在你的腭上牙齦上留下一層薄皮，讓人消化不良。但這也不是瑪德瑞安娜的錯。這裏也買不到牛油，如果運氣好有時你可以得到一點植物油，惟一隨時可到手的是劣等的豬油，而且後來我更發現，咱們俄國火爐是最笨拙的一種。煮的人無法看見在煮的東西，燒鍋的火力既不均勻、又不集中。我猜想我們祖先之所以保留住這種石器時代就已經有了的火爐的原因，是在一旦天沒亮把它點着，可以整天保持人畜食物與水的溫暖，睡的時候又暖和。

我盡責地吃光每一樣爲我煮的東西，耐心地挑出來頭髮啦，泥炭渣啦，或是蟑螂腿啦這一類的東西。我無意去責備瑪德瑞安娜，倒底她早已警告我不要期望什麼精美的伙食。

「謝謝你，」我以絕對的眞誠說。

「謝什麼？是你的啊——你付了錢的。」先用她那燦爛的微笑繳了我的械，然後她會用她那淺藍色的眼睛正直的看着我問道：「怎麼樣，晚餐要我給你做什麼吃呀？」

我一天吃兩餐，就像慣常在軍隊裏服役時那樣。我能點什麼作晚餐呢？總就是洋芋或者湯。對這我已經習以爲常了，因爲經驗敎導我不把吃當作人生主要的目的。我更重視她那圓臉上的微笑，後來我學會了照相，想照下來總照不成。一看到鏡頭的冷眼，瑪德瑞安娜的表情不是太緊張就是過分的嚴厲。只有一次我算是抓住了她對着窗外什麼東西微笑的鏡頭。

那年秋天瑪德瑞安娜有一大堆麻煩。她的鄰居慫恿她去申請養老金。她只有一人活在世界上，而且在她開始病得厲害時，就被集體農場解僱了。說起來瑪德瑞安娜眞是得到很不公平的待遇：她病，可是却不能證明是殘廢，她在集體農場工作了四分之一個世紀，但是因爲她不直接參與生產工作，她沒有資格拿她個人的養老金，只能因爲她丈夫的關係申請，那就是說——以喪失供養者的資格申請。但是她的丈夫已經去世十二年，事實上是戰爭一開始的時候就過去了，然而要拿到必要的證件來證明他工作了多久以及他一共拿了多少工資，是很不容易的。光是收集這些證件就夠麻煩的了——找人記下來他賺過三百盧布一個月，再找人證明她是一個人生活着無人供養，這樣的情形下已經生活了多久，然後統統拿到社會安全處，又會因爲什麼地方攪錯了就又得重新做一遍。就是到最後一切都弄妥了，她還是不能斷定最後是不是能夠拿得到養老金。

經過這一切的努力之後，還有更多的困難，因爲負責塔諾佛的社會安全處是向東廿公里，區蘇維埃是向西十公里，而村蘇維埃則在朝北行一個小時的地方。他們把她從一個辦事處趕到另一個辦事處有兩個月之久——有時是因爲誤了時，有時是因爲一個逗點放錯了地方。每去一次對她來講就是一整天。她去區蘇維埃，秘書那天不在：就是不在，沒有什麼特別理由，鄉間這類事總是這樣的。後天再來。四天之後，她又得再去；光是由於粗心大意（瑪德瑞安娜的文件全部都釘成一疊），有人在不該他簽字的那張文件上簽了字。

「他們把我累慘了，尹格納提奇，」幾次這樣無結果的旅程之後，她向我抱怨道。「我好擔心。」

但是她的眉頭皺不了多久。我注意到她有永遠不會失敗的方式來恢復她的愉快的心境：工作。她會立刻拿起鏟子去挖洋芋，或是拿一個口袋挾在手臂下去拾些泥炭，或是提一個藤籃子到樹林深處去採漿果。她去樹林裏灌木叢中去哈腰，而不去向那些辦公室的桌子作揖。這樣，她的背在重量之下彎下來，瑪德瑞安娜會容光煥發地回來，徹底的快樂起來。

「現在我眞的知道在那裏可以找到好貨色了，尹格納提奇，」她會提到她所挖到的泥炭。「你應該見識見識那個地方，可眞是一樁賞心樂事啊！」

「我的泥炭不是夠了嗎？瑪德瑞安娜．凡希里夫娜。有整整一車呢。」

「呸！你的泥炭！就算你有兩倍，或者更多，那才差不多。等冬天風正眞開始刮起來的時候，光保暖你就得需要所有你弄得到的泥炭。你應該看看去年夏天我們偷了多少。如果辦得到，我會偷它個三車，但是他們會逮住你。他們抓了一個女人上法庭。」

她是對的，可怕的冬天的呼吸已經開始吹了。我們被樹林所環繞，但是却沒有地方可以找到燃料。雖然掘土機在我們四周的沼地到處挖泥炭，却不賣給當地居民；如果你是個主管，或者主管那一級的——敎師、醫生、工廠工人——那你就可以領到一車。當地的人是沒有燃料好領的，去請求也沒有用。集體農場主席在村裏漫步，熱切而無邪的看着人們，談論大事小事，就是燃料一字不提。倒底他自己反正有供應了。多天不會令他發愁。

正如以前人們從地主手裏偷木材一樣，現在他們從「信託局」那裏偷泥炭。農婦們五人、十人一組，因爲這樣他們覺得膽子大些，大白天去。在夏天到處都堆着要曬乾的泥炭。泥炭特別的一點是，一旦挖出來了却不能馬上運走；一定要等到秋天曬乾了，或者等到下雪，路因秋雨而不通的時候。這時女人們就乘機來偷。如果是濕的你可以一袋裝六塊，如果是乾的，就可以一袋裝十塊。一滿袋（六十磅重），扛三、四公里路，只夠燒一天之用。冬天有二百天之久，而你又必須每天燒兩個火爐——白天的是俄國式的爐，晚上燒的是瓦爐。

「除了如此，別無他法，」瑪德瑞安娜說，對着見不着的「他們」發脾氣。「馬又沒有了，要什麼東西都得自己駝。我的背一天到晚痛都沒有停過。不是冬天在拉雪橇，就是夏天在背籃子。這是千眞萬確的，你曉得。」

農婦們一天不止一次地去偷泥炭。好天時瑪德瑞安娜可以拿回來半打滿袋的泥炭。我的泥炭她是公開的，但是把她的却藏在走廊下面，每天晚上把藏的地方蓋上散木板。

「他們一定猜不到我藏在那裏，那些好管閒事的傢伙。」她露齒而笑，一面擦掉前額上的汗珠。「如果他們猜不到，那他們一輩子都找不到。」

泥炭信託局又有什麼辦法？他們沒有足夠的人手去看着每一個泥炭坑。他們可能只好虛報生產，把一部分又報成因雨水塌坑而造成損失，來應付那些因人們偷掉而失去的泥炭。不時的，在不定時的間隔下，他們會派一個巡警在婦人返回村子的時候抓住她們。婦人們丢下袋子四散而逃。也有時候，有通風報信的供給他們消息，他們會逐屋搜查，列上那些私藏非法泥炭的人名，威嚇要起訴他們。於是農婦會停止一下他們的偸竊行動，但是冬天漸漸來臨，又驅策他們去幹——這下子是用雪橇，在晚上。

觀察瑪德瑞安娜，除了燒飯和家事以外，我注意到她每天都在進行一些重大的工作。她好像在腦子裏有那麼一張要做的工作該什麼時候去做的清單，大清早她一起身，她總是知道那一天她要幹什麼。除了收藏泥炭，偸取剷土機在泥炭坑處剷下的樹樁，採集覆盆子，冬天她把它們裝瓶，（她給我一點嚐的時候會說，「伊格納提奇，給你自已一點款待吧！」）挖洋山芋，僕僕鄉村道上申請她的養老金，她還要找時間抽空來弄些乾草給她那惟一的老母羊。

「你爲什麼不養牛呢？瑪德瑞安娜·凡希里夫娜？」

「呵！」瑪德瑞安娜站在厨房門口，穿着她的髒圍裙，轉身對着我的桌子向我解釋道，「羊供給我足夠的羊奶。如果我養條牛，牠會把我吃個精光。鐵道旁邊的乾草是不好割的，那是別人的，樹林裏的草是森林部的，他們又不讓我在集體農場割草，因爲我不是會員。農場的人連一點牙惠都不讓你沾的。有沒有在雪底下找過草？以前你可以在路邊、田邊，在草收穫的季節要拿多少就有多少草。那是……多可愛的草呀。」

對瑪德瑞安娜來說，給一隻乳羊找草是一份沈重的工作。清早她拿着一隻袋子、一把鎌刀出發，到她記得有草長在田邊或路旁、或者泥炭坑之間的草叢的地方。袋子裏塞滿了割來的沈重、新鮮的草，她把它拖回家來，散在院子裏曬乾。一滿袋的青草可以生產等量於一耙的乾草。

出身城市的新任集體農場主席做的第一件事就是縮小不能工作的卸任會員的厨房菜園，因此瑪德瑞安娜只留下來十五平方碼的沙土，而從她原來配到的土地拿掉的十平方碼，就任憑它在籬笆那一面休耕荒蕪。一旦農場缺少人手，農場們拒絕超時工作，主席太太就來找瑪德瑞安娜。她也是城裏人，一個意志堅決的人，穿着一件短灰半長大衣，帶着敏捷的軍人的味道。

她走進屋裏，招呼都不屑於打，對着瑪德瑞安娜嚴厲地直視着。瑪德瑞安娜有點不安。

「對了，」主席太太直截了當地說道。「格莉哥莉瓦同志，你一定得來農場幫幫忙，明天我們換肥需要幫手。」

瑪德瑞安娜的臉皺起了一個歉意的微笑，好像告訴那女人農場已經不能對她的工作付錢，是一件很難爲情的事。

「唉，」她遲疑地說，「我病了，你曉得，我已經不屬於農場了。」然後她又很快地改變了主意。「我該什麼時候來？」

「把你的草耙帶來，」主席太太命令道，她大步走了出去，僵硬的裙子瑟瑟作響。

「嘿！」瑪德瑞安娜生氣地說道，「帶你自己的耙來，農場裏從來就連耙也沒有，剷也沒有。而我，又沒有一個男人幫襯我……」

那天晚上她全部朝我傾吐着。

「叫我怎麼辦呢，伊格納提奇？我當然只好幫他們忙啦——如果肥料不撒好，他們會得到什麼樣的收成呀！不過那地方經營的方式，工作居然做得完眞是怪事；女人們四處靠着他們的鏟子站着，等着工廠在十二點鐘吹哨子，只是在爭論他們工作了多少時間誰值班誰下班那樣浪費時間。照我的看法，工作就是工作，不是說閒話而是做你的事，你會不知不覺的一天過去，到了晚飯時間了。」

第二天早晨，她帶着草耙去了。

不光是集體農場，任何遠親近鄰都可能在那天晚上跑來說：「明天來幫我忙，瑪德瑞安娜，我需要把剩下的洋山芋挖出來。」而瑪德瑞安娜永遠也不能拒絕。她會放下她自己的私事，去幫她的鄰居，然後等她回來的時候，會毫無一絲妒嫉之心的說道：「哦，她的洋山芋有多大呵，伊格納提奇。光是把它們挖出來就是一種樂趣。老實說，我根本就不想停下來。」

一到廚房菜園要翻土的時候，瑪德瑞安娜也是一樣不可少的。塔諾佛的女人們弄出一套很合情理的辦法，認爲一個人除土又難又慢，不如借一個犂，套上六個人來拉，一次犂上六個人的菜園。於是，瑪德瑞安娜又被喊去幫忙。

「他們付不付工錢給她呢？」我有一次問道。

「她是不接受錢的。你一定要強迫她拿。」

瑪德瑞安娜還有一個大問題是當她輪到要去餵養村子裏的牧羊人的時候。一個是高大魁偉的傢伙，既聾且啞，還有一個牙齒縫裏老是咬着一根濕漉漉的方頭雪茄的男孩子。這項工作只是每六個禮拜輪到一次，可是花掉瑪德瑞安娜不少錢。她會上村子店裏去買魚罐頭，還有她自己從來也不曾吃過的東西——像糖、牛油這一類的東西。顯然地，主婦們互相競爭，看誰供養得最好。

「你得小心裁縫和牧羊人，」她向我解釋說，「他們輪流到每一家去打轉，如果事情不合他們意，他們會跟鄰居說你好可怕的閒話。」

好像她這煩忙的生活，煩惱還不夠似的，瑪德瑞安娜經常被她那來勢洶洶的疾病所拖倒。每回她會不支倒下臥床一、兩天。她從來不抱怨、呻吟，事實上，她幾乎完全不動。這時候，她的終生老友瑪莎就來照料母羊、燒着火爐。瑪德瑞安娜病的時候，自己從來不吃不喝，也不要求什麼。塔諾佛的人從來也不曾動過從村子醫療所請醫生來門診的念頭；這模糊的被認爲是對你的鄰人的一種侮辱，人家也會認爲你是故意誇張。有一次，醫生是請來了，却是一個脾氣非常壞的女人，只叫瑪德瑞安娜靜臥，等痛止了之後自己來醫療所。瑪德瑞安娜很不情願地去了。他們給他做了些試驗，就把她交給分區醫院，那時她的病情已經消退了，於是乎瑪德瑞安娜當然就受責備，說她浪費他們的時間。

她的每天要做的工作才算又把她招喚回生了。很快地瑪德瑞安娜開始起來，起先慢慢地，然後就敏捷起來。

「你還沒看到我在從前是個什麼樣子，伊格納提奇，」她解釋道：「我慣常一個人扛所有的袋子——一百磅算不上什麼。我的公公常對我喊道：『你會折斷背脊骨的，瑪德瑞安娜！』把馬套上馬具我也不需要任何人幫忙的。我們的馬是一頭軍馬，一個叫狼仔的倔強的畜生……」

「為什麼是一頭軍馬呢？」

「他們把我們的拉去打仗了，換給我們一頭受傷了的軍馬。牠有一點顛狂。有一次不曉得什麼東西令他吃了驚，牠拉着橇直朝湖裏衝去。男子們都跳開讓路，可是我抓住了籠頭止住了牠，我幹的，你曉得！馬喜歡吃燕麥，那匹馬也不例外。我們家男人總是喂牠們燕麥，牠們就什麼東西都可以拉。」

但是，瑪德瑞安娜可不是一個無懼的女人。她怕火，怕電，最怕的是火車。

「有一次我要去却魯絲汀，火車從拉查也夫卡來，閃着它的大眼睛，鐵軌嗡嗡響，嚇得一身汗，我老實告訴你，我的膝蓋開始打戰。」瑪德瑞安娜連她自己都驚訝，聳着肩膀。

「你可能是因為沒有票所以緊張，因為本地車站不售車票。」

「你是說售票房呀？他們賣的——只不過是『軟』的那一等，總而言之，車一進站，就是一大堆的爭擠。我們衝來衝去想要找一個地方上去。人們不是擠在階梯上，就是爬到車頂上。我們找到一個沒上鎖的門，就沒有車票直擠進去了，所有的客車都是『硬』的那一等，頂多你可以找個放行李的架子躺下，不明白他們為什麼不賣票給我們，那些畜生……」

那一年冬天瑪德瑞安娜的生命開始有了好的轉機了，終於她開始拿到她那一月八十盧布的養老金了，外加我同學校付給她每月一百多一點的盧布供我的膳宿。

「瑪德瑞安娜現在不需要死了！」她的一些鄰居已經開始妒嫉她了。「那老傢伙拿那麼多錢都不知道該怎麼辦好了。」

瑪德瑞安娜定製了一雙毛靴，買了一件棉夾克，還有一件大衣，是鐵路局裏的人的大衣改製的，是她的養女克拉的丈夫送她的，他是卻魯絲汀的火車司機。村子裏那個駝背裁縫給它襯上棉胎，做成了一件她六十年來所從未有過的漂亮的大衣。

那年冬天，瑪德瑞安娜在那件大衣的襯裏內縫進了二百盧布。錢是準備給她的葬禮用的，她感到絕大的滿足。

十二月、一月過去了，整整兩個月，她沒有犯病。

瑪德瑞安娜晚上得以常常去拜訪她的好友瑪莎了，她們會坐着聊天，嗑着葵瓜子。晚上她從不請人到她家裏來，因爲考慮到我要工作。只有一次我從學校回來的時候，發現滿屋子的人在跳舞。原來這是受洗宴會，她介紹了我她的三位姐妹。因爲瑪德瑞安娜年紀比她們大多了，她們把她好像當作姑媽或者奶媽。在這以前，我們從來也沒見過，或是聽到過瑪德瑞安娜的姐妹，也許是因爲她們怕瑪德瑞安娜需要幫忙，會變成她們的負擔。

對於瑪德瑞安娜來說，這次慶祝只有一件事情令她神傷。爲了聖水她走了三里路到教堂去，把碗同別的碗放在一起，但是典禮一完，女人們擠去各自拿她們的聖水碗，瑪德瑞安娜站在大堆人後面，等輪到她時，她的碗已不見了，好像魔鬼已經把它神秘地帶走了一般。

瑪德瑞安娜到處問那些參加聚會的女人們：「有誰錯拿了別人的一碗聖水呀？」

因爲沒有人承認錯誤，想必是被帶進教堂來的男孩子偷去了。瑪德瑞安娜難過地回家來。

但是，這並不說瑪德瑞安娜眞的是一個熱中的信徒。如果勉強說她是一個信徒的話，她是個異教徒，更有甚者，她還迷信：如果你在聖約翰日去園子，那麼第二年準是壞收成；如果風暴把雪花吹得打轉，那一定是有人上吊了；如果門夾住你的脚，那一定是有人來了。我那麼久同她住在一齊，從來沒有一次看到她禱告或者畫十字。但是每次她做什麼事，却總是要上帝的降福，我早晨出門上學她總是一成不變的說「上帝降福於你」。也許她是說了她的禱詞，但並不明顯，因爲有我在面前而感到難爲情，或者怕騷擾我。屋子裏有聖像。平常的日子聖像燈是不點的，但是在宗教節日前一晚，以及宗教節日那天，瑪德瑞安娜會親自點上聖像燈。

但是她實在沒有什麼罪好贖，比起她那隻跛脚貓還有遜色。到底那隻貓還殺老鼠呀……

稍稍從她那相當枯燥的生活方式掙扎出來，瑪德瑞安娜也開始多留心聽我的無線電了（我小心地擬好一個好的「地區」正如瑪德瑞安娜管電臺叫的名）。

當她從無線電臺聽到說發明了一種新機器，她從廚房一路發着牢騷出來：「這年頭盡出些稀奇古怪的玩意兒。人們都不要用舊機器工作了，那他們都把它放到那兒去呢？」

有一次廣播裏描寫如何從飛機上「種」雲來造雨，瑪德瑞安娜對着火爐彎着腰搖着頭。「如果他們再這樣搞下去，我們會連冬天夏天都不知道了。」

有一天他們放了一張查理亞平唱的俄國民歌唱片。瑪德瑞安娜站在那裏聽了好久，然後堅決的說：「他唱得很美，但是却不是我們那樣唱法。」

「啊，是嗎，瑪德瑞安娜．凡希里夫娜——你且聽聽他看！」

她再聽了一會兒，然後閉緊她的嘴不贊成的樣子。「不對，他沒有唱對，那可不是我們的唱法，而且他拿他的聲音耍花腔。」

又有一次，瑪德瑞安娜可得到補償了。有一個格林卡歌曲演唱會播出，他的音樂會進行了三四隻獨唱曲之後，瑪德瑞安娜從厨房裏興奮地出現了，抓住了她的圍裙，眼睛裏蒙了一層淚水。

「現在這就是……我們那種歌唱，」她輕聲地說道。

(2)

就這樣我同瑪德瑞安娜彼此都習慣了，而且相處得十分融洽。她從來不追問我問題。一方面也許是因爲她缺乏那種平常女性的好奇心，另一方面也許她是太圓通了，她從來一次也沒有問起我結婚沒有。塔諾佛所有的女人都鬧着要她去查問有關我的一切，但是她只對她們說「你要想知道，自己去問他。我所知道的，就是他從很遠的地方來的。」

後來經過好一段時期之後，我告訴她我曾經在監獄裏呆過很長一段時期，她只默默地點點頭，彷彿好像她已經疑心到這上面一樣。

至於我，我只看瑪德瑞安娜像那時期的那樣，一個孤獨的老婦人；而我也盡量不去窺查她的過去；眞的，我從來沒有疑心到會有什麼趣味的可能，我知道她在革命前結婚，立刻搬進這所我們現在住的房子，也馬上用上這同一個火爐。那時候她的婆婆、小姑都不在世了，所以從她結婚後第一天，她就一手承擔下全部的家務。我知道她有過六個孩子，他們都很小就死了，一個接着一個，因此沒有兩個孩子同時活着的時候。然後就是克拉，克拉是她領養的女兒。

瑪德瑞安娜的丈夫沒有從上次戰爭中回來，連葬禮也沒有給他擧行。他村子裏跟他同隊服役的人說，他不是被俘了，就是失踪了。到戰爭結束八年之後，瑪德瑞安娜下結論說他已去世了。其實她這樣想反到好，就算他還活着，他也或許已經結婚，住在巴西或澳洲什麼地方，俄國話和塔諾佛村已經老早從他的記憶裏消失了。

有一天我從學校回來，發現家裏有一位訪客。一位高大黝黑的老年人，他的軟帽放在膝頭上，坐在一張瑪德瑞安娜爲他拿出來放在房子正中間荷蘭火爐旁的椅子上。他的整個臉都框在濃黑的毛髮裏，只有一絲的灰色。他那厚黑的鬍子同嘴上濃黑的鬍髭連成一片，使得他的嘴都幾乎看不見了，而一對頰髭，幾乎蓋住他的耳朶，一直跑到上頭同他頭上的黑髮在太陽穴處碰頭。更奇妙的是，他那一對眉毛越過他的鼻梁相互成了一條不間斷的線，而他的前額像一個發光的圓頂朝着他的禿頭上的王冠竪起來。對我來說，這位老人的像貌散發着智慧和尊嚴。他冷靜地坐在那裏，兩隻手摺疊在沉重立在地板上的手杖上，坐在那裏一派耐心等待的態度，也不企圖同在間隔後面忙碌的瑪德瑞安娜說話。

我一進來，他就動作威風地朝我轉過他那不凡的頭來，突然地對我說話：「晚安！我眼力不太好，你一定就是我兒子的老師了；他的名字叫安東斯卡．格里哥利夫……」

他只須要說這些就夠了，雖然我直接的反應是想對這位尊貴的老人有所效勞，但是我已準確地知道他要說什麼，而我已預先認爲是毫無意義。安東斯卡．格里哥利夫是一個胖胖的，紅臉頰的八年級G班的孩子，看去像一隻剛吃完一碗奶油的貓。他把學校當成一個可以來好好休息的地方，他可以坐在他的書桌上，懶散的傻笑。無需說的，他從來不做家庭作業。但是不幸得很，因爲我們要保持我們地區學校及附近省分的學校有名的教育成功率的努力，他就每年按步就班的年升一級，而他也很清楚地把握到這一點，所以任憑教師怎麼恐嚇，他們還是一樣地到了年終把他升級，他根本沒有做他的功課的必要。他只是對着我們笑。他雖然已經是八年級生了，還不會做分數，也分不清楚不同的三角形。他在我班上頭二學期，永遠是最末一名，下學期他也還是一樣。

但是我怎麼告訴這位向我作禮貌訪問的半瞎的、年紀大得可以做安東斯卡的祖父的老人，說學校年復一年的欺騙了他？我沒有辦法再扯謊下去了，因爲如果我也成了一個凡事唯唯的人，我會害了我班上的孩子，那會是對我的工作以及我的職業道德的一種背叛。

因此我就耐心地給他解釋說他的孩子是寵壞了的，他在家裏學校雙方面撒謊，我們應該多查看他的上學記錄簿，父母以及教師雙方面都應該對他更爲嚴加管教。

「但是我已經再也無法對他更嚴厲了，」這位訪問者向我保證道。「我每一個禮拜至少揍他一次。我可是手很重的喲，相信我。」

在我們講話的當兒，我記得瑪德瑞安娜自己有一次爲了什麼理由，爲安東斯卡·格里哥利夫說好話，但是我沒有問她，他同她是什麼樣的關係，而且在那種情形下，我也拒絕去干預。現在瑪德瑞安娜出現在厨房的門道上，一個無言的求情者。等伊利亞·米羅尼其——孩子的父親——離開了並且說他要自己去學校去調查實情之後，我問她：「那個孩子跟你有什麼關係，瑪德瑞安娜·凡希里夫娜？」

「他是我的姪兒，」她簡短地回答道，然後就出去擠牛奶了。

我最後才搞清楚，原來這個堅毅的老人就是她那被宣佈失踪的丈夫的哥哥。

那一個漫長的夜晚，瑪德瑞安娜就再也沒有提到這件事情了。只有在很晚以後，當我已經忘記了那位老人，在靜寂中工作，唯一聽到的是蟑螂的沙沙聲以及厨房壁鐘的滴答聲，瑪德瑞安娜突然從她那厨房角落說話了：「我有一次幾乎嫁給了他，伊格納提奇。」

我已經忘記了瑪德瑞安娜。她說話的時候充滿了情感激動，好像那老人還在追求她一般，很顯然地，那一晚她什麼別的事也沒有在想。

她從她那破舊的床單上站起身來到我面前，好像跟隨她自己的聲音一般，我抬起頭來大吃一驚，我第一次看見一個嶄新的無嫌猜的瑪德瑞安娜。

我們大房間裏沒有大吊燈，無花果一簇簇的擠在一起好像森林裏的樹。屋子裏唯一的照明是來自照到我的練習簿上的枱燈，如果你向上看，整個屋子似乎是在半黑帶粉的色調中。瑪德瑞安娜現在從陰暗中走出來，在那一刻中她的臉頰不是平常那種蠟黃色而是泛着紅色。

「他先追求我的，在伊非姆之前……他是長兄……我十九歲；伊利亞二十三……他們就住在這一所房子裏，是他們父親建造的。」我不禁對這房子掃了一眼，突然，我看到的不是這所老鼠在褪色的綠牆紙後面瘋狂奔跑的、衰敗的老屋，而是一所剛剛造好的，有着新鮮、剛立好的木柱和甜美的瀝青味的新居。

「怎麼一回事呢？」

「那年夏天，他同我常常去坐到樹林裏，」她輕輕說道。「就是現在馬廐那裏，以前是樹林，現在砍掉了……我就只差嫁給他了，伊格納提奇。後來德國戰爭爆發，伊利亞被徵召入伍。」

當她說到此處，我就有了那個一九一四年藍、白、金色調的七月的刹那的影像；一個仍然在和平之中的世界的天空，浮動的雲，農夫們忙着收成。我想像他們這一對肩並着肩，高大的，有着漆黑鬍子的他荷着大鐮刀；面頰紅潤的瑪德瑞安娜，抱着一捆麥子。在開濶的大氣中蕩漾着歌聲，那種我們這個機器的世紀已經忘却的歌聲。

「他加入戰爭，他被宣佈失踪……我等了三年——一點音訊也沒有，一點消息也沒有……」

包裹在她那敗色的、老婦的布巾裏，瑪德瑞安娜的圓臉凝視着我，那枱燈的柔光照着她，我好像看到所有的皺紋都被撫平了，那破舊的工作服也不見了。我見到了一個狂野的女孩的臉，面對着一個可怕的選擇。我能夠看到它在發生……葉子枯了被吹落了，雪下了又溶了。又一個犂田、播種、收穫的季節。又是秋天，又是下雨；先是一次革命，然後再又是一次革命，整個的世界正鬧得翻天覆地。

「他們的母親死了，伊菲姆開始追求我。『你想來住我們家房子，』他說，『那你還是來吧——做我的妻子。』伊菲姆比我年青一歲，唉，俗語說得好，匆匆結婚，後悔在後。在三一節那天，我下嫁伊菲姆，在九月二十九日米迦勒節那天，伊利亞就從他被俘的匈牙利回來。」

瑪德瑞安娜閉上了眼睛。

我沒有說話。

她轉身對着門口通路，好像有人站在那裏一樣。

「他就站在門階上。我對着他哭出來跪在地上。可是沒有用。『如果他不是我自己的親兄弟，』他說，『我會把你們這一對給宰掉』。」

我不禁一陣戰慄。她的憤怒和懼怕已經宣洩了那黝黑的憤怒的伊利亞的活生生的形像了，站在門口通路上，對着瑪德瑞安娜揮舞着他的斧頭。

她平靜了下來。靠在她前面的椅背上，用她那輕快的聲音繼續說道：「呵，那可憐的人呀！村子裏那麼多的女孩子，他就是一個也不要。他說他只要娶同我同名字的女子。他眞的就娶到一個。他從里布基帶來了一個女孩，給他自己造了一所房子，他們還住在那裏——你上學的時候，每天經過那裏的。」

原來如此！我現在才明白我曾經見過這另一位瑪德瑞安娜好幾次。我對她根本就不喜歡，她總是跑來我這個瑪德瑞安娜這裏抱怨她的丈夫揍她，說他是個吝嗇鬼，害她做得半死。她會來哭上幾個鐘頭，她的聲音總是好像在要下淚的邊緣。看樣子瑪德瑞安娜沒有嫁給他並沒有什麼損失；伊利亞在他們的結婚生活中，從頭到尾就把他的那個瑪德瑞安娜打個不停。到現在整個家還是受着他的暴行統制。

「他從來也沒有打過我一次，」瑪德瑞安娜說到她的丈夫伊菲姆。「他會揍街上一個人，可是他從來不碰我……噢，有過那麼一次——我跟他妹妹吵架，他用杓子打我的頭。我從桌子跳起來對他叫道：『我巴望你窒死，你這個畜生！』然後我就跑到樹林裏去了。自此以後，他從來也不碰我一下。」

伊利亞也沒有抱怨的根據，因爲那個瑪德瑞安娜給他生了六個孩子（包括我班上那個安東斯卡，一窩裏面最小的，最矮的），個個都健在，而瑪德瑞安娜跟伊菲姆的孩子沒有一個活三個月，雖然沒有一個孩子眞的生了什麼病。

「有一個女兒伊蘭娜，才一生下他們給她才洗乾淨就死了。正如我在聖彼得日結婚，我的第六個孩子亞歷山大在聖彼得日下葬。」

村子的人認爲是瑪德瑞安娜遭了咒。

「是的，我是遭了咒，」瑪德瑞安娜說，顯然是她自己也相信了。他們帶我去尼姑那裏醫治。她給我吃了一種什麼東西使我咳嗽，然後要我等那個妖魔像青蛙般地從我身上跳出來。可是，沒有……」

一年一年像流水一樣地滑過……一九四一年伊利亞因爲視覺不佳而被免役，伊菲姆被徵召，正如那位兄長在第一次世界大戰消失掉一樣，年青的弟弟在第二次世界戰爭中也無踪無影的消失了——而且永遠也沒回來。人去樓空，那一度曾經是如此生動熱鬧的村舍，現在則是衰敗腐朽，而瑪德瑞安娜也一人住在那裏變得老邁力衰了。

她求那一個瑪德瑞安娜讓她領養一個她的小孩，她最年幼的女兒克拉——可能因爲是伊利亞的孩子的緣故。十年來她把她在她家裏養大，好像她自己的女兒般，她那去世的六個孩子中的一個。我來不久之前，她把她嫁給了一個却魯絲汀地方的火車司機，這就是她目前唯一得到幫忙和安慰的來源；他們有時會送給她一點白糖，他們殺猪的時候會送給她一點猪油。

經常生病也意識到自己沒有幾年好活了，瑪德瑞安娜曾經表示她去世之後要把她房子走道那一邊的單獨的側房給克拉的願望。關於房子自身她則隻字不提，她的三個姐妹個個都想分一杯變。

那一天晚上瑪德瑞安娜告訴了我關於她的一切。而且事情往往是如此，我一旦知道了她生命的秘密，它們就馬上開始活生生地出現了。克拉從却魯絲汀過來、老伊利亞開始十分發愁。顯然地，爲了要使得他們在却魯絲汀的一塊地皮享用權有效，一定要在那塊地皮上造房子，而瑪德瑞安娜的側房對這個目的來說是最理想不過了，什麼地方都沒有希望搞到建築木料。要得到這塊地皮最熱心的人不是克拉也不是她的丈夫，而是代表他們的老伊利亞。

因此他開始拜訪我們；他來了一次然後又來，勸說瑪德瑞安娜，敦促她在她在世的時候現在就把側屋交出來。在他這幾次拜訪中，他給我的印象並不像是一個倚杖的衰弱老人，一句重話或是輕輕一碰就會令他摔倒。雖然稍微駝背，又有點風濕腰痛，但是作爲一個年逾六十的人來說，他還是一個有着一頭蓬勃的、年青的黑髮的漂亮人物，他熱衷地堅持他的意見。

瑪德瑞安娜兩晚睡不着覺。對她來說這是一個很困難的決定。正如她從不吝嗇她的勞力、她的財產一樣，她並不在意那間側房，反正也是空的，而且那已經明明要給克拉的。但是一想到那已經護蓋她四十年的屋頂要被拆掉她就不安。甚至於我，只不過是一個寄宿的人，也反對他們把她房子的板壁拆掉、樑柱拉掉。對瑪德瑞安娜來說，這就是她的末日。

但是她那些堅決的親戚們知道在她在世的時候，他們就能拆散她的房子。

二月間的一個早晨，伊利亞同他的兒子們、女婿們來了，於是很快地就聽到五個斧頭的砍伐聲，壁板拆開的咯吱聲和輾軋聲。伊利亞的眼睛閃着蓄意的光彩。雖然他已經不能好好伸直他的背了，却足夠敏捷地攀登到木椽下，給下面他的助手們發號施令一番。很久以前，他還是一個年青的小孩，曾經幫他的父親造了這座房子，而那間他們正在拆除的多出的一間屋子，是準備給身爲長子的他帶一個新娘進門的。現在這房子屬於了別人，他喜歡這個把它拆掉搬走的念頭。

算好了天花板托樑和木板的數目，他們就把那房間同地下室拆了，給剩下的房子和減短了的走廊做了一個臨時的木牆。他們一點都不小心地在牆上打洞；很顯明地，這些拆房子的人可不是好好造房子的人，而他們做事的假定是，瑪德瑞安娜在這兒不會活多久。

男人們砍伐一通，女人們就蒸餾一些伏特加私酒，準備當天木材裝載好以後用；眞正的伏特加是太貴了。克拉在莫斯科附近買來三十磅的白糖，在黑夜的掩護下，瑪德瑞安娜．凡希里夫娜把白糖同瓶子帶到蒸餾器那邊。

等木板拆了下來，堆在大門前面，火車司機的女婿就到却魯絲汀去找拖拉車。可是那天就開始下雪。暴風大雪渦旋着、號叫着一連兩天，大片的雪花淹沒了通路。一等馬路清理出來，一兩輛貨車走過去了，一天之內又突然地化起雪來，潮濕的霧水下降，雪溶成汨汨的小溪，靴子在泥裏一直沉浸到脚踝。

兩個星期才算把拖拉車找來搬運那拆下的側屋，而這一整段時期，瑪德瑞安娜週旋其間像失掉了魂一般。她特別因爲她三個姐妹的到訪而沮喪，她們活潑地對她咒罵，叫她做傻子，讓人家拿走了她的側屋。她們走了，說她們對她已經受夠了。後來她的跛貓又從院子裏跑出去死掉了。這兩件意外的事很快地接連發生，令她十分不安。

最後下了霜，溶化的泥路又凝凍起來。太陽出來了，使得大家都快活起來，瑪德瑞安娜醒來以前做了一個好夢。那天早晨她發現我想給一個在一架舊式手織機上工作的人照相（村子裏還有兩架這樣的織布機可用，拿來編織粗質的地氈）。她羞怯地微笑着。

「等幾天我們把這些木材清掉，伊格納提奇，」我也來架起我的織布機——我也有這樣一架，你知道。那時候你就來給我照一張相。」

她顯然很喜歡做着古老的手工藝照相的想法。冬日的淺粉色的陽光從她那被截短了的門廊的結了霜的窗子透進來，那光芒照亮了她的臉。良心舒坦的人永遠看起來是快樂的。

黃昏以前我從學校回來的時候，我留意到我們房子外面的行動。一個巨大的拖拉車拉的雪橇裏已經裝滿了木料，但是還有好多沒有裝好。伊利亞一家人，還有他們請來幫忙的朋友，才剛剛完成第二輛自造的雪橇。他們全都在像瘋子般地工作着，那種卽將有大錢可賺，有酒可喝的狂亂狀態掌握住了他們，大家彼此大叫着爭論着。

爭論的焦點是在怎樣移動那些雪橇——分開呢，還是一齊來。伊利亞的一個兒子（跛脚的那一個）同她的女婿（火車司機）說拖拉車不可能同時拉兩輛雪橇。另一方面，拖拉車司機，那個魁偉、自信的大漢粗聲地堅持說他知道他在講什麼，他在管拖拉車，他要把兩輛雪橇一齊拖。他的動機是很明顯的：人家付了他一筆整數要他搬運一批木材，而不是按多少趟付錢的。如果他跑兩趟——全程的距離是三十五公里——他永遠也沒有辦法在一夜之間完成這件工作，但是他會不惜一切代價要把這個拖拉車在第二天早晨以前送回到車房，因為他是在非法「借用」着它。

老伊利亞也是非要把那批側房的木材當天搬走，因此他勸服他的家人同意一次把全部木材搬走。匆忙間他們把兩個雪橇連在一起，第二輛雪橇連在較牢的一輛後面。

瑪德瑞安娜在男人中間忙碌地跑來跑去，幫忙把木材堆到雪橇上。這時候我才注意到她是穿了我的棉夾克，在她同黏在冰凍的木材上的泥土擦來擦去的時候已經把它弄髒了。我很懊惱，就同她說了。我很喜歡這件夾克，它曾見我經歷了那麼困苦的時期。

我第一次對着瑪德瑞安娜．凡希里夫娜光了火。

「哦呀，哦呀，我真蠢哪，」她道歉地說道，「我只管抓了一件穿上竟想都沒想，我忘了是你的。對不起，伊格納提奇。」她脫了下來掛上把它晾着。

等木料裝載完畢，每一個幫了忙的人，大概有十個人左右，全都喧嘩地踩過客廳，經過我的書桌，鑽進那個把廚房隔開的簾子。接着就是碰酒杯的聲音，有時酒瓶被摔倒的聲音，聲音愈來愈大，相互祝賀的聲音也更加沒有遮攔。那位拖拉車司機特別地吹牛自大。私酒的強大的氣味很快地飄過我這邊來，但是他們並沒有喝多久，因為他們一定要在天黑以前趕快上路。自負而好鬪的拖拉車司機搖晃地走出來。伊利亞的跛腳兒子、女婿，還有一位甥兒爬上雪橇一路去却魯斯汀。其餘的人都回家去了。伊利亞揮舞着他的手杖追着那些人後面跑，很快地在作最後一分鐘的調整。跛脚兒子在我的桌前停住，燃上一支煙，出我意外的開始告訴我他是如何地喜歡瑪德瑞安娜嬸嬸，說他新近結婚，不久之前才生了一個兒子。這時有人在催他快走。外面，拖拉車的馬達吼着發動了。

最後一個從厨房裏跑出來的是瑪德瑞安娜。男人們準備離開的時候，她焦慮地搖着頭，然後穿上她的棉夾克帶上頭巾。在門口她對我說：「他們爲什麼不弄兩個拖拉車來？一個抛錨，另外一個還可以拉。像現在這樣，如果有什麼事情發生，眞是不堪設想……」然後她就隨着他們後面跑了出去。

經過一番狂飲，爭論跟踐踏的脚步聲之後，空洞的房子裏的安靜特別的突出；因爲常常的開門，房子也給搞得十分寒冷，外面，一片漆黑。我也穿上我的棉夾克坐下來批改作業。拖拉車的響聲在遠處消失。

一個鐘點過去了，然後再一個鐘點，三個鐘點都過去了，瑪德瑞安娜還沒有回來。但是我並不驚訝。看着雪橇上路以後，她可能去看她的朋友瑪莎去了。

又兩個小時過去了。村子不僅是在黑暗之中，而且一種深沉的靜寂好像沉落了下來。那時我並不明白，後來我才了解，原來從我們這裏四分之一里之外的鐵路線上，沒有一列火車行駛過。我的無線電寂靜無聲，我注意到老鼠比平常活躍，在紙牆後面奔跑，又抓又叫比一向更猖狂吵鬧。

我抬頭一看，吃了一驚。已經早晨一點鐘了，瑪德瑞安娜還是沒有回來。

突然我聽到村子裏頭街上有幾個響亮的人聲。他們還在遠處，但是有什麼東西告訴我，他們是來我們房子這邊，一點不錯，馬上我就聽見打門的聲音。一個活潑陌生的聲音大聲叫着要進來。我拿了一個手電筒走出去，進到濃密的黑暗裏。整個的村子在沉睡，沒一個窗子是亮着的，那快溶的雪也沒有發出反光。我把底下的門閂打開讓他們進來。四個穿着大衣的服役男子走了進來。在黑夜裏被穿制服的粗聲男子訪問是絕對的不舒服。

但是在光亮裏，我留意到有兩個人是穿着鐵路局的制服。一個健壯的年紀較長的人，有着一張類似拖拉車司機那樣的面孔，問我道：「房主人何在？」

「我不知道。」

「是不是有人從這裏開了一輛拖拉車拖着一輛雪橇走？」

「是的，」

「走以前他們是不是喝了酒？」

四個人都扭曲着眼睛凝視着桌燈四周的半明半暗。顯然地他們拘捕了什麼人，或者他們想拘捕什麼人。

「發生了什麼事？」

「問你問題你就回答。」

「但是……」

有人死了嗎？他們惹了痲煩了嗎？他們狠狠的烤問了我一番，可是我什麼也沒說。因爲我知道瑪德瑞安娜可以爲了配非法釀造的私酒而判處很重的徒刑。我站在厨房門口擋住他們進來。

「我沒有看到他們喝酒，」（這倒是眞的：我沒有看到，只聽到他們喝。）

我笨拙地揮動着手臂表示着這屋子的清白——平和的燈光照着我的紙張、書本、一排列的無花果盆景，瑪德瑞安娜的斯巴達式的床，一絲狂歡的痕跡也看不見。

同意這裏的確不可能發生狂飲的事件，他們就轉身走了。在他們走出去的路上，我聽到他們說，就算在這裏沒有人喝酒，他們還是相信在別的什麼地方，一定有飲酒的事件發生。我送他們出門，問有什麼事情發生了。

等他們已經到了門口，才有一個對我叫道：「整個一窩子都碰上了，連碎片都沒法撿起來。」又有一個接着說：「那還不算什麼，九點鐘的快車幾乎全車出軌，這才是最糟糕的。」

然後他們就匆忙地走了。

我大吃一驚，走進屋子裏來，他說「整個一窩子」是什麼意思？他們怎麼會「碰上」了？瑪德瑞安娜那裏去了？

我把簾子拉開一邊，走進厨房。私酒的氣味充鼻而來像對我迎面一拳。這是一個很汚糟的景象——櫈子、椅子翻倒了、空瓶子歪躺在地上，有一個站着的酒瓶裏還剩下些私酒、杯子、嚼了一半的鹽鮭碎屑、洋葱，一滴肉油混着一些麵包屑。

每一樣東西都在死一樣的靜寂中，唯有蟑螂快活地在戰場上擠塞着。

他們提到過九點鐘的快車，爲什麼？是什麼意思呢？我開始懷疑究竟我是不是該不讓他們看這厨房的景象，然後我又憤怒地記起他們那種高壓的手段，而且拒絕給我任何適當的消息。

突然門響了，我很快地跑到走廊，「是你嗎，瑪德瑞安娜．凡希里夫娜？」

「前門開了，瑪德瑞安娜的朋友瑪莎搖擺不定地進來了，絞扭着她的兩手，「瑪德瑞安娜，我們的瑪德瑞安娜，伊格納提奇，」

我讓她坐下，她就在啜泣之中告訴我這樣的故事。

有一個很陡的斜坡直通到沒有柵卡的鐵路平交道口。拖拉車已經快要把第一輛雪橇拖過去的時候，繩子斷了。第二輛權宜之計所造的雪橇撞到鐵軌上的障礙，開始垮了，因爲伊利亞給他做雪橇的木頭大多數都已腐朽。他們把第一輛雪橇拉開，然後那個拖拉車司機，伊利亞的跛脚兒子，不知道爲什麼還有瑪德瑞安娜就回頭來修整繩子拖第二輛雪橇。瑪德瑞安娜會有什麼用呢？她總是干預男人的工作，有一次一匹馬突然脫逃，幾乎把她摔到冰凍的湖裏。爲什麼，呵，爲什麼她要跑到那可詛咒的平交道去？她已經把她的側屋交給了他們，對他們盡了她的責任，還有過之……那拖拉車司機一直轉頭來看肯定沒有車從却魯絲汀開來；幾里以外他都會看見車燈的，但是，兩個火車頭連在一起在往後退，又沒有燈，從另一方面駛來——從我們的車站，爲什麼沒有車燈誰也不清楚，而車子在往後退的時候，司機的眼睛被煤煙薰着看不清楚。火車同雪橇撞了個正着，站在火車同拖拉車之間的三個人被撞成肉醬，拖拉車碎成片片，雪橇成了木片，車軌脫裂了，兩個車頭都出了軌倒在兩邊。

「爲什麼他們沒有聽到火車的叫聲呢？」

「因爲拖拉車馬達的聲音。」

「屍體怎麼樣？」

「他們不許任何人接近，他們佈了警衞擋住了。」

「是不是聽說有什麼快車？有沒有一班快車？」

「九點一班的快車準時離開我們的車站，正加快速度朝平交道駛去。但是當兩車相撞，火車司機算是平安脫險，他們跑到鐵軌上舞動着手臂才算把火車止住……伊利亞的甥兒也因落下的樑木而摔跛了腿，現在躲在朋友家中逃避警察的耳目以免知道他也在平交道。——他們在盡量努力設法在找證人——如果你想不惹麻煩，最好免開尊口。至於說克拉的丈夫——連一點皮都沒有破。他企圖自盡，他們硬把他從頸圈裏拖出來。我的兄弟跟嬸母都因我而死，他說。後來他就到警察那裏自了首，但是他不是送到監牢却送到神經病院裏去了。啊，瑪德瑞安娜，瑪德瑞安娜……」

瑪德瑞安娜已經不在了。一個可愛的人永遠地去了。而她在世的最後一天我還因她穿了我的夾克而責罵她。

那賣書招貼上的女郎，用鮮明的紅色和黃色印成，快樂地微笑着。

瑪莎坐在那裏，又哭了一下。然後她站起來準備要走的時候，突然問道：「你還記得吧，伊格納提奇？瑪德瑞安娜有一個灰色的披肩。她答應說在她去世後要給我那小妞亞的，是不是？」

在半暗中她期望地看着我，看我是否已經忘記了。

可是我記得。「是啦，對的，她是答應過這麼一回事的。」

「那麼你且聽着，你現在可不可以讓我拿走？明天早晨整個大家族都會到這裏來，我可能就拿不到了。」

她給我希望的懇求的一眼。她曾經是瑪德瑞安娜五十年來的好朋友，也是村子裏唯一十分愛她的人。她拿這件東西當然是應該的。

「當然，你拿去吧。」

她打開櫃子，找到了那披肩，塞在她的裙子底下去了。

老鼠好像被一陣瘋狂所抓住了。他們在牆壁裏瘋狂地跑上跑下，綠牆紙幾乎可以看得見它波浪般的起落着。

明天我必須到學校去上課。現在是清晨三點鐘。惟一的避難所就是把自己鎖起來睡覺。現在我可以鎖上門了，因爲瑪德瑞安娜已經不會回來了。

我躺了下來，讓燈亮着。老鼠叫嚷得那麼厲害，好像是在呻吟一般。他們毫不疲倦的上下跑着。我的疲勞而混亂的心無法擺脫那種禁不住的恐怖之感。我有一種感覺，覺得瑪德瑞安娜在走動着，對她的家告別。突然在前門的走廊上，我看到了年青的、黑鬍子的伊利亞的影像，舉起斧頭：「如果他不是我的親兄弟，我會把你們兩個都宰掉。」

四十年來那個威脅一直就在牆角裏躺着，像一個丟棄了的刀口——最後它還是砍了下來。

(3)

天亮的時候，女人們把能夠撿得回來的餘下來的瑪德瑞安娜蓋了一塊髒口袋用雪撬載回來了。他們拿掉布口袋來洗屍身、屍身很可怕地破損了——沒有了腿，身體一半沒有了，也沒有左手臂。有一個女人說：「上帝讓她留下一隻右手，好讓她向天上的父禱告。」

所有的無花果盆景都移開了，那是瑪德瑞安娜十分心愛的植物。以前有一次她一覺醒來，發現房子裏滿屋是煙，她不去先設法救房子，却把無花果盆景丟在地板上，免得它們窒息。地板已經擦乾淨了。瑪德瑞安娜的晦暗的鏡子罩上了一塊自織的大舊毛巾布。那張快活的招貼紙也從牆壁上取下來了。我的書桌被移到一邊，一個做工粗糙的棺材架在靠窗聖像下面的櫈子上。

在那棺材裏面躺着瑪德瑞安娜。她那破碎殘缺的身軀蓋着乾淨的被單，她的頭罩着一塊白布。她的臉看起來平靜但却很生動，尚還保留完整。

村子裏的人跑來站着看。母親們帶着年幼的孩子們來看死去的婦人。如果任何人開始哭泣，所有的女人，甚至於那些只是因好奇而來的人，都在門口靠牆站着情不自禁的開始同情的哭起來，好像配合獨唱的和聲。男人們凝着神僵硬的站着，光着頭靜默着。

帶領哀悼是女親戚們扮演的角色。在她們的哀悼中，我察覺到一種冷靜的算計因素，一種古老的、已經建立好的步驟。比較遠房的親戚走到棺木跟前只一會兒，低下頭喃喃地述說些什麼。那些認爲自己是比較同死者關係近的人則在當門就哀哭起來，來到棺木前就靠過去對着死人的面說他們的一套。每一個追悼者都有自己的風格，按照他自己特別的思想和感情來發洩一番。

我也發現哀號不光是一種悲傷的表示，也包括着一種「政治」的因素。瑪德瑞安娜的三個姐妹降臨，佔據了房子、山羊、火爐，把衣櫃上了鎖，大衣襯裏被撕開，那準備用來作她葬禮費用的二百盧布被吞沒，跟在場的每一個人說，她們姐妹是瑪德瑞安娜唯一的近親。這就是她們對着她的棺木說的哀詞：

「啊，我們最親愛的，最親愛的唯一的姐姐呀，你過着這樣安靜而簡單的一生，我們永遠是愛你惜你的。你的房子就令你喪命。那間側屋把你趕進墳墓裏去了。爲什麼你要讓他們把它拆了呢？爲什麼你不聽我們的話呢？」

於是乎那些姐妹的哭號乃是針對着她丈夫的家族——指責他們逼着瑪德瑞安娜把她房子的木料拱手割讓。進一步的意思是：「你們可能拿去了那間側屋，可是剩下的房子我們是不會讓你們有絲毫非分之想的。」

丈夫方面的家族——瑪德瑞安娜的弟妹們，伊菲姆和伊利亞的姐妹們，還有好幾位甥姪女們，來向她如此這般地致哀辭：

「啊，親愛的瑪德瑞安娜嬸母，你一向十分克己，從不珍惜自己，現在他們却責怪我們。我們是愛你的，這回完全是你自己的錯，跟那間側屋是沒有什麼關係的。爲什麼你要去那個死亡等着你的地方呢？沒有人叫你去呀！爲什麼你不停下來想想？——那你就可能不會喪命了，爲什麼你不聽我們的話？」

這一段哀辭的言外之意：「我們不應該對她的死亡負責，至於說那棟房子，我們等着瞧吧！」

然後那另一個瑪德瑞安娜來了，一個粗俗、醜陋的女人。這位只因爲她的名字是瑪德瑞安娜而被伊利亞娶來的替代品，却破例地用一種不很動人的眞誠對着棺木號啕大哭起來：

「我最親愛、最親愛的姐姐呀！答應我你沒有生我的氣！啊，你我曾經在一起度過怎樣的時光呀！我們是無所不談！原諒我，可憐的瑪德瑞安娜！啊！你現在是去同你的母親聚首去了。你會講我的壞話！啊，求你不要這樣，求你……」

這最後一聲請求說出來她好像把她的靈魂都哭出來似的，她一次一次地把她的胸脯往棺木邊撞上去。等她的哀號太過分踰越了禮儀的範圍以後，女人們好像肯定她已經眞正表示了她的心意，好心地說：「親愛的，夠了。你現在該走了。」

瑪德瑞安娜走了，但是又回頭過來，更兇狠地哭着。然後有一個老婦人從一個角落裏走出來，一隻手按在她的肩膀上嚴峻地說：「世界上有兩個謎：我怎麼出生的？我不知道，我會怎麼死呢？我不知道。」

瑪德瑞安娜立刻安靜了下來。每一個在屋子裏的人全然靜默下來了。

但是過了一會兒，那同一個老婦人，年紀比其他的都大，而且我猜想在瑪德瑞安娜生前根本不怎麼相識，開始輪到她哀悼：「可憐的，不快樂的瑪德瑞安娜，為什麼是你死去了而我却被免？」

哭悼得完全不合禮儀的人是瑪德瑞安娜那個可憐的領養女兒，却魯絲汀的克拉，那間側屋給拆走，是為了她。她只能流下我們這一代最自然、最平凡的眼淚，我們這個對苦難同喪痛都不陌生的時代。她那波浪般的頭髮病態地散亂着，她的眼睛充滿着血絲。雖然天氣寒冷，她沒有覺察到她的頭巾滑落了，而她在穿上大衣的時候，她的手臂找不到衣袖。她喃喃自語從她的養母的棺木的房子出來，走進另一間放着她弟弟的棺木的房子中；他們現在為她擔憂着，因為她的丈夫已經確定要受審了。

看起來她的丈夫是雙重的犯了罪；他不僅僅 負責搬動木材，而且因為他自己是一位職業司機，很透澈地了解不設門卡的平交道法規，他應該先去塔諾佛車站警告他們有關拖拉車的一切。那天晚上乘坐烏拉絲特快車的一千人在罩燈光下平安地在他們的舖位中熟睡着，幾乎被摧毀。這一切只不過是因為少數幾個人的貪心——要霸佔一塊地的情急，不肯用拖拉車跑兩趟；還因為那間側屋，自從伊利亞伸出他那雙貪欲的手要強佔它時，已經對它下了咒了。

那位拖拉車司機已經越過塵世的法律所能達到的地方去了。但是鐵路管理却因任由一個交通頻繁的平交道無人看守，讓兩節連接的火車頭不亮燈行走也同樣地犯了罪。這就是爲什麼他們最初千方百計想努力證明這一幫人醉酒，現在則在盡力誤導法庭的視聽。

軌道和路基都受到了嚴重的損壞，火車停駛了三天。村子裏停放着棺木，鐵道改道成廻車線。從星期五到星期天一連三天，從警局調查此事開始到葬禮，車軌日夜在修理中。爲了要阻擋刺骨的寒冷，供應夜晚的照明，修理人員點起了營火，那不花錢的燃料是得自第二輛雪橇運載的木板和樑柱，在平交道一帶散得一地，第一輛雪橇，還滿載着，被留下來停在附近路邊上。

就是爲了這輛雪橇在那兒可望而不可卽，準備被拖走，而那第二輛雪橇裏裝載的東西本來是可以挽救過來不至於被燒掉的——使得那黑鬍子的伊利亞整個星期五星期六都痛苦莫名。而另一方面他的女兒在發瘋的邊緣，他的女婿就要被起訴，他自己家裏躺着他兒子的屍體，對面街那邊躺着他曾經愛過的女人——兩個都是他殺的。他拉扯着他的鬍子站在那兒給死去的人最後的敬意，他並沒有呆多久。從他那深鎖的眉頭看來，顯然他是在沉思中；但是他所思想的只不過是要如何把剩下的木材從營火同瑪德瑞安娜的姐妹的爪牙下搶救出來。

後來，我在塔諾佛比較熟了之後，才明白在這個村子裏像他這種人有很多。我們的語言把德性同貨物同等，失掉財產被一致認爲是可恥又可笑，這是多麼大的啓示而又是多麼尖刻的諷刺啊。

伊利亞發動了一個一連串不休止的拜訪，到村蘇維埃、到火車站，從一個部門走到另一個部門。他彎着背，拄着手杖，輪流到每一間辦公室去，站着求有關當局可憐他這把年紀，許可他取回他的木材。

不曉得是那一處，那一個人給了他許可，伊利亞聚集了他剩下的兒子、女婿、甥兒們，從科克何玆借來了馬。然後繞道走過三個村子，他到達了那遭到毀壞的平交道的遠的一邊，把那其餘部分的側屋拉回到他自己的院子裏來，他在星期六同星期日之間的晚間完成了這件工作。

星期天擧行葬禮，兩架棺木在村子中央碰頭，雙方的親戚們爲了誰該先行而爭吵起來，後來他們把這嬸姪倆並列在一輛雪橇上，穿過那陰暗濕冷的二月天把他們拖到那兩個村子以外的公墓。天氣吹着狂風非常不舒服；牧師跟執事等在教堂裏，拒絕出來在路上迎接這個行列。

人們齊聲合唱着慢慢跟着這個行列一直到村子的邊界。然後他們就此打住，各自回家。

就在星期天早上，女人們仍然在忙着她們的一套儀式：一個女人在棺木邊上坐着，口中喃喃說着讚美詩；瑪德瑞安娜的姐妹們在火爐週圍騷亂着，用瑪德瑞安娜從遠處泥炭坑用口袋裝了帶回來的泥炭板添起火來，他們用便宜、髒臭的麵粉烤了些味道不對的小餠。

星期天晚上，葬禮之後，我們聚集在一起守冥。幾張桌子拼在一起做成一個長桌，放在早晨放棺木的地方。他們開始是大家圍着桌子站着，由一位伊利亞妹妹的老年的丈夫朗誦主的祈禱。

然後給每人一點溶的蜂蜜盛在小碗裏，我們用匙吃了以紀念去世的人。在那以後，我們又吃了些別的，喝了些伏特加，然後談話就變得比較生動了。在吃最後一道 Kisel 之前，我們站起來唱「永恆的追憶」。他們向我解釋說，傳統上必須在 Kisel 之前先唱這個。然後又喝了點伏特加，這以後，談話更是大聲，也不再是講瑪德瑞安娜了。

伊利亞的妹夫吹牛說：「你們注意到教堂裏他們說了全部的祈禱文沒有漏掉一點點？那是因爲麥克神父知道我在場。他知道我對葬禮一淸二楚。要不然哪，他會删掉一半塘塞過去，然後再見。」

最後晚餐完畢，我們又再一次地站起來唱「她是尊榮的」、再唱三次「永恆的追憶」。到此聲音已經粗啞變調，臉上醉意盎然，沒有人還有半點「追憶」的感情。

然後大多數的客人都離開了，只剩下最親近的親戚，香煙拿出來點上了，於是有說有笑起來。話題轉到瑪德瑞安娜的丈夫伊菲姆，報告說他失踪。拍着胸脯，伊利亞的妹夫對我同一個娶瑪德瑞安娜的一個妹妹爲妻的鞋匠解釋關於伊菲姆的事：「是啊，他是眞的死了，那伊菲姆，要不然他爲什麼不回來，我就算知道自己回來要問吊，我也會回來的。」

鞋匠同意地點頭。他是一個逃役者，整個戰爭中他都在家中，躲在他母親的地窖裏。

那位嚴正、沉默，比其他人都老許多的老婦人，決定當晚就留住在這裏，已經把自己安置在爐坑上了。她俯瞰下面，對着所有這些五、六十歲的年青人的不適當的大聲喧嘩的行爲表示無言地嫌惡。

唯有那位在這屋子裏長大的不幸的養女，跑到厨房間隔那邊去哭泣。

伊利亞在瑪德瑞安娜的守靈日那晚沒有來，因爲他在參加爲他兒子擧行的追悼會，但是在後來的幾天裏，他到這屋裏來過好幾次，同瑪德瑞安娜的妹妹們和鞋匠做着某種火氣很大的討論。

爭論是在誰該佔有這所房子——瑪德瑞安娜的一個妹妹呢？還是那位領養女。看起來他們似乎要去對簿公堂，但是又很快地彼此妥協得到一個解決，雙方同樣認爲法庭可能不會把房子交給任何一方，反會交給村蘇維埃。因此協議成立。一位妹妹拿到羊；鞋匠同他太太得到這所房子；因爲伊利亞曾經「充滿愛心建造這個地方」而分配到側屋木材、羊住的小屋，以及那分隔後院同厨房菜園的籬笆。

於是再一次地克服了他的疾病同風濕，這位貪多無厭的老人開始振作起來看上去年青了許多。他又再一次地召集了他餘下的兒子們、女婿們、他們拆除了山羊小屋同籬笆。他自己親自把木材搬到橇上，由他那位在八年G班讀書的安東斯卡幫忙，後者則是破題兒頭一遭算是有了工作的意志。

冬天結束之前瑪德瑞安娜的屋子就移交出去了，因此我就搬去住在附近她的一個弟妹家居住。在幾次談話當中，她追述着關於瑪德瑞安娜的事，我因之對這位死者從新的角度上有所了解。

「伊非姆根本不愛她。他常說他喜歡穿着考究，但是她却只穿些舊東西，像個標準的農婦。因此他一旦發現他不必在她身上花錢之後，他把所有多餘的錢都喝掉了。後來有一次，他同我去城裏做了件工，在冬天賺了點錢，他給自己找到了一個非常漂亮的女人，就不想回到瑪德瑞安娜那裏去了。」

她講的有關瑪德瑞安娜的每一件事都是不可恭維的：她髒，她不善理家，她又不節儉。她甚至不願意養猪，因爲她不喜歡養肥一頭畜生然後拿來殺掉這個主意。她又那麼蠢，給人白做事不拿錢——雖然這位弟妹之所以還記得瑪德瑞安娜的惟一理由就是她抱怨沒有人幫忙翻耕厨房的菜園了。她雖然承認瑪德瑞安娜的仁心和單純，她的口氣却是呵責的憐憫。

只有這時候，聽到她這位弟妹的不以爲然的評語，我才能看到先前就是住在她屋頂下也無法看到的瑪德瑞安娜的影像。

的確：每一家都養猪了，她却沒有。還有比養肥一隻生存惟一目的就是食物的貪欲的猪更容易的事了嗎？給牠一天煮一滿桶猪食，把牠當作你生存的中心，然後宰了牠取猪油做醃肉。可是瑪德瑞安娜從來也不要一隻……

她是個不好的管家。換句話說，她拒絕挖空心思去買些小器具、小財物，然後去守住它們、保住它們、勝於自己的生命。

她從不在乎漂亮的衣着，那包裹住醜陋，掩蓋住邪惡的衣服。

被她的丈夫誤會、抛棄，雖然她天性快樂、可親，對她自己的家人來說她是一個陌生人，滑稽又復可笑，她給人工作不爲報酬，這個女人，她埋葬了她所有的六個孩子，沒有積存一點塵世的貨品。只擁有一隻髒白羊，一隻跛貓，還有一排無花果樹盆景。

我們這些同她生活親近的人，誰也沒有看到，她就是那位俗語說的一個正直的人，沒有他，沒有城市可以支撐得住。

整個世界也頂不住。

為了主義

「芬拉，誰拿了電機師的時間表？」

「你要幹嗎？你是在無線電部門的。」

「芬拉，把聲音轉小二十分貝……這位是我們的新同事——他要知道。」

「對不起。準備來這裏教什麼？」

「發電機，還有電機傳播原理。」

「這裏太吵了，我簡直什麼都聽不見。這班人還自稱爲人師表呢！時間表在那邊角落裏，去看看吧。」

「蘇珊娜・絲莫洛夫娜！你好嗎？」

「麗廸亞・及俄及夫娜？麗廸亞，妳氣色好極了，在那裏渡過夏天的？」

「你想會在那裏？整個七月都在建築地盤上！」

「在建築地盤！你有沒有放假呀？」

「不算什麼假。我只拿了三個禮拜假，沒有拿到八個，不過還不太壞，怎麼你看起來這麼蒼白。」

「格瑞哥利・拉夫倫提奇，你們給電機系準備得怎麼樣了？只有兩天了。」

「別的系要在九月二號以後才安排課程。這是一個臨時的時間表。同志們，出去的是那一位？同志們！請注意！我重覆一次：費爾多・米克黑依奇要求大家不要離開。」

「在新校舍。他很快會過來，然後我們就來討論搬遷的事宜。」

「他本人在何處？」

「我們得很快決定才是。學生們已經從別的城到這裏來了。我們是不是應該送他們出去住宿呢？還是我們會有一棟宿舍？」

「上帝才曉得，已經延期了這麼久。可是爲什麼我們做什麼事都從來不能準時完成？」

「瑪麗亞・廸娥米多夫娜，新校舍裏，他們給了我兩間房，應該是夠了。一間是電機工程，一間是電機測量。」

「我的情形也是一樣。電子器材與電解器材同絕緣物質分開，後者留下給光學工程。」

「我眞爲你高興。到目前爲止，你根本沒有一間實驗室——只有一堆舊玻璃瓶瓶罐罐。」

「所有的東西都還在板條箱子裏——在走廊上，在地下室，——簡直是恐怖之至：但是現在我們總算把架子送過去了，樣樣東西都有地方放了：水銀半波整流管、閘流管、發電燈等等。」

「請務必停止吸煙，維太利。你要吸煙，先請問問看女士們。」

「讓我來給各位介紹一下我們的新老師，工程師安納托尼·及曼諾維奇。這位是蘇珊娜·絲莫洛夫娜——她是數學講座教授。」

「他在開你的玩笑。什麼數學講座？」

「哦，院務會主席。還不是一回事嗎？只不過不拿錢就是了……現在我來給你介紹麗廸亞·及俄及夫娜，是一位典型的教員。」

「別相信他。其實我是最不典型的。你一開始就會比我更典型些。」

「你是不是在看我的外表來判斷？我推測是因爲我帶了眼鏡的緣故。」

「是因爲你有一個工程學位，而且當然，你是一位專家。而我是很容易被人取而代之的。我在這兒呀，是有點多餘的。」

「你教什麼呢？」

「俄文。還有文學。」

「你從麗廸亞·及俄及夫娜的微笑看來，你就知道她才不認爲她是多餘的呢。首先，她是我們青年人的領袖。」

「她現在是嗎？是青年人的集團選你的嗎？」

「不是，是黨部指派的。他們把我直屬共青團委員會。」

「算了算了，親愛的麗廸亞，不要那麼謙虛。共青團委員們特別要你的。而且已經一連四任。」

「我個人認爲，這次新校舍之所以建成，大半是麗廸亞的功勞。」

「現在你在開『我』玩笑了。」

「我不明白——倒底是誰造的你們的新校舍？是信託局？還是你們？」

「是信託局，也是我們，麻煩就在這裏。」

「講給我們聽聽看，麗廸亞．及俄及夫娜。我們反正還得等。」

「他們是跟我們這樣講的：信託局今年沒有足夠的錢來完成所有的計劃，我們的校舍還得再要兩年。我們就說我們可不可以幫忙？『當然啦，你們可以在九月一號以前就有新校舍，』我們就抓住這個機會。我們召開了共青團——會員大會……」

「可是，你們這裏什麼地方可以開會啊？」

「當然，我們沒有一間夠大的會堂，但是我們可以利用走廊跟樓梯，同時講堂裏有擴音器，……。總而言之，我們開了會。我們要不要把這件事承擔下來？要，我們應該。我們分成許多組。起先我們各組分派一名敎員負責，但是這些孩子們大鬧說他們不要，他們要自己來做。老實說，我們很怕這些剛離開學校的年青人。到底他們才不過十四、五歲——萬一他們累垮了，或者摔到起重機底下。後來，大人還是監督着他們，不過年紀大些的就不讓我們了。」

「那麼是不是全然一片混亂呢？」

「我們盡量避免。工頭在黨部告訴我們他每星期會需要多少工人和那一類的工人。我們建立了一個類似總部的組織，在那裏我們決定怎樣分組。我們甚至在工作日也去做工，有些人在上課以前，有些人在上課以後去。事實上，我們有一個輪班制。這樣我們一連工作了好幾個星期日。我們夏天的計劃是，每一個人要把他的假期拿出兩個星期來工作。當然，對於那些來自其他城鎮的學生，我們盡量把這兩個星期安排在假期的頭或尾，但是如果有人被分配在假期中間，那就只好遵命。」

「簡直是驚人。」

「這還不算。眞正驚人的是沒有人要強迫。如果有人退出，別的孩子就用某種方法遞補進去。那些建築工人比我們還吃驚。他們對我很誠實地承認那些孩子們比他們工作得還好。」

「簡直是令人震驚。」

「你不相信我呀？隨便你去問那個看。」

「噢…哦…並不是我懷疑…我相信熱誠是天生的人性的品質，十分値得佩服。只不過在我們國家，這個字已經變成了一種……陳腔濫調。人們不分青紅皂白地亂用，就是在無線電亦然。在工廠裏，我不斷地聽到：我有什麼好處？工作的報酬有多少？塡報加工時間！這並沒有什麼奇怪——物質的刺激是完全正常的。」

「我們還做了什麼？哦，對了——我們照着那個計劃做了一個新校舍的模型，當作我們的標誌，在五月節遊行行列前，扛着在城裏遊行。」

「麗廸亞．及俄及夫娜是從感情的角度來開始講這個故事的，但是要正確地了解它，你需要從經濟的立場來看它。我們這個工業學校到現在已經開辦有七年了，自從他們把這棟鐵路邊的建築給了我們，後來再有一棟在城界以外，我們不知怎麼的就此呆下去了。然後他們在工場側翼添了一個一層的建築，又在離開這兒半公里外給我們一棟小建築物。但是還是一樣的不方便。後來費爾多．米克黑依奇總算搞到一塊地皮就在城裏。那裏還有些小房子需要拆除……」

「我想那只要他們五分鐘吧？」

「他們用電剷馬上清理出來，立了兩個地基——一個是校本部的，一個是宿舍的，兩並排。他們甚至還造了第一層，然後就此一切停頓。那以後三年，他們一次一次地堅稱沒有錢了。起初他們根本沒有把我們列在分配經費的名單上面，後來各部門分裂，然後又統一起來，我們就從這邊轉到那邊的換個不停。同時，地盤上蓋上了雪，雪化了，雨來了，一點進展也沒有。然後不久之前，國家經濟評議會突然成立，我們被放在它的管轄之下；從去年七月一號起開始給我們錢，因此……」

「嘿，德絲亞，開開窗，好不好，親愛的？他們男人們把屋子弄得整個都是煙味——簡直是無恥。」

「總不能說每次我們要抽支煙就得跑到外面去吧？」

「但是，教員室可也不是專門拿來給你們吸煙的。」

「有什麼工作可以給你們做呢？」

「有好多。我們挖那打蒸汽釜室開始的溝……」

「對，我們好像大多數的時間都花在挖溝上。給電本線和這個那個的挖溝，我們還全部靠自已把它們都弄進去了。」

「我們把磚頭從卡車上卸下來。把它們堆到起重機上面去，把地基上的土移出來。」

「我們把每一層樓的垃圾搬出來，把暖氣爐硬拖到每一間屋子裏，……還有各種管子，嵌木細工的地板。我們洗了又擦。」

「所以營造商只要僱專門人員，而不需要請一般性的勞工？」

「我們甚至於還訓練了一些專門人才。我們自已組織了兩個隊：泥水匠學徒和粉刷匠學徒。而且他們還眞的掌握住了工作的要點——了不起的景像。」

「對不起，那吵鬧聲是不是從街上傳來的？」

「電子學邁進，你的勝利已經完成！
　在一切通信中，進步是我們的信條！
　無知卽是黑暗，工業技術卽是光明！
　無線電，我們的口號；無線電，我們的力量！」

「那些是不是你們的學生？他們在唱什麼？」

「我跟本看都用不着看，我就可以告許你他們是眞空物理三年級的學生。」

「不管怎麼樣，他們聽起來很行的樣子。我可不可以看他們一眼？我們能不能從窗子看到他們？」

「讓我們靠近點……瑪瑞安娜·卡斯米羅夫娜，可不可以請你把椅子挪開點？」

「啊，眞的，是桶裝的樣式——現在流行的。窄腰，底下寬、垂下些小褶，又窄下來，到腿肚那麼長……」

「過運河外面我知道一個小湖——啊，我釣到的鯉魚喲……」

「親愛的麗廸亞，每個人都在坐下來，你爲什麼還在擠出去？」

「過這邊來，安納托尼·及曼諾維奇。從他們這邊擠過來。你瞧瞧他們在那裏——那邊一大堆男孩子，女孩子。」

「從房子到商店地板，從天上到太空，
電子學研究者推進着人類！
我們要的是全善全美，供應人們之所需，
無線電，我們的口號；無線電，我們的信條！」

「眞的，多麼地熱情呀！聽起來好像他們眞信這一套。」

「噢！他們很驕傲這是他們自己編出來的，所以他們叫它做電子學歌。正因爲他們如此的熱情，在城中慶典上他們贏得了第二獎。且說，你注意到沒有——只有女孩子們在唱，男孩子却在此時保持靜默？在慶典上他們出現只是在做樣子，爲了補償起見，他們在合聲時大叫：「無線電，我們的口號；無線電，我們的信條。」

「不知道什麼原因，看到他們使我有點驚駭。我習慣教大人。有一次我到我小兒子做學生的學校去講演：『科學與科技的成就』。因爲我的兒子在場，我感到好不羞恥——他們根本就不聽我講，只在做他們高興做的事。校長敲着桌子，可是他們連他也不聽。後來我的兒子解釋給我聽：校方把衣帽間鎖起來了不讓人回家。他說，每次都是這樣的，有什麼代表來了或是有什麼新規則要宣佈。孩子們故意說話來擾亂。」

「但是你不能把一個專科學校同一所普通學校來比；這裏是有一種不同的氣氛的。沒有一個人偷懶坐在那裏打發時間的。而且這裏校長也有較大的權力——獎助金，宿舍……雖然，事實上我們這七年來都沒有宿舍；他們一直都在外面私自找地方住。」

「學校給不給他們錢呢？」

「校方付每個學生三十盧布。這是標準費率，應該是夠的。但是一張床位一個月要一百盧布——好一點的要一百五——所以有的時候要兩個人合一張床睡。像這樣的情形下去可以好幾年。他們已經受夠了。你好像對於我們的熱情表示懷疑，可是有一點是毫無疑問的：我們受夠了這樣壞的待遇，我們要求合理的生活條件。這不就是爲什麼他們開始了這項週末自動工作的計劃——去改善他們的生活標準？」

「是的。」

「好啦，我們的情形也正是如此。去吧，你倚窗看看去。」

「無線電，我們的口號；無線電，我們的力量。」

「到平交道有多遠？」

「六百米。」

「可是我們一定要用脚走。還有好多人一天要走兩次，一去一回。現在是夏天，已經有三天沒下雨——可是我們還得跳過許多汚水潭。這裏你永遠也不能穿得像樣些，整年都得穿上靴子。在城裏老早已經乾燥了好久了，但是我們到那裏去都沒有法子不一付髒兮兮的。」

「……口號！」

「因此我們就集合起來，我們說：我們這樣子下去還要有多久啊？我們的課室不比食厨大。在晚上，除非你租用俱樂部的大廳你就什麼也不能安排。所以在晚上，這些孩子覺得最不能忍受了。」

「……力量！」

「麗廸亞·及俄及夫娜，麗廸亞·及俄及夫娜！」

「什麼？」

「有些孩子們在找你。你能不能出來一下呀？」

「好吧，我來了。對不起！」

「那是了不起的一球。從罰球區的邊線，他向後一脚踢過自己的頭，從球門橫木下面穿過去。」

「那是你的帽子嗎？你不是還在戴那頂舊貨吧？現在呀他們就戴那種倒過來的像花盆樣的帽子！」

「瑪瑞安娜·卡斯米羅夫娜，可不可以廝煩你……」

「我計劃拿地下室的一部分當作射擊靶場。我已經答應了學生的。」

「我不準備走開，格瑞哥利·拉夫倫提奇，我會在樓梯上……」

（2）

「哈囉，孩子們。誰找我？歡迎你們那些我還未見到面的同學回來。」

「恭喜，麗廸亞．及俄及夫娜——我們完成了！」

「麗廸亞．及俄及夫娜。」

「……及俄及夫娜。」

「做得好，男孩子們。你們也一樣，女孩子們——你們大家全體。」

麗廸亞揮舞着她的手，高過她的頭，讓大家都能看到。「你們工作得太好了。現在新的學期在新地方上！」

「萬歲！」

「那位想要躲起來的是誰呀？麗娜？你把那可愛的辮子剪掉了！」

「可是現在誰也不作與打辮子了，麗廸亞．及俄及夫娜。」

「啊呀！我們女孩子跟趕時髦有什麼關係！」

麗廸亞．及俄及夫娜穿了一身藍綠色的套裝配上外套的黑領——外貌看來漂亮而且非常俐落。她的表情是開朗而率直。她站在教員休息室門口的樓梯口頂上，環視那些從三面擠來圍住她的年青人——從左右兩邊狹窄的走廊以及下面狹窄的樓梯。通常這兒沒有什麼亮光，但是今天天氣晴朗，足夠可以分辨出每一種顏色；頭巾，圍巾，外套，衣服還有法蘭絨襯衫，似乎包羅了所有的顏色——白的，黃的，粉的，紅的，藍的，綠的還有咖啡色——帶點子的，圖案的，條子的，格子的還有滾邊的。

女孩子們盡量不去站得離開男孩子們太近，但是，女孩子們站一堆，男孩子們站一堆，兩堆緊靠在一齊，下巴靠在前面人的肩膀上，伸長了脖子想要看清楚點——吵鬧而快樂洋溢，期望着從麗廸亞·及俄及夫娜那裏聽到什麼消息。

她四面瞧着，清楚地看到，這一個夏天怎樣地使得女孩子們的新髮式流行了起來；當然她也得承認，這裏那裏，她還能看到一些短而女孩氣的辮子，紮上彩色的帶子，頭髮前面矜持的分梳開來，也有比較大膽的留海捲同兩耳邊的小捲髮。但是已經有好多那種看起來很隨便的髮式，散亂不整但是却事實上是刻意修整的——亞麻色、燕麥色、小麥色和瀝青色。至於說男孩子們，不管是長腿的、短腿的、瘦的或壯的，全都穿上了那種鮮色的襯衫，而且領口都是敞開的——包括那些已經把他們那男孩子氣的捲髮熨平了的，以及小心把頭髮往後梳的或是修短成平頭的。

那些十分年幼的，幾乎還只是孩子的那些人一個也沒有來；但是就算這些圍擠在這裏的高年班的學生也還是在那種不存偏見、容易受影響的年齡，他們是那麼容易從善如流，散發着熱情。

她才一走出敎員室就一眼看到這一切，被那麼多笑容和信任的眼睛所吞沒了。麗廸亞·及俄及夫娜因爲敎師的這種最高報償而感到興奮——這種感覺來自那些學生包圍着你，迫切等待着你的說話。他們無法把他們在她身上看到的安上一個名字：事實只不過是如此，正像年青人那樣，他們喜歡一切眞誠的事物。任何人都可以看到她完全說她心裏想的。因爲他們在建築地盤上共渡了幾個月的時間，使得他們了解了她，也特別愛上了她。那時她不穿漂亮衣服，只是穿件罩衫帶了頭巾。把他們指揮來指揮去，她就覺得別扭：她永遠也不會去命令別人去做她自己不準備去做的事。她掃、她擦，跟女孩子們一塊兒抬東西。

因此，她雖已年近三十，結了婚，有一個兩歲的女兒，所有的學生都叫她利多奇卡，雖然不是當着她的面。男孩子們都樂於爲她那輕輕地略帶權威的一揮所分派的工作去奔跑效勞，有的時候她會在他們之中的某個人肩上輕輕一拍表示特別的信任和信心。

「好了，麗廸亞·及俄及夫娜，我們什麼時候搬呀？」

「是呀，什麼時候？」

「你們瞧，我們反正已經等了這麼久了，我們還可以再等二十分鐘。費爾多·米克黑依奇馬上就要回來了。」

「但是我們爲什麼還沒有搬呢？」

「還有一些工作要做……」

「總是還有工作要做！」

「我們來自己做掉，來，讓我們來。」

那個穿着紅粽色襯衫，從共青團委員會來的，把麗廸亞從教員室叫出來的瘦長的男孩子問道：「麗廸亞・及俄及夫娜，我們必須爲搬家安排一下，誰來做什麼？」

「看，孩子們，我有一個想法……」

「閉嘴，我們來洗耳恭聽吧。」

「是這樣的，我們當然會有兩輛或者三輛貨車，來搬機械工具跟眞正重的東西。但是，我建議我們自己來像螞蟻樣的來抬別的東西。」

「我們有多少人？有多遠？」

「一公里半。」

「一千四百米，我量過的。」

「你怎麼量的？」

「我用一個脚踏車計速表。」

「我們一定不要爲貨車就等上一個禮拜。我們九百人能不能在一天之中全部把它搬掉？」

「對啦，讓我們來搬。」

「讓我們來搬。」

「讓我們現在就開始，我們就在這兒弄個宿舍出來。」

「我們在雨季開始以前就動工吧。」

「我們這樣吧，伊哥，」麗廸亞・及俄及夫娜說，帶着一種權威性的手勢戳了一下那個穿着粽紅色襯衫的年青人，好像一個將軍從他口袋裏掏出一個勳章充滿信心地掛在一個士兵的胸前。「你們那一位是屬於委員會的？」

「幾乎是每一個人。街上還有些。」

「對，那麼現在把他們集合在一起。寫下各隊的名單，務必字跡要清楚。各隊名單上，說明有多少人，負責搬動那一個試驗室或辦公室，那裏的工作繁重，那裏比較輕鬆些。如果能夠的話，給每一隊分配一位老師。務必要留心各人分配的工作要配合他們的年齡。然後我們就可以拿這個計劃直接去見費爾多·米克黑依奇，拿去批準，以後每一隊就由一位教師負責。」

「O·K·」伊哥站直了身子。「我們上次開會是在走廊上，但是到那邊，我們有個房間。嘿，委員會，金卡，麗泰，我們要在那裏聚會？」

「我建議到街上去，」麗迪亞·及俄及夫娜大聲叫道。「從那裏我們很可能會見到費爾多·米克黑依奇。」

他們喧嘩地擁到街上，空出了樓梯。

在外面，學校前面點綴着幾株矮樹的廢物廣場上，還有兩百個學生。三年級眞空物理班學生緊緊地站在一堆。女孩子們彼此鈎着臂，互相凝視着重覆着說：

「無線電，我們的口號；無線電，我們的信條。」

比較年幼的學生在玩「猪在中間和捉人」的遊戲，只要那個「他」抓住了誰，他就會給予肩胛骨中間一頓痛打。

「你爲什麼打他的背?」一個圓圓胖胖的小女孩憤憤不平地問道：

「不是背，是脊椎!」一個戴着扁帽，皮帶上塞着一個走了氣的排球的青年自大地糾正她道。但是注意到麗廸亞・及俄及夫娜搖着手指頭指責著他，就跳起來跑開了。

那些年紀還小點的——才從中學來的新同學們，一小堆一小堆的站着，穿着很乾淨，羞怯，很留心地看着每一件發生在周遭的事情。

有幾個男孩子騎了脚踏車來，帶了幾個女孩子坐在脚踏車把手上騎着轉。

絨毛般的白雲，像小粒的肥皂泡，浮過天空，有時它們正遮住了太陽。

「啊，我希望不會下雨，」女孩子們嘆息道。

三個四年級的無線電系的學生站在一堆聊天——兩個女孩穿罩衫，一個男生穿著襯衫，都露在下身外面。女孩子的外衣是帶素色條子的；男孩子的襯衫是那種很俗艷的黃色，上面滿都是棕櫚樹、船、同遊筏的圖案。麗廸亞・及俄及夫娜注意到這個對照，那個對她來說老早就令她驚訝的思想閃過她的腦際：在她哥哥的時代，還有她的同時期的人，男孩子通常是穿得很簡單，顏色是暗淡的；是女孩子穿所有的鮮明的顏色，漂亮的東西跟新的花樣，而這是理所當然的。然後突然在不久以前不自然的競爭就開始了；男孩子們開始十分留心穿着，甚至於比女孩子還穿得更歡愉、多彩，還穿那種顏色瘋狂的襪子，就好像不是他們追女孩子而是反過來一樣；後來又愈來愈變成女孩子挽男孩子的手臂而不是他們挽女孩子的手臂。這種不自然的行爲糢糊地擾亂着麗廸亞．及俄及夫娜；她怕男孩子喪失掉了一些心理上對他們很重要的東西。

「喂，危勒維克，」她問那個身穿黃色有遊筏圖案的年青人道，「你以爲怎樣——這個暑假以來，你有沒有變聰明點呀？」

危勒維克屈就地微笑着。「什麼——我？麗廸亞．及俄及夫娜？沒有，我當然變得更笨了。」

「這樣你不發愁嗎？女孩子不會尊重你的。」

「哦，會的，她們會的。」

從兩個女孩的臉上來判斷，他的自信顯然是十分有根據的。

「但是這個夏天你唸了些什麼呀？」

「簡直可以說什麼都沒有唸，麗廸亞．及俄及夫娜，」危勒維克回答說，還是那一派屈就的口吻。他好像對於這個談話的進行並不怎樣熱心。

「但是爲什麼呢？」麗廸亞．及俄及夫娜很掃興。「那我一向教你們是爲了什麼呢？」

「大概是因爲在講授綱要上的緣故。」危勒維克推論道。

「可是如果你讀書，那你就不能去看電影、或是看電視了。什麼時候有時間去幹那個？」兩個女孩子插嘴道。「電視整天都有節目，而且，每天都有。」

其他四年級的學生也加了進來。

麗廸亞·及俄及夫娜縐了縐眉頭。她的淡色的濃髮全部向後梳着，她的前額整個的露着，使得她的失望和不安顯而易見。

「我了解你們在這兒是來學有關電視機的一切的，因此不該輪到我來說教反對你們看電視。盡量看罷！但是偶然也要息一下，還有……不要拿來同書比較。電視節目像是蝴蝶，它只活上一天……」

「那就是何以它有趣——因爲它是活的，」年青人堅持道：「有舞蹈！」

「還有滑雪…」

「還有電單車賽！」

「可是書是永恆的呀！」麗廸亞·及俄及夫娜叫道，嚴厲的口氣雖然帶着微笑。

「一本書？一本書也一樣只能維持一天！」一位模樣非常嚴肅的男孩喊着，他有非常圓的肩膀看起來幾乎像是駝背。

「你從那裏得來的這個想法？」麗廸亞·及俄及夫娜憤怒地說。

「好了，你且走進書店去試試，」那位圓肩膀的男孩子說。「櫥窗裏有多少顏色轉黃了的小說，所有的架子都放滿了。你一年以後進去，他們還在那裏。我住的地方，我們跟一家書店合用一個院子，所以我知道。後來他們把那些書堆成一堆退回去。司機說他們又會變成紙漿再做成紙。所以他們幹什麼要印這些書呀！」

兩年以前這批同樣的年青人曾經在她的班上，但是他們從來也沒有說過這樣的話。在那時候他們總是給應該的答案，得高的分數。

這場對話之掀起的確在此時此地不合時宜——站在正門口置身喧囂之中。但是她發現自己無法放棄這場辯論。

「那你應該再去看看他們拿走了那些書。」

「我倒是眞的看了的，所以我可以告訴你。」那圓肩膀的男孩站穩立場，前額揚起聰明的皺紋。「有一些還是報紙上曾經大加讚揚的……」

其他的人在發表他們的高見，聲浪蓋過了他的。阿里肯，一位優異的多方面的學生，看上去健康的青年，肩上掛着一個照相機（他們都聽他的），向前擠了上來說道：「我看哪，麗廸亞．及俄及夫娜，我們說老實話吧。我們離開的時候，你給了我們好長的書單要我們去讀。每一本都至少有五百頁長。要讀多久呀？兩個月？要不就是偉大的史詩，或者是三部曲，而且還有續集。是爲了誰他們要印這些東西？」

「給文學批評家！」是響起的回答。

「爲了賺錢！」

「一定是了，」阿里肯同意了，「因爲工業技術人員——也就是我們大部分的人——也需要一些時間讀科技文獻跟他行內的定期刋物。否則的話他就只成了個無知的人，他會遭到解僱也是活該。」

「對，活該！」年青的人們喊道。「而且他們什麼時候能夠看體育雜誌呀？」

——「還有蘇維埃電影畫報？」

「麗廸亞．及俄及夫娜」——阿里肯繼續說下去——「我以爲在今天這種時代作家製作出長的作品是不可饒恕的。在我們製作一個電路圖樣的時候，我們必須找到最經濟的設計。在我們文憑計劃的考試中——我去年考的——他們一直打岔：『你可不可以把它弄得短些？簡單些？便宜些？』可是他們在文學報上寫些什麼？好吧，比喻是傳統的，寫作缺乏形式，而且在另一方面來說，多麼高遠的思想呀！就正如人家告訴我們：『電流不會通，機械不靈，不過你挑的電容器眞美呀！』同樣的道理，爲什麼他們不說：『這部小說應該截短十倍？』這樣人們就不會因爲企圖來閱讀它而被它陷住了。」

「我同意，我是全心全意贊成簡短的，」麗廸亞．及俄及夫娜肯定地說，把手臂向她前面伸出來。那圍住她的一直在逐漸增多的人羣，讚同地高聲叫囂着。這就是爲什麼學生們那麼喜歡她：她從不說謊。如果她說她同意，她是眞的同意。

「但是你們難道不明白嗎？書是我們時代，我們自己，還有我們偉大的成就等等的記錄。」

「可是有那麼多的回憶錄！」戴着眼睛，剪着滑稽的短平頭的男孩從第三排急切地咕嚕道。

「現在呀，誰活過五十歲就必得寫他的回憶錄：他怎麼生的，他怎麼結的婚——每個老糊塗都寫得出來那一套。」

「這要看他寫的是什麼，」老師叫道。「是否寫他自己和我們的時代。」

「你且看他們回憶些什麼，」那個戴着眼鏡的男孩光火地說。「『我在後花園裏覺得一陣顫抖。』……『我來到城裏，可是旅館裏沒有空房間，』」

他們把他推開，大聲把他蓋壓過去。

「我想說點有關簡短的意見，麗廸亞·及俄及夫娜，」

「我要來談談所謂古典，」另一個男孩說，擧起他的手臂。

看見他們興奮的臉，麗廸亞·及俄及夫娜快樂地微笑着。讓他們去激動興奮吧，讓他們圍剿她吧——辯論的人你總是可以說服他的。她對年青人頂怕的就是漠不關心。

「那麼，好吧！」她讓那位要求談簡單的學生說話。

這是朱爾生羅夫，散亂不整，他的灰襯衫領不光是翻過了面而且還補過。他的父親過世，她的母親做一個雜工，還有比他小的孩子要照應。所以七年級以後他就只有上工專。雖然他在文學同俄文總是得低分，他却從小就收藏收音機被認爲是學校的優秀無線電技工；他無須對照電路圖就曉得怎麼去發現毛病，好像他會感覺到什麼地方出錯一樣。

「聽着，」朱爾生羅夫突然宣稱。「阿里肯說時光很短，我們必須經濟節用，他是對的。所以我怎麼做？我從來就不讀小說故事！」

大家暴笑。

「你要發表有關簡短的高論。」

「這正是我在談的！」朱爾生羅夫吃驚地說。「我扭開無線電，聽新聞，評論或是什麼的——而同時我穿好了衣服，吃了飯，或是做些有用的家事，這就是我如何節省時間的方法。」

大家又笑了。

「你們笑什麼？」朱爾生羅夫奇怪道。

「一點都不可笑，」瑪爾他·波奇塔妮黑贊助着他，——一位高大醜陋的女孩，有一張寬太的臉，濃黑的辮子末端散着。

「麗迪亞·及俄及夫娜，你不同意嗎？什麼時候書是值得一讀的？是當你在別的地方找不到書中所有的，對不對？如果你在書中談到的東西就如同你在無線電中聽到的、或是在報紙中看到的一樣，那麼書有什麼用？報紙上的東西總是簡短明瞭多了……」

「而且也多半是對的。報紙是不會出錯的，」有人叫道。

「可是文體呢？」一位粉臉的有着淺色髮捲垂在肩上的女孩害羞的問道。

「你說文體是什麼意思？難道報紙的文體不好嗎？」

「文學的文體！」粉臉的女孩說，說每一個音節時她都搖着她那小小的頭顱。

「文體有什麼用？」朱爾生羅夫不懂了。「如果一個人愛上另外一個人，誰還在乎文體？」

「是的，我的朋友。當然我們需要文體。」現在麗廸亞熾熱起來，她緊握住手放在心口上好像那是她最寶貴的信仰。「一本書應該給我們心理的深度，向我們解釋那細微的……」

但是他們已經從四面八方向她擁了過來，雖然並不是他們所有的人都在聽她——有一些人在講話，還有的在彼此撞來撞去。……

麗廸亞．及俄及夫娜的臉孔興奮得發熱。

「不，等一下。」她想法讓他們冷靜下來。「我不會就此像這樣放下這場辯論的。現在我們將會有一個大的禮堂了。在九月我們來安排一個辯論會。」她把她的雙手重重的放在阿里肯和波奇塔妮黑的肩上。「你們現在發言的人全都要給拉上臺去，那你們就可以……」

「他來了！他來了！他來了！」低年級的同學開始叫出來，年紀大些的也附和着。年幼的開始朝他跑去；年長的讓他們過去却轉過頭來看。老師跟同學們大伙兒都從一樓的窗口伸出頭來。

破舊的大學吉普車從平交道那邊駛來，顛簸在凹凸不平的道路上，還不時的駛過泥潭濺起水花。通過車窗可以看到校長同司機兩邊搖幌着。衝到前頭的學生，尖聲叫着，是第一批先注意到費爾多．米克黑依奇的臉，爲了某種原因，看起來並不怎麼快樂。

靜默下來了。

他們跟着吉普跑着一直到車子停了下來。費爾多、米克黑依奇，粗矮結實，他的頭髮開始轉成灰色，穿着一身樸實稍舊的西裝，走下車來，朝四周看了一下。他的路被阻塞了，年青人緊緊地圍着他站着成爲一個馬蹄形，瞧着、等着。最沒有耐性的首先冒險輕輕地說：

「好了，怎麼一回事？費爾多·米克黑依奇？」

「什麼時候？」

然後，從後排，聲音大了起來：

「我們倒底搬不搬？」

「我們什麼時候搬？」

他又再一次地四圍看看那成打等待着的疑問的眼睛 。他意識到他無法等到上了二樓才給答案，他一定要此時此地就要回答，「什麼時候？」「什麼時候我們才搬？」學生們整個春天整個春天都在問這些問題，可是校長同班長們總是笑笑說道：「那全要靠你們。看你們怎麼工作。」可是現在，費爾多·米克黑依奇所能做的只是嘆氣，不再隱藏他的失望，說道：「我們必須等一陣，同志們，建築人員們還沒有準備好。」

他的聲音聽起來總是沙啞，好像他老是在傷風。

學生羣衆發出了一聲嘆息。

「還要再等，」

「還沒有準備好！」

「但是後天就是九月一號了。」

「現在到底是怎麼一回事？我們是不是還得再回去挖呢？」

那個穿着鮮黃襯衫上面有着遊筏的學生假笑着對他的女性崇拜者說：「我跟你們說了什麼來着？事情總是這樣的。而且還不只是這樣呢？且等着瞧吧！」

他們開始叫起來：「我們行不行自己來做完，費爾多．米克黑依奇？」

校長笑了。「怎麼——你們眞的喜歡做呀？不行，你們來做是不行的。」

一些站在前排的女生開始想用很大的熱情來說服他：「費爾多．米克黑依奇！讓我們不管三七二十一搬了再說。那邊還有什麼事要做？」

那校長，結實的身子，寬大的前額，帶着不安，看着他們。

「嘿，小姐們，我一定要解釋一切嗎？這裏、那裏地板還沒有乾……」

「可是我們不會踩上去的！」

「我們架幾塊木板上去好了。」

「還沒有足夠的窗鎖。」

「那就怎麼樣？反正現在是夏天。」

「暖氣設備還要再試驗一陣子。」

「呸——反正我們多天才用得着。」

「對的，可是還有一些其他小事情要做……」

費爾多・米克黑依奇不耐煩的揮着手。前額上打了好多皺紋。他不能告訴學生們，說他在接受那棟建築以前，他必須要有一件官方移交契據；建築同驗受雙方必須在該契據上簽字；建築方面因爲要盡快把他的工作交卸，或許會簽字的，而對費爾多・米克黑依奇來說時間上也是十分寶貴，如果學校自己來做驗收者，他也會簽字的。可是學校不能夠作驗收者，因爲校方沒有夠資格的同仁來檢驗、通過這項工程。相反的，這乃是當地電器設備廠的工程處的責任，而這個設備廠却絕對沒有理由來趕工或者改變建造的進度。設備廠的指導員，卡巴尼金，整個夏天就答應費爾多・米克黑依奇說，八月他一定會接收這項建築無誤，最近却說：「還不行呢，同志。除非他們轉緊了最後的一個螺帽，，我們是不會來簽收的。」事實上是，他是對的。

女孩子們在抱怨：「啊！我們眞是好想搬啦！費爾多・米克黑依奇。我們已經下定決心了！」

「你們下定什麼決心？」朱爾生羅夫高高的站在一個土堆上，對女孩子們叫道。「我們還得去集體農場一個月。從那一棟建築離開又有什麼區別——這棟或是那棟？」

「對……了！集體農場！」其他的人也記起來了。因爲整個夏天他們都在忙着造房子，他們把這件事給忘了。

「今年我們不去了，」麗廸亞・及俄及夫娜從後面堅決地說。

這還是費爾多・米克黑依奇第一次注意到她。

「爲什麼我們不能去，麗廸亞・及俄及夫娜？爲什麼？」他們開始問她。

「你們應該讀讀當地的報紙，我親愛的朋友。有一篇文章談論到這個問題。」

「一篇文……章？」

「反正我們還是要去！」

費爾多．米克黑依奇推開學生朝門口走去。麗廸亞．及俄及夫娜在樓梯上趕上了他。這個樓梯是只能兩人並行的那一類。

「可是，費爾多．米克黑依奇，他們會不會九月間移交出來？」

「會的，」他心不在焉地回答道。

「我們已經立了一個很好的計劃——在星期六中飯時間同星期一早晨之間把全部的東西搬淸。這樣我們就不會躭誤一天的工作時間了。我們將要按照各個實驗室來分組。委員會現在已經來插手處理這椿事情了。」

「很好。」校長點着頭，深深地埋在自己的思想裏，剩下的工作實在是無關緊要却一樣令他煩惱，當事人應該在兩、三星期以前就應該預先看到這一點的；完全可以把事情趕完接收這項建築物。可是從他們處理小問題的方式看起來，似乎當事人有意在阻礙。

「還有，費爾多．米克黑依奇……我們委員會討論到恩格里奇夫，他給了我們保證。我們將給他擔保。九月一號起，你能不能給回他的獎助金？」她看着他，懇求着但是却自信着。

「原來你是他的辯護士，」校長說着，搖着頭，用他那淺藍色的眼睛看着她。「可是，假如他再幹了就怎麼辦？」

「啊，不會，他不會的，」在她上到樓梯頂上她向他保證道，其他的老師們同秘書在一邊看着。

「好吧，我們看着辦吧。」

他走進他那小小的辦公室，一邊派人叫研究組組長和各系系主任來。不管怎麼樣他要確定他們已經一切就緒來開始新的學年，無須指令，一切必要的事情都已經做好。

在費爾多·米克黑依奇在這所學校多年的任職期間，他的一般政策是，他盡量少予干涉而任由其無爲而治。他在戰前畢業自交通研究所，既不能掌握現今變化快速的工業專科學校所專門的各種新學科，也無法同他的同仁們爭個長短。一個溫和的沒有野心的人，他認爲一個領袖不應該是一個武斷地獨尊他一己之見的人，而該是一羣人彼此信賴爲共同目標工作的最重要的焦點。

秘書芬拉，一位十分獨立的中年未婚婦人，下巴底下繫着一條彩色的領巾，因此當她走得很快的時候，領巾的一端飛揚起來在她身後好像一面三角旗，她拿進來一張塡好的文憑，放在校長面前，然後打開一瓶墨水。

「這是什麼？」費爾多·米克黑依奇不明白。

「這是塔倫希娃的文憑，因爲她生病，她延期考了口試……」

「原來如此。」

他試了試筆，再插進墨水裏，他用左手的手指緊抓住右手好像手鐲一樣，然後才簽了字。

當他第二次在專色凡尼亞受了傷，不光是他的指尖被割除，長出來的又不均勻，而且他又受到劇烈的腦震盪。他的聽覺開始失靈，他的手還打戰，所以他沒辦法單獨用他的右手簽署任何文件。

（3）

一個半小時之後，大多數的教員都離開了。只有那些有實驗要準備的教員同他的實驗室助手們留下來。學生們擁擠在會計處，要登記住校。麗迪亞．及俄及夫娜正會同委員會的委員們立定搬遷的計劃，同時她還要徵求校長同各個系主任的同意。

費爾多．米克黑依奇還在同研究組長對坐着，此時芬拉，她的小旗飛揚，衝進他的書房，宣佈了一個轟動的消息，有兩輛伏加車從平交道那邊過來了。校長從窗口望出去，看到兩輛伏加車，一輛是海綠色，另一輛是灰色，的確在不平的地面上一路朝學校顛簸駛來。

這只可能是當局方面的來人，他應該下去接待他們。但是他沒有預期任何官方的造訪，所以只是站在一樓敞開的窗前。

大朵煙白色的雲浮天而過。

車子直駛到正門口，五個戴着帽子的男人爬了出來！兩個戴着當地政府官員戴的那種硬綠呢帽；另外的人戴的是淺色的帽子。費爾多・米克黑依奇認出來前面的那個人：他是凡斯羅得・波瑞索維其・卡巴尼金，電器設備廠的所長，他「掌握着」新建築的「契據」。他是一位非常有影響力的人物，雖然比起費爾多・米克黑依奇來，他的工作是在高很多的層面，但他對待他總是採取一種友善的態度。列好尚待完工項目的清單，費爾多・米克黑依奇那一天已經兩次打電話給他，企圖說服他，讓他許可他的委員會代表工業學校去接受那棟新建築物，但是兩次他們都告訴他說斯凡羅得・波瑞索維其出去了。

此刻，一個思想閃過費爾多・米克黑依奇的腦際，他對他的副手，一個像柱子一般高瘦的傢伙說：「我說，格瑞夏呀，可能這個代表團是來快速解決這件事情的！」就趕快去迎接這些訪客。這位學生的尅星、嚴厲、正經的副校長跟着他。

費爾多・米克黑依奇只下得來一個梯階，就迎面碰上了他們五個，一個跟着一個地爬上了梯臺。前面的一個是卡巴尼金，他是一個矮子，還沒有六十歲，却已經長得非常胖，老早就已過了二百七十多磅，爲他的過重所苦。他兩鬢的毛髮已經轉成銀白色。

「噢…呵」他對校長認可地伸伸手。踏上了梯臺，他轉過身來。「這位」他說，「是我們部裏的同志。」

從部裏來的這位同志遠比較年青些，但也相當肥胖。他讓費爾多・米克黑依奇握着他軟白手指的三個指尖一會兒，就上樓去了。

事實上，我們的「部」自從學校直屬國家經濟評議會以來，兩年來就從未加以垂青過。

「你知道，我今天打了兩次電話給您。」費爾多．米克黑依奇對着卡巴尼金歡愉地微笑着，並碰觸他的衣袖。「我十分想懇求您…」

「這位，」卡巴尼金說，「是…委員會來的同志…」他說了是什麼一種委員會，但是費爾多．米克黑依奇搞糊塗了，沒有聽到後頭那個名字。

委員會來的那位同志是位很年青的人，修長、漂亮，穿着時髦，每一細微的地方都照顧到了。

「還有這位，」卡巴尼金說，「是從…來的電子督察，」他說了那個地方，但是他一面說着，一面已經朝樓梯上爬，費爾多．米克黑依奇又沒聽到他句子末了的話。

電子督察是一位矮胖、黝黑、禮貌周到的人，鼻子底下蓄着一小撮黑鬍鬚。

最後上來的一位是來自工業部區黨委會的督察，乃是費爾多．米克黑依奇的好朋友，他們握了握手。

他們手上都沒有拿東西。

在樓梯頂上，樓梯口的扶手邊，那相貌嚴肅的副校長有如士兵般地立正站着，有幾個向他點頭打招呼；有的則不理會他。

卡巴尼金把他那肥胖的身軀拖上了樓梯。在這學校的狹窄樓梯上要想同他並排走或越過他走都幾乎是不可能的。當他到了樓梯頂上，他在喘着氣。如果不是他那經常生動、有力的神氣，人們會同情他那種行動的困難。每一個動作都是同他的巨大的軀體在做鬪爭，他那難看的身軀被他的技巧高明的裁縫師隱藏起來了。

「是不是到我的辦公室去呢？」當他們來到頂上，費爾多·米克黑依奇問道。

「啊，不，坐下來幹什麼？」卡巴尼金叫道。「帶路吧，校長，帶我們看看你們怎麼個過日子法。嗯，同志？」

委員會裏來的同志，拉起他那漂亮的進口貨的大衣衣袖，看了看錶說：「當然。」

「我怎麼過活？」費爾多·米克黑依奇嘆氣道，並且糾正自己改成複數：「我們根本就不在過活，我們在活受罪！我們必須兩批輪班工作，實驗室裏沒有足夠的地方讓大家都在那裏工作。有好幾個不同性質的實驗在一間屋子裏做；我們不時的得把桌子上的儀器收掉，另外放上一套別的。

他說話的口氣好像是在給自己辯護找藉口，一邊從一張臉看到另一張臉。

「好了，你可眞是講得聽起來好像是夠糟了，」卡巴尼金發出一種介乎咳嗽和笑之間的聲音。他那頸脖上垂下的肌肉抖動着好像一頭公牛喉部垂下的鬆皮。「你能夠在這裏將就着過了七年眞是驚人。」

費爾多·米克黑依奇揚起他那雙明亮眼睛上那對淺色的濃眉。

「可是，凡斯羅得·波瑞索維其，以前沒有這麼多系，學生也少些。」

「好了，帶路吧，我們自己來看看好了。」

校長對副校長點點頭，務必讓全部房間的門開着，就帶着他們參觀整個校舍。訪問者們跟隨着他，沒有脫掉大衣和帽子。

他們進入一間寬大的房間，壁上四周都是放滿用具的架子。一位教員，一位實驗室助理，穿着一身藍實驗衣，還有一位高年級生，——那位領子補綴過的朱爾生羅夫，一塊兒在準備實驗。房間朝南，滿屋是陽光。

「好了，」卡巴尼金歡愉地說，「這間有什麼不對呀？很漂亮的一間房間。」

「可是你必須搞清楚，」費爾多·米克黑依奇說，觸怒了，「事實上這裏是三間實驗室在一塊兒，一個架在一個上面：無線電工程同天線，無線電傳播，以及無線電收波器材三個部門。」

「這又證明了什麼？」從部裏來的那位同志也觸怒了，轉過他那特大的頭來。「你們難道以為我們部裏重新改組以後就有多的房間可以用了嗎？比以前甚至還要擠。」

「而且，實驗室是給相關的科目用的。」卡巴尼金很得意，手拍在校長的肩膀上。「不要假裝你們的情形比實際上糟，同志！」

費爾多·米克黑依奇吃驚地望着他。

卡巴尼金不時的動着他的嘴唇和鬆弛的雙頰，好像他才吃完一頓大餐，有食物塞在他的牙縫裏。

「可是這些東西是幹什麼的呀？」委員會的同志站在一些古怪的，巨大的，事實上是巨型的有着翻邊的橡膠靴前，用他那時髦的皮鞋尖頭輕輕地碰了一下。

「高電壓鞋套，」教師安靜地解釋道。

「鞋套？」

「高電壓的，」朱爾生羅夫大聲叫出來，帶着那種於己何所損的輕率。

「呵…呵，是是，當然，」委員會的同志說，跟上別的人。

從區黨部委員會來的督察蟄後，問朱爾生羅夫：「可是它們用來作什麼呢？」

「當你修理變壓器時用的，」朱爾生羅夫回答。

費爾多·米克黑依奇本打算帶他們看每一間房間的，但是這些訪客們却連過了幾間，走進一間講演廳。一些英文動詞變化表跟一些漂亮的圖畫掛在牆上。櫃子架上放滿了體積計的模型。

電子督察數着桌子的數目（數出來是十三個），用兩個手指摸平着他那如針刺的鬍髭問道：

「你們一組有多少人呀？三十個？」

「是的，通常…」

「那就是說一桌不到三個人。」

他們繼續參觀。

在一間小的電視實驗室裏，桌子上有十架電視機，有的是全新的，有的則拆了一半。

「它們都還能用嗎?」委員會裏來的那位同志問道，對着那些電視機點了點頭。

「只有那些當該能用的才能用，」那位聰明的實驗助教安靜地回答道。他穿着一身淺茶色的衣服，衣襟上配着某種工技徽章，打着鮮色的領帶。

一疊教育性的小冊子堆在桌子上，督察翻開一本低聲唸道：「如何校準一架電視機，如何把電視機當作一個增強器來使用，視覺信號的構造。」

「這裏沒有什麼架子，不過你們可以對付過去，」卡巴尼金發言道。

費爾多·米克黑依奇愈來愈不明白這一切倒底是怎麼一回事了；這個代表團的目的何在？「呵，你曉得，我們的東西都放在隔壁的準備室裏，帶我們去看看，佛羅狄亞。」

「你是說你們還有一間準備室呀？你們好像情形很不錯嘛。」

進入準備室的門比之一般的門要小，好像儲藏室的門。那瘦長的實驗室助手很輕易地就走進去了；從部裏來的同志則剛好可以跟着後面擠進去，可是又決定不進去了。別的人則一個接着一個的只把頭伸進去瞧着。

所謂的準備室也者，乃是在兩排直通到天花板的架子之間的狹窄的裂縫。實驗助手從頂上到最底下，指給他們看，好像一個導遊般的做着手勢：「這是電視實驗器材。這是電力供應實驗室用的。這是無線電器械使用的。」

所有的架子上都放滿了各種工具表計。

「那是用來幹什麼的?」從部裏來的那位同志說，一面用手指着。他一直都在看住這位實驗助理，注意到他在掩蓋住部份沒有被東西蓋住的牆，那上面釘了一張彩色的，大胸脯的美女相片，是非常細心地照她身上的曲線剪下來的。因爲沒有標題，不可能辨明這張圖片是從蘇聯雜誌或是外國雜誌上剪下來的——她只是一個有着暗棕色頭髮的美女，穿的短上衣有紅色的羽毛強調着她的曲線。她的下巴放在她折疊的手臂上，肘以下是光的；她的頭微偏過一邊，對着那年青的實驗室助理和部裏來的那位經驗豐富的同志抛送着秋波。

「你們說你們沒有空地方了，」他咆哮着，發現自己難以轉身出來，「看你們在牆上掛着什麼東西，眞是天知道!」

很快地對那美女看了一眼，他走了出來。

這個來意不善的代表團的消息已經在學校傳開了，這裏那裏，有臉從門裏探出來，或者從走廊閃過去。

麗迪亞·及俄及夫娜同代表團碰了個正着。她閃過一邊，幾乎把她的背同手掌貼到牆上了，擔心地審視了那些代表們一番。雖然她聽不見他們在說什麼，但是從校長的臉上，她能夠看出來情況不妙。

費爾多·米克黑依奇抓住區黨委的手臂，拉到一邊，輕輕地問道:「你聽我說，誰派這個代表團來的？爲什麼沒有人代表國家經濟評議會來參加？」

「維克多・偉維立奇告訴我跟來的，連我自己也不知道。」

等他們全都上了樓梯頂上，卡巴尼金清了一清喉嚨，他那頸脖上過量脂肪的塌皺戰抖得更厲害了，他燃上了一枝香煙。

「怎麼樣？我們是不是再繼續參觀？」

委員會的同志看了看他的腕錶。「我以爲一切都很明白了。」

電子督察用兩根手指頭摸着他的鬍髭沒有說話。

部裏來的那位同志問道：「不算這一棟房子，你們還有幾棟？」

「還有兩棟，但是…」

「還有…兩棟！」

「但是——你不知道他們是什麼樣子。只有一層。非常不方便。而且隔得好遠。過來看一看吧。」

「那邊有沒有工廠呢？」

「但是你們倒底了不了解我們的情況？」費爾多・米克黑依奇衝口而出，不再客氣，把那種因爲這些高官顯要的視察所造成的魔法擺脫掉了。「我們連一棟宿舍都沒有，這棟房子是應該作宿舍用的。這些年青人分散在本城各地住着，那些地方通常多是不合適的。我們教育他們的工作整個付諸東流；而且，我們要在那裏敎他們呀——在這樓梯上？」

「算了吧！呵，眞的！」代表團的反對的聲浪在他四周響起來。

「敎育是你們的工作，」從委員會來的年青人嚴正地說。

「不能夠怪別人，」區黨委員會的指導員說。

「你沒有理由這樣講的…」卡巴尼金用他的肥手擺着手勢。

費爾多·米克黑依奇不由已的轉過頭來，他的肩膀抽搐着，好像要擋開他們，或者把自己從這個遭受攻擊的防禦性的位置抽身出來。如果他自己不問這個問題，他們顯然地永遠也不會明白眞正的情形，他的淺色的濃眉擠成皺紋。「原諒我。反正一樣，我很希望知道誰授權你們來這裏？又有什麼目的？」

從部裏來的那位同志擧起他的帽子用手帕擦着他的額頭。沒有了他頭上的帽子，他的模樣更是令人印象深刻。沿着他頭頂的一圈毛髮已經稀疏，可是看上去却非常出衆。

「你的意思是說你還不知道哇？」他冷靜中帶驚訝說道。「我們部裏同這個」——他點了點頭意指他們這一批人——「委員會決定本城一個重要的高階層的科學研究機構將座落在原先分派給貴專科學校的建築內。是不是這樣的？凡斯羅得·波瑞索維其？」

「是的，不錯的，」卡巴尼金證實道，戴着硬綠帽點着頭。

「是的，不錯的。」他給校長同情的一瞥，友善地拍了拍他的肩膀。「你只有再熬上兩年了，以後他們又會給你造一棟新的，還要好些的。只好這樣了，我親愛的伙伴，不要失望。沒有法子的；一切都是爲了主義。」

本來就矮胖，費爾多·米克黑依奇現在似乎更是垂低了些，奇怪地看着四周，好像他頭上被棍子打裂開一樣。

「可是…」他發覺自己說話前言不對後語，「我們這裏還沒有粉刷過，我們沒有修理…」只要費爾多·米克黑依奇一激動，他那平常本就沙啞的聲音就變成了烏鴉叫。

「好了，沒關係，」卡巴尼金再向他保證道。「你們去年一定已經粉刷過了。」

從委員會來的同志下了第一級樓梯。

有那麼多的事情要告訴他們，而現在校長想不起來要從何說起。

「但是我同貴部是有何種關連？」他粗聲抗議道，擋住他的拜訪者的去路。「我們是直屬本地國家經濟評議會的。像這樣的移交事件，你們是需要政府官方的決策的。」

「一點不錯。」代表團輕輕地把他推過一邊，已經在下樓梯了。「我們的工作是爲做這項決策準備資料，這項決策兩天之內就將通過。」

他們五個人全部下得樓梯來，校長則站在那兒，在樓梯頂抓住扶手，茫然地瞪着樓梯口。

「費爾多·米克黑依奇！」麗迪亞·及俄及夫娜從走廊上出現了。爲了某種原因，她在抓住她的喉嚨，因爲夏天在建築地盤上渡過而曬黑了，現在由她那捲下來的衣領而顯現出來。「他們怎麼說？費爾多・米克黑依奇？」

「他們要把我們的校舍搶走了，」校長沒有看着她，用一種微弱、低沉的聲音，毫無表情地說。

他就走進他的辦公室去了。

「什麼！什…麼！」經過一陣子的不相信，她叫道。「那棟新的！要搶走！」她追在他後面，她的高跟鞋咯咯響。在辦公室門口，她同會計師相撞，推開她，追在校長後面跑進去。

他慢慢朝他的辦公桌走去。

「聽我說！」麗迦亞・及俄夫娜用那種陌生的單調的聲音在他背後叫着。「他們怎麼可以這般不公平？」她叫得愈來愈大聲——正如他應該對着他們大叫一樣，但是他是校長，不是女人。「我們怎麼跟學生說？我們…騙了他們。」

他從來沒有看見她哭過。

校長坐進扶手椅子裏，茫然地瞪着他前面的桌子。他的整個前額打成細小的平行皺紋。

會計師，一個乾癟的老婦人，頸背後面垂了一個油油的髻，手裏拿了一個支票本。

她聽到了一切，也明白了一切。她本來應該立刻離開不去打擾他，可是她剛剛才打過電話給銀行，那邊告訴她可以去拿錢。支票已經寫好了，數目跟日期都塡好了。因此她只得走進去，把那長型的藍條子的支票本放在校長面前，用手按住它。

費爾多·米克黑依奇把筆蘸進墨水瓶，用左手像手鐲般的把右手抓住，還舉起來，打算簽字。但是儘管他的手指頭握緊着，還是不成。

他在紙片上試試簽字，筆寫出來的是一些奇怪的東西；然後筆刮在紙上，濺了一紙的墨水。

費爾多·米克黑依奇抬起眼來看了會計師一眼微笑了。會計師咬了咬嘴唇，拿起支票本，很快地走出去。

(4)

他的世界如此突然地倒塌了，代表團贏得了一場快仗，因此他不能找到必要的話來反擊回去，事後他也不能想出他應該如何行動。

他打了一個電話給國家經濟評議會的教育司。他們聽過了他的報告之後，非常憤慨，答應去澄清一番。

這可能鼓舞起他的士氣來，可是這代表團視查背後總有點什麼……

費爾多·米克黑依奇現在恥於面對學生、教員，還有所有那些他喊來幫忙建造新校舍的人，他曾經那樣自信地答應他們，說他們會搬進新房子；還有他同他的助手爲新建築討論了經月，甚至於經年的計劃就如此完全地粉碎了，他會樂於，或者他只是這樣想，把他自己的房子放棄去換一所壞的，只要他們肯把新建築還給學校。

他的心智突然變成空白，沒有說一句話，也沒有戴上帽子，他走出來淸醒淸醒他的腦子。他出發朝平交道方向走去，沒有意識到他要到那裏去；在他腦子裏一遍一遍地淸點着成打卽將隨着新校舍喪失掉的重要項目。火車柵門在他前面放下來了，他本來可以彎身鑽過去的，可是他却停在那裏不動。遠處一列漫長的運貨火車出現了，它朝他滾輾過來。又吼叫着下坡而去。費爾多・米克黑依奇沒有意識地注意到這一切。柵門擧起來了他繼續走着。

他突然察覺到他是站在新建築的院子裏。他並非出於自願來到這裏。正門剛剛才完成，嶄新發光上了鎖。費爾多・米克黑依奇開始走出那個由學生們設計的、淸理的、辛苦經營的院子，院子很大，他們打算把它做成一個很好的運動場。

建築工人的貨車在那裏，工人們在喧鬧地裝進笠石、管子還有其他的材料，但是在那一刻費爾多・米克黑依奇沒有意識到他所見到的意味着什麼。他走進那建築裏，愉快地傾聽着他的脚步敲在那兩邊各有兩個衣帽間、設計供給千人用的寬大門廳的石板上的回音。所有的旋轉的鋁質衣帽掛鈎都給擦得發亮，這些掛鈎突然使得他反省到一樁現在才向他顯明的事實，因爲他的心思一直都給學校所佔據了而沒有往新的屋主那方面想想那個研究所拿這樣一個建築物來幹什麼？比方，他們就必得把這些衣帽間拆掉才行，因爲研究所不會有一百人。還有健身房裏的安裝在牆上的大鐵槓、健身圈、雙槓、窗子上的鐵格網？現在是不是要全部拆除掉？還有那特別爲了置放訓練用的機器工具所立的水泥地基的工廠？那整個的電線系統？做成課室的建築設計？黑板呢？那

圓形講演大廳呢？集會廳呢？那……？、

當這些思想馳過腦際之時，幾個粉刷工人和木匠拿着他們的工具在他們出來的路上遇上了他。

「嘿！聽着！」校長這下清醒了。「同志們！」

他們正要步出來。

「嗨！」

他們轉過身來。

「你們到那裏去？現在還不是放工的時候呢。」

「我們在包裝啦，」年青的一位木匠高興的說。年長的一個陰鬱地走上路。「給我們一枝煙吧。我們要走了。」

「但是你們到那裏去呢？」

「他們把我們解僱了。老板說的。」

「你這是什麼意思？他們把你們解僱掉了？」

「你不知道呀？我們要去另外一個地盤。我們今天要在那邊開始一樁新的工作。」那位木匠以前已經注意到這位灰髮的校長不是位高勢大，就轉過身來碰碰他的手臂。「來吧，給我們枝煙吧。」

費爾多·米克黑依奇拿出來一包壓皺了的香煙。「地盤的工頭那兒去了?」

「他已經走了。他第一個離開的。」

「但是他怎麼說的?」

「他說我們要移交了，這已經不是我們的工作了。別的人要來接手過去了。」

「可是誰要來完成這件工作呢?」費爾多·米克黑依奇激動起來。「你們有什麼好笑的?還有多少沒有做好呀?」當他皺起眉頭，他的臉看上去是發怒的。

「誰管它?」木匠叫道，一面跟着同伴走去，他的香煙已經點上了。「你不知道這是怎麼搞的嗎?你給開了，調到另外一個工作去了——就是這麼一回事，伙伴……」

費爾多·米克黑依奇望着那穿着一身骯髒的工作服的快活的木匠走開去了。難道是當初接管這命途多舛、立基期間就停頓三年的建築物的國家經濟評議會，終於把它造起來了，完成了，上了釉，現在却打退堂鼓了?

國家經濟評議會在臨陣脫逃了，但是想到這建築內無數的，決然無稽的必要的改裝，給了這位校長抗拒的力量。他意識到正義是在他這一邊。他也幾乎是跑到出口處，他的脚步踩過門廳的地板，回聲空虛地回響着。

那裝着接好線的電話的房間是鎖着的。費爾多·米克黑依奇很快地出來。風起來了在開始打轉，把沙吹得四處飛揚。建築工人的貨車已經開出院門外了，夜晚的看更人在門的那一邊，但是校長還是沒有辦法就此回去。他在口袋亂摸一陣找零錢，然後跑進電話亭。

他打電話給該城黨委員會書記格雷奇可夫。他的秘書回答說他在開會。他報了他的名字要她看是否格雷奇可夫能見他，如果能的話，什麼時候。她給他訂了一個約會，時間在一個鐘點以後。

費爾多·米克黑依奇又再度步行出發。在他走着的當兒，然後又在他坐着等候進格雷奇可夫辦公室的當兒，他在腦子裏把新建築裏所有的講演廳、所有的地板都檢查一遍，在他看起來簡直沒有一處研究所不會去挖牆補牆的，他開始在他的記事簿裏計算着這一切將要花費多少錢。

對於費爾多·米克黑依奇來說，格雷奇可夫與其說是區黨委員會秘書，這不如說是一個老戰友來得恰當些。他們曾經在同一個團服務，雖然不是很久。費爾多·米克黑依奇是團的信號官；不久格雷奇可夫從醫院中來接替被戰死的營指揮官。他們發現彼此來自同一個城，因此他們混熟了，有時夜晚寧靜無戰火時，他們會彼此互通電話閒聊家鄉的一切。後來格雷奇可夫營裏一位連長戰死了，正如所有的前線各團一樣，空缺總是由本團軍官來塡補，於是費爾多·米克黑依奇被派去臨時指揮該連。這「臨時」只延續了兩天兩夜：四十八小時之後他就受了傷，等他出院以後，他就進了一個不同的師。

在他坐着等的當兒，他記起來爲了某種理由，不愉快的事總是在八月底發生在他身上：一九四一年他在格雷奇可夫的營裏受傷，日子是八月二十九號，也就是說是昨天。一九四四年他在八月三十號受傷，而現在又是這個。

人們開始從辦公室裏出來了，接着費爾多・米克黑依奇被叫進去。

「簡直是一場災難，伊凡・卡皮頓諾維奇！」一進得屋子來，校長就用一種粗啞而含糊不清的聲音說道。「一場災難！」

他坐下在一張椅子上（所有那些把人們呑下去，使得人們幾乎不能把下巴抬起來到桌面的那些安樂椅，都被格雷奇可夫下令搬出了辦公室）開始告訴他發生的一切細節。格雷奇可夫把頭靠在一隻手上，手掌靠着臉頰，聽着。

伊凡・卡皮頓諾維奇天生就是一付粗俗的容貌：厚唇、濶鼻還有大耳。雖然他的頭髮是黑色，前面的髮捲對着一個角度衝出來，看上去有點可怕的樣子，他的臉整個地說來是表現得十分俄國味，卽使就算他穿上一身外國衣服或是制服，也立刻可以認出他是俄國人。

「老實說，伊凡・卡皮頓諾維奇，」校長說，他的脾氣上升了。「不是很明白嗎？就算撇開工業專校不談，就從本省的觀點來看？」

「是的，十分愚蠢！」格雷奇可夫很自信地供出了他的意見，身子沒有動。

「且看這些改裝將要花多少錢——我在紙條上加過了，整個建築花了四百萬，對不對？好了，改裝將要花費二百萬，或者至少一百五十萬，你瞧瞧看……」

他唸着記事簿上列下的要做的工作以及總共需要多少錢。他愈來愈覺得正義是無可分辯的在他這一邊。

格雷奇可夫聆聽着，小心地考慮着，沒有動一根肌肉。他曾經有一次對費爾多·米克黑依奇說，戰爭結束給他可能的最大安慰是在他不再需要去下會是生死的、當下的、個人的決斷。格雷奇可夫喜歡慢慢的下結論，他喜歡去推理出來；他會自己把問題想過，然後他會去聽聽別人的意見。用發命令來結束一場會談或者會議是違反他的天性的；他會竭盡所能企圖說服他的對手，讓他們承認「是的，你是對的，」要不就說服他是他自己錯了。不管他們是多麼頑固地反對他所說的，他總是會將談話保持一種友善、不拘的調子。當然，這一切是需要時間的。克羅諾入夫，區黨委會第一書記，很快就注意到他這個弱點，用他那種不容辯駁的簡明態度斥責道：「你太軟弱了。你不是照蘇維埃的方法行事的。」但是格雷奇可夫堅持他的立場：「你爲什麼要這樣說呢？正相反。我是用蘇維埃方式做事的——我諮詢人們的意見。」

在上一次區黨會上，格雷奇可夫被擧爲市黨委會書記，是因爲在他擔任黨書記的工廠完成了好幾樣卓越成功的結果。

「你聽說過這個科學研究所沒有，伊凡·卡皮頓諾維奇？從那裏跳出來的？」

「是的，我聽說過。」格雷奇可夫還是把頭倚在他手上。「早在春天他們就在談論着它了。後來就延擱下來。」

「是了，」校長抱怨道。「如果卡巴尼金那時候接收了那建築，我們八月二十號就已經住進去了，他們現在也就沒辦法從我們手中抓過去了。」

然後是片刻的沉默。

在靜默之中，費爾多·米克黑依奇感覺到他到目前爲止所保持的堅定似乎在他脚下滑走了。他估計的一百五十萬的改裝費沒有產生任何見得到的效果；格雷奇可夫沒有抓起那兩個電話筒，或是跳起來，或者衝到任何地方去。

「這個研究所是個什麼玩意兒？是不是很重要？」費爾多·米克黑依奇粗啞地問道。

格雷奇可夫嘆了口氣。「一旦簽了字，封了口，就沒有可以質詢的餘地了，我們每一個計劃都是重要的。」

校長也嘆氣了。

「我可怎麼辦呢？伊凡·卡皮頓諾維奇？一旦他們得到官方的證實，大勢就定了。到截止期我們只有兩天的時間了。」

格雷奇可夫在想。

費爾多·米克黑依奇朝他更靠近些，因此他的膝頭靠着桌子；他則倚在桌子上，用他的雙手支住頭。

「我曉得了，我們爲什麼不起草一封電報直接給部長會議？時間剛好夠…，申述學校對於日常生活的關係…我會簽字的，我是不怕的。」

格雷奇可夫對他很仔細地看了一眼。突然所有的嚴肅的痕跡都從他臉上消失，却迸發出同情的微笑。他用他那最特有的態度說話——用一種動人的、輕快的聲調，用長而複雜的句子。

「告訴我，費爾多·米克黑依奇，我親愛的朋友，你怎麼樣來想像政府法令？你是不是以爲整個部長會議就坐在長桌上討論該怎樣處置你那棟建築而別的什麼也不做，而就在這個時候有人就把你的電報送上來了？政府法令規定是在某一天，副總理之一接見某部長或那一位委員會主席，這位部長帶着幾樁文件以及其他一些東西來到會議中說：『有一個科學研究所，你知道的那一個，十分重要的。我們決定把它置放在該城，剛好那裏有一棟已經完成的建築。』副總理然後就問道：『造來給誰的呢？』部長回答說：是『給一間工業學校造的，但是那所學校所在的建築十分可以過得去。我們派了一個夠格的代表團去過，代表同志們曾經實地調查過。』但是，在給予他的首肯之前副總理還要問一個問題：『區黨委會沒有反對嗎？』你明白嗎？區黨委會。然後他們翻出你的小電報來，說：『查查你們的事實看。』」格雷奇可夫吮著他的嘴唇弄出聲音來，「一到實地調查的時候，區黨委會有權作最後的決定。」

現在他把手放在電話筒上，但是他還是沒有把它拿起來。

「對這事我不喜歡的地方是區黨委會的督察在場而沒有提出任何異議。如果維克多·偉維立奇已經首肯了的話。那我們就處境危殆了，兄弟。他從來不改變主意的。」

格雷奇可夫當然也有點怕維克多·偉維立奇、克羅諾入夫的——正如該省每個人一樣。

他拿起電話筒。

「是不是寇勒夫斯基？我是格雷奇可夫。聽着，維克多·偉維立奇在不在他的辦公室？他什麼時候回來？……啊，我知道了！好吧，如果今天他回來了，告訴他如果他可以見我，我將很感激，……是的，就是今天晚上從家裏出來我也樂意。」他放下電話筒，將它滾過擱在電話機上的手，從一邊到另一邊，來回地滾動着。他看住電話機那截了頭的錐體，然後再轉眼凝視着那還在用手支住頭的費爾多·米克黑依奇。

「你知道，總括來說，」格雷奇可夫帶着誠意說，「我是強烈地贊成工業學校的。是的，我眞的喜歡它們。在我的家鄉，大家都要做學人；除非他至少有工程學位，人家不把他當作受了教育的。其實我們國家所需要的是技術人員。而所有的工技學校都被忽視——不單是你的學校，與你們所收的孩子們！」他用手在稍稍高過桌面的高度比了一比，雖然費爾多·米克黑依奇從來不收這樣年幼的學生。「四年之後」——他彎過他的大姆指——「你們造就出了該造就的訓練有素的技術人員。春天我在你們文憑作業的口試上，你記得嗎？」

「是的，」費爾多·米克黑依奇不快活地點着頭。當伊凡·卡皮頓諾維奇坐在他那寬大，看上去有效率的寫字桌後面，邊上還帶着一個舖了厚綠呢桌布的桌子，他的態度是那麼親和，令人會期望看到一盤一盤的酸泡瓜、餅乾、跟果子醬放在白色的枱布上，而不是筆架、日曆、鎭紙、電話、水瓶、盤子，還有一個煙灰缸。他像是一個主人，勸說他的客人品嚐他的美食，甚至還護你帶一些回家。

「有一個大約十九歲的少年，他可能一生中才第一次打領帶，他的上衣同褲子不配——或者是現在流行那樣？他把他的圖解掛上佔據了整個黑板，放下一個他自製的調整或校準的量度器；量度器滴答作聲閃閃發光，而那少年則來回地走着，朝着圖解揮舞着他的教鞭講個不休。我眞的妒嫉着他。他是如何地把握住了他的辭語同觀念呀——現有量度器之不足；他的量度器所根據的原理；它如何表示陽極電量；它如何校準，它的經濟效率；它的結構效率的係數？而他只不過還是個孩子！這眞的使我窘迫。我想，我在這世界上已經混了半個世紀了，我的特長何在？難道說是我曾經在工廠裏操作過一件器具？但是他們老早以前就把那些機器報廢了。難道是我懂得黨史以及馬克斯辯證法？但是每個人都必須懂得它們，這一點也不足以構成專長。總而言之就是不夠格。現今如果你不是某種東西的專家，你就不是一個眞正的黨的工作者。而所有的那些在我的老工廠裏工作的少年也都像他一樣的。我怎樣能告訴他們如何增加他們的生產？我只是張大眼睛看，放大耳朶聽，能懂多少就多少。如果我年青點的話，米克黑依奇，我會很樂意去你們夜校報名的……」注意到校長還是在澈底愁苦的情況中，他笑道。「……在舊校舍裏！」

但是費爾多·米克黑依奇沒有笑。他再度讓他的頭縮進他的肩膀裏坐在最黑暗的鬱悶中。

秘書提醒格雷奇可夫他還有另外的約會。

（5）

雖然沒有誰告訴他們任何情報，可是到了第二天早上，所有的學生都知道發生了什麼樣的事情。

早晨天氣陰暗多雲，大氣中有雨。

那些到校的同學一小堆一小堆地留待在外邊寒冷裏。他們不准進教室，因爲級長在裏面整理；他們也不許進實驗室，因爲要準備實驗；所以，正如以前一樣，他們聚集在一起擠在樓梯上。

那地方鬧哄哄的。女孩子們在嘆氣、在格格笑。大家都在談論着校舍、宿舍及住宿的問題。

米希卡·忍明，曾經是挖壕溝最快速的高大粗壯的男孩，開始叫道：「我們這樣辛勞工作什麼結果也沒有？你們怎樣解釋？伊戈爾？」

伊戈爾，委員會會員，就是那位一天以前列出名單組成分隊準備搬遷實驗室儀器的、身穿紅棕色襯衫的同一位黝黑的男孩，他站在樓梯頂層，看上去很窘的樣子。

「耐心點，這事會自然澄清的。」

「誰會澄清它？」

「我們要留心這事……我們可以寫信給……」

「這是個好主意，」一個女孩熱心地打叉道。她有一頭稀疏的黑髮，中間分路的朝後梳著，有一種好學生的聰明樣子。「我們來送一封不滿的信去莫斯科。那一定有效。」

她是一個馴良的女孩，却處在中斷學業的邊緣，因爲她無法從她的獎助金裏每月爲了一個床位拿出七十盧布來。

「對，我們已經受夠了。」一位迷人的有着細柔的黑捲髮的女孩，穿着一件寬鬆、隨便的外套，拍着扶梯說道。「我們全體九百人都可以簽名。」

「對了！」

「好主意！」

「你想我們是不是最好搞清楚我們是不是許可像這樣收集這一類的簽名？」樓梯上那一面傳來的聲音冷却了他們的熱情。

瓦卡·羅各玆金是學校裏最好的運動員；是百米及四百米的最快跑手，也是最好的跳高選手，他也有最亮的聲音。他伸直了身子，幾乎是躺在傾斜的樓梯扶手上；他的一條腿放在梯階上，另一隻則跨過扶手，扶手則支持住他的胸部。他的雙臂緊抱着扶手，下巴則壓在手上。從這樣一個不穩定的位置上，他不顧那些女孩子們的尖叫，却仰望着伊戈爾。在扶手的轉彎處，坐着一個名叫瓦卡·久久耶夫的安靜、黝黑、寬肩膀的男孩，對於那身後兩丈的高度似乎視若無睹。

「聽我說！」瓦卡·羅各玆金用刺耳的聲音叫道。「那沒有用的，更好的計劃是我們每一個人明天不來。」

「對，我們去體育場算了！」有人叫着附合道。

「可是誰說你們可以這樣做呢？」伊戈爾謹愼地說道。

「爲什麼我們需要許可？」羅各玆金不加思索地說。「當然沒有人會給我們許可的。我們明天就是不來！就是這麼一回事，孩子們！」被他自己的主意衝昏了他的理智，他開始用更大的聲音叫道。「幾天之後，另外一個全然不同的代表團會來到——這一次坐飛機來——然後他們不僅是給回我們的新建築，而且還要再給我們一棟。」

羣衆開始興奮起來。

「但是他們不會把我們的獎助金停掉嗎？」

「那樣做會太過份了。」

「他們可能會把我們開除掉！」

「那樣不是解決問題的正當方法！」伊戈爾壓倒嘈雜聲叫道。「我們不要那麼做。忘掉那個主意。」

因爲大家吵鬧，沒有人注意到德絲亞提着一個白鐵桶上樓來。當她走到同羅各玆金平行的時候，她把白鐵桶換到另外一隻手中，用另外一隻空出來的手對他一拳。她差一點全力打在他背上，不過他及時看到了她，敏捷地跳了下來，德絲亞只碰到他一下。

「嘿！」羅各玆金叫出聲來。「德絲亞！」半開玩笑地，他對她舞着指頭威脅道。「這樣可不公平呀！不次我要……」

「哼！那你就不要搞這一套！」德絲亞用拳頭恐嚇他。「我會把你的魂都敲出來！你以爲樓梯扶手是用來搞你那套玩意的呀？是不是？」

大家都爆笑了。學校裏每一個人都愛德絲亞因爲她那直截了當的態度。

她從學生中間擠過去上了樓梯。她的臉打了皺但是却很有生氣，有一個堅定的下巴。她是那種可能夠資格配一個比她現有的更好的工作的人。

「簡直胡說八道，德絲亞！」米西卡・忍明說，用了一句時下流行的學生口語。「來！告訴我們，爲什麼他們要把我們的建築送掉！」

「你的意思是說你們不知道呀？」德絲亞惺惺作態。「因爲裏面嵌木地板太多了，打光這些地板會使得你們癡呆的。」

她繼續走去，在歡愉的笑聲中她的鐵桶一路碰撞着。

「來吧！瓦卡，表演一下！」看到了一堆女孩子們才從外面進來，在頂層樓梯上的學生們對久久耶夫叫道。「莉烏絲卡來了！」

瓦卡・久久耶夫從扶手彎角處跳下來，把擋住他的人推開，在沿樓梯頂層的突出的直扶手前站好位置。把手掌放在上面，估計着它的強度，好好地抓緊着，然後突然飛起他的雙腿，舉起他那自如的身體在空中，輕輕地自信地在樓梯口上做了一個倒立。

這是他的拿手戲。

整個樓梯都靜默下來，每個人都伸長脖子看，男孩子們尊敬地看着，愛慕的女孩子們則怕得發抖。

這場表演全然是爲了她的莉烏絲卡已經上了幾級樓梯，才轉過身來，睜大她的藍眼睛，一直看上去瓦卡倒立平衡的地方；如果他摔下來的話，他會直接摔到她身上，然後再摔到石頭地上。但是他沒有，幾乎一動不動地保持住他的平衡，瓦卡是完全在用他的力量保持住他的姿勢而且也不急着放棄它。而且更厲害的是，他那沒有屏障的後背對着樓梯口，他的雙腿全部伸出去並齊了，有意地往後向落的一邊彎成弓形。他那倒過來的頭朝後彎，爲了要直對着莉烏絲卡看——纖小、苗條、芬芳的藏在她那淡色的，衣領翻上來、沒有雨帽的雨衣裏。她像這樣子顯得特別美麗，她的短髮因爲淋雨濕了。

但是他在看她嗎？就算在樓梯的暗淡光線下，這膽大的年青人的臉同頸子，可以看見因爲充血而漲紅着。

突然傳來輕聲的呼叫「當心！當心」

久久耶夫飛身落地，無聲地站住了脚，清白無罪地依在同一個扶手上。

爲了這一下子，他很容易地可以喪失他的奬助金，就好像那一次他把下課鐘早打十分鐘一般（爲了去看電影不遲到）。

沒有足夠的時間來讓他們恢復自然的談話，學生們只順從地讓路給那正陰鬱地走上樓梯的瘦長的教務長格瑞哥利·拉夫倫提奇。

他已經聽到他們叫「當心」的聲音，知道這是警告的信號，也意識到這接待他的沉默是不自然的，但是他找不到罪首。特別是那老是惹禍的羅各玆金當場首先向他發難。

「格瑞哥利·拉夫倫提奇！」羅各玆金大叫有意讓樓梯上每一個人都聽見。「為什麼要把我們的建築拿走？我們自己造的！」擺出他那付呆子的姿態，他把頭彎過一邊，等待着回答。他已經有了這個在學校要小丑的習慣，特別是在上課的時候。

每一個人都靜默着，等着聽教務長會說些什麼。

這就是作為一位教員的眞正意義所在：單獨面對着一羣人，很快地要找到適當的話來說，而且每一次都是在不同的處境之下。

格瑞哥利·拉夫倫提奇用他那深透的批判的眼光看着羅各玆金。而後者呢還是一直把頭歪過一邊毫不退縮。

「唔，」教務長慢條斯理地說道，「你可能可以唸完大學……不過……我不知道你怎麼唸完……」

「是不是要在我的體育比賽上打主意？」羅各玆金馬上反駁道。（每一年春、秋天他都要放下他的研究參加地區性的或全國性的比賽，但是他總是設法跟上了班，因為他不笨。）「那是胡說八道。你如果願意知道的話，我已經擬了一個畢業研究計劃了。」他用他的手指在太陽穴上用滑稽的姿態扭動着。

「是嗎？那很好。那你就要唸完畢業了。然後要去那裏工作呀？」

「派我去那裏，我就去那裏，」羅各玆金伸直了頭立正站着，用過分的熱心油嘴滑舌地說。

「那麼也許你會被派到即將搬進那棟新建築的研究所去工作。或者別的人會去。那麼你們的辛苦也就有了代價了。而這對我們每一個人都適用。」

「哦，原來如此，」羅各玆金快樂地說道。「那眞是太好了。謝謝你！」

教務長已經走開了。但是他還沒有走到走廊，羅各玆金用同樣的開玩笑的樣子叫道：「不，等一等，格瑞哥利·拉夫倫提奇！我改變主意了。我不要去那棟新建築裏去了。」

「那你要去那裏呢？」教務長問道，不贊成地看着他。

「我要去處女地！」羅各玆金叫道。

「那你就塡好申請表吧。」教務長幾乎笑了，走過走廊進到校長辦公室。

費爾多·米克黑依奇不在！前一天他沒法安排一次接見，因此今天他到區黨委員會去了。這時在校長辦公室裏等着他召見的幾個老師已經放棄希望了。

落下的雨點不時打在窗玻璃上。那一直伸延到平交道的凹凸不平的地面看上去黝黑的、濕漉漉地。

各系的系主任對着一張張的時間表低着頭，傳遞着顏色筆同橡皮，在弄他們的教學時間表。坐在窗邊靠近黨的保險櫃的一個小桌前的學校黨書記，亞可夫．安納葉維奇在查檔案。麗廸亞．及俄及夫娜也站在同一個窗邊。她改變得之快，只有一個女人才有如此的可能：昨天還那麼歡愉、生動、年青，今天她看起來好像一個病了的中年婦人。她已不再穿着藍綠色的衣服，却穿了一身黑色。

亞可夫．安納葉維奇是一個矮個子、禿頂、粉色的面頰、鬍子刮得很乾淨的男人，一面工作一面在講着話。他會小心翼翼地翻閱每一篇檔案裏的文件，不去弄皺它，好像它是活的東西一樣，如果剛好是一份複寫本的話，他就用一份愛的關懷去處理它。他說話非常溫柔、輕聲，但是也有說服力。「不，同志們，對於這件事情，我們將不舉行一次大會，或者系務會議，課務會議，甚或是班際會議。那樣做只不過是對這件事情引來更多的注意。毫無用處。反正他們自己會發現的。」

「他們已經知道了，」教務長說，「但他們要求一個解釋。」

「那麼這樣吧，」亞可夫．安納葉維奇鎭靜地回答道，覺得這一切並無衝突之處，「你私下裏跟他們談話的時候可以給他們一個回答吧——這是無可避免的。你應該怎麼說呢？就說那研究所有國際的重要性。它的工作同我們的相關連，因爲電子學目前是工業技術進步的基礎，沒有人應該在其途徑上置放障礙。剛好相反——他們應該爲它清除開路。」大家都沉默無言；亞可夫．

安納葉維奇小心地翻了二、三頁文件，在找一張他所要的。「事實上，你們根本就不需解釋什麼就可以敷衍過去的，就說：『研究所對國家至爲重要，我們不可以懷疑它的適當性。』」又翻了幾頁文件，他找到了他所要的，然後又抬起他那清澄、冷靜的眼睛來。「召開會議？特別來討論這個問題？不行，那會是一個政治性的錯誤。事實上，我們必須做的正相反：如果學生或者共青團委員會堅持要開會的話，我們必須勸告他們不要召開。」

「我不同意！」麗廸亞・及俄及夫娜突然轉身過來對着他，她那剪短了的頭髮全都戰抖着。

亞可夫・安納葉維奇用他那通達的態度看着她，像先前一般謹愼地問道：「像這樣的事情你有什麼好不同意的呢？麗廸亞・及俄及夫娜？」

「首先，是……」她發言攻擊，用她整個的身體，她的手臂，她的手做着姿勢。「首先，是……對了，是不同意你的口氣。你不僅僅是放棄了，你幾乎是……爲此而高興。對了——就好像他們把我們的校舍拿走你很高興一樣！」

亞可夫・安納葉維奇張開他旳手，不是他的臂，只是他的手。

「但是如果這是國家要這樣做，麗廸亞・及俄及夫娜，我怎麼能對此不高興呢？」

「但是我主要是在原則上跟你不同意。」她已經不是站立不動，却在那辦公室的小空間裏開始走來走去，狂野地做着手勢。

「你們誰也不曾像我一樣地這樣親近地接近學生，因爲我從早到晚都是同共青團在一起。而我知道他們會怎樣對你方才教我們的一套回答起反應。這些孩子會去想，他們會想對了，那就是我們害怕眞相。他們會因爲這個而尊重我們嗎？不管什麼好事情發生我們就大聲宣揚，到處貼佈告，用播音系統廣播——是不是如此？但是一等到有什麼壞事情或是什麼困難的事情要告訴他們——那就讓他們隨處去發現吧，由他們去私下傳話吧。不行！」她的聲音送了出去，但是對她來說不幸的是，這一天已經是第二次到了流淚的邊緣。「不行！我們不能這樣子做，特別是同年靑人。列寧敎導我們，不怕自由自在發言。『言論自由是醫療的良劍！』」

眼淚來得不是時候地把她窒住了，她衝出去大哭出聲來。

亞可夫・安納葉維奇用一種痛苦的表情看着她出去，閉上了他的眼睛，帶着一種極大的憂慮搖着頭。

抓住她那揉成一團的手帕，麗廸亞・及俄及夫娜很快地走過那半暗的走廊，此處彼處，學生們在收拾，搬運着去年在運動會上贏得的銀盾，一紙箱一紙箱的長褲和壁報。

走廊在近儲藏室處寬了起來，那裏放了幾盒無線電眞空管，兩個三年級的學生在她背後叫她：在淸掃過程中，他們把新建築的模型拿下來了，現在他們不知道要拿它怎麼辦。這就是那個他們用四根柱子支起來在十月國慶同五月勞動紀念日的遊行時拿來在學校隊伍打前陣的那同一個模型。放在一堆盒子上面，如今每一細節都是那麼熟悉，那棟校舍那麼實在地站在他們面前：白色，在該當的地方漆上藍色同綠色，在牆柱線上豎起那兩個頗具特徵的低矮角樓；兩個進口，一大一小；聚會廳的大窗戶，四樓各有一定數目的普通大小的窗子，每一層都已分配給了各個特殊的人。

沒有正眼看她，自疚的改變語氣，一個男孩問道：「我們要不要……拆了算了？現在還有什麼用？反正這裏幾乎根本就沒有地方放它……」

(6)

伊凡・卡皮頓諾維奇・格雷奇可夫不喜歡回憶戰爭，特別是有關他自己的經歷。他的理由是戰爭給他帶來太多的苦難，太少好處；而且，因爲他是步兵，每一天和戰爭的每一階段在他的記憶裏都同痛苦、犧牲還有好人的死去相連。

同時他也不喜歡戰爭之後二十年在完全沒有必要的情況下、軍事條例仍然實施的事實。在工廠裏，他曾經試過去打破人們的這種習慣，而他自已也避免用那種諸如「在工業技術的前線邁進」……「我們投身於炮彈坑之中」……「我們進逼他們的前線」……「動員後備……」等等的表達。他認爲這些表達方式把戰爭的觀點灌輸到和平中來，令人變得病態。俄國語言沒有這些表達也能對付得很好。

但是今天他改變了他的規定。他同工專校長坐在區黨委員會第一書記的接待室裏（而在這同時其他別的人則坐在他的接待室裏等着見他）。格雷奇可夫神經緊張，給他秘書打了一個電話，抽了幾支香煙。然後他仔細地端詳了一下那痛苦的沉在他雙肩之間的米克黑依奇的頭，偶然發現他的頭髮一夜之間變灰了許多。爲了給在憂愁中的費爾多·米克黑依奇打氣，格雷奇可夫開始給他講一些他們師團在戰線後方一段短時期中他們倆人都認得的人所發生的趣聞。時間是在一九四三年費爾多·米克黑依奇受傷了之後。

但是他的趣聞並沒有效果；費爾多·米克黑依奇沒有笑。格雷奇可夫本人也寧可不激起戰爭的回憶；但是在講了這個故事之後，他却被情不自禁地提醒了第二天所發生的事，他的師團接到緊急的命令，過索玆河展開隊形。

當時橋已經被炸掉了。工兵在天黑以前把它趕修好了，格雷奇可夫被派在渡口處任値星官，執行着命令，在師團沒有通過以前，不許任何人過橋。橋很窄，邊緣在崩潰之中，木板也不平，任何集結成羣不得通過，因爲樹林後面的單引擎轟炸機曾經兩次突然俯衝轟炸他們，雖然他們的炸彈投到水裏去了。因此過橋從天亮以前開始，却一直拖到下午。其他也想過橋的單位跑來聚在稀疏的松林裏等着輪到他們。突然六輛那種新型有頂的貨車（格雷奇可夫的勤務兵管它叫「秘密貨車」）跑出樹林來，一個接着一個。他們趕過師團的隊伍，一直朝橋那邊擠過去。「停！」格雷奇可夫對第一個司機兇狠的叫道，跑去擋住它的去路，但是貨車繼續前進。格雷奇可夫伸手到他的手槍，還沒有碰到它，一位披着短斗蓬的年長的軍官開開第一輛車的車門用同樣兇狠的聲音叫道：「過來，少校！」他聳一聳肩膀，把短斗蓬抛到身後，他是位中將。

格雷奇可夫跑上前去，有點害怕了。

「你手要伸到那裏去？」將軍威脅地叫道。「你想要軍法審判嗎？那你就讓我的貨車通過！」在他命令他放行之前，格雷奇可夫已經準備鎮靜地解釋一切，不要叫喊，甚至於還可能讓他們過去呢。但是當對的跟錯的正面衝突，而後者由更大的力量支持，格雷奇可夫堅定立場，全然不顧自身的安危。他立正敬禮然後宣佈道：「中將同志，我不能讓你過！」「你什麼？」將軍暴怒着，走下來站在踏板上。「你叫什麼名字？」「格雷奇可夫少校，中將同志。可否也請敎尊姓大名。」「明天你會進刑事營去！」他憤怒地叫道。「好吧，先生，但是今天你得等候輪到你，」格雷奇可夫反嘴報復道，走上去一步到貨車散熱器前面站定，覺得他的臉同脖子好像都變紅了，但是肯定他決不會讓他們過去。那將軍氣冲冲的坐回車上去，想了一想，然後砰一聲把門閉上，把他那六輛車掉轉了頭。……

最後幾個人走出克羅諾入夫的辦公室，他們是來自農場管理區委會以及區黨委會的農業部。克羅諾入夫的秘書寇勒夫斯基（從他自己擺出的那付氣勢以他及那張辦公桌的大小來看，一個新毛頭很可能會把他就當成是黨書記）走進接待室轉過身來。

「克羅諾入夫同志要單獨會見你，」他堅定地宣佈道。

格雷奇可夫對着費爾多．米克黑依奇擠了擠眼走了進去。

一位牲口專家留在克羅諾入夫的辦公室裏。他竭盡力氣扭着頭，好像骨頭是橡皮般的轉着他的整個身體，在看着一張攤在克羅諾入夫面前的一大張紙，上面有美麗的彩色圖表同數目字。

格雷奇可夫向他們打招呼。

克羅諾入夫，高大禿頭，沒有向他轉過身來，只朝着他的方向瞟了一眼。

「你大概覺得自己幸運，農業不管你的事。但是反正你已經來了，就留下來吧。就靜靜地等一下好了。」

他常常責備格雷奇可夫對農業沒有一點責任，好像說都市工業戶位素餐、空費錢糧一樣。現在格雷奇可夫十分清楚地知道，克羅諾入夫的目標不僅僅是要專長農業而且還要在這一方面給自己建立名聲。

「那麼，好吧，」克羅諾入夫對那位牲口專家說，慢慢地、沈重地把五個長長的伸開的手指做成一個半圓形放在一張大紙上，好像在上面蓋上一個印一樣。他直坐着，沒有用椅背作支持，他的身軀的輪廓，從兩邊同前面看來，好像是畫的粗直線。「好吧，那麼——我已經告訴你當下你必須要做什麼。而你必須要做的也就是我告訴你的。」

「當然，維克多．偉維立奇。」牲畜專家鞠着躬。

「那就拿去吧。」克羅諾入夫鬆開了那張紙。

那牲畜專家小心地用雙手從克羅諾入夫的桌上拿起那張紙，捲成一個圓筒形。然後，低下頭，光禿的部分朝前方，他橫過那放滿了椅子準備開大會議的寬大的辦公室。

以爲他現在會要他去叫工事校長進來，格雷奇可夫沒有坐下來，却靠在那放在他前面的皮椅背上。

就算是坐在桌前，克羅諾入夫看上去還是威風凜凜的。他的長形的頭使得他看上去更高。雖然他已經不年青了，他却不因爲毛髮稀落而顯老；反倒令他看起來年青些。他從來不做一個不必要的動作，除了很少的時候，他的表情也永不改變。因此之故，他的臉好像從模子裏鑄出來的一般；永遠不反應出任何細小、瞬間的激情。一個微笑會擾亂它的平衡，破壞它的和諧。

「維克多．偉維立奇，」格雷奇可夫說道，咬出每一個全音節。不論什麼時候，他同任何人講話，他那唱歌般的聲音自身就令人節制和尊重。「我不會躭擱您太久。我同校長一道來的——是關於電子工業學校的校舍問題。一個代表團從莫斯科來，宣佈說要把那棟校舍移交給一個科學研究所。您知道這回事嗎？」

還是沒有看着格雷奇可夫，却瞪着他前面只對他一個人顯現的遠處，他動一動他必要的最低限度的嘴唇，斷然回答道：「是的。」

就這樣，談話已經有效地結束了。

「您知道了的？」

「我知道。」

克羅諾入夫一向驕傲於一件事實，就是他從來說話算話絕不反悔。

克羅諾入夫在這個地區就如同當時史達林之在莫斯科：他從來不變卦或是收回一項決定。雖然史達林已經老早死去，克羅諾入夫卻繼續活着。他是那種「意志主義」型的領導者的最主要的榜樣之一，而且認爲是他自已最大的價值。他不能想像領導權可以經由任何其他方式來運用。

覺察到他的脾氣在開始往上冒，格雷奇可夫強迫自已更和氣更帶勸誘性地說道：「維克多·偉維立奇，爲什麼不給他們另外造一棟特別的建築呢——一個適合他們需要的？否則的話，光是那內部的改裝就……」

「太緊急了，」克羅諾入夫打斷了他。「事情就在手頭。研究所必須馬上及早開門。」

「但是這值得如此大改裝嗎，維克多·偉維立奇？而且——」他說得很快，阻止克羅諾入夫來打斷他——「主要的是從教育的角度着眼。該校的學生整年爲了該校舍奮力工作，全然沒有工資而又非常熱心。他們……」

克羅諾入夫轉過頭來——只是他的頭，不是他的肩膀——面對着格雷奇可夫，現在他的聲音有一種金屬的響聲。「我眞不明白，你是市黨委會的書記。難道我還需要告訴你爲本市的榮譽而努力的話嗎？在我們的市，從來也沒有過一個科學研究機構。而且我們本城的人也不容易拿到一個。我們必須抓緊這個機會——在部裏變卦以前。因爲如此，我們立刻就會晉升到另外一級的城市了——與像高爾基和斯佛兒羅佛斯克這一類的城市並列。」

他皺着眉頭。他不是已經看到他的城變成了斯佛兒羅佛斯克，就是他內心在看準一個新的更高的職位。

但是雖然他的話像鋼樑般地落下來，却並不能稍稍說服格雷奇可夫；他感覺到他生命中一個決定性的時刻在到來，那時他唯有堅定立場到底，拒絕撤退。因爲正義已經面對面的碰上了錯誤。

「維克多．維偉立奇。」說話已經不再平靜，他違背初願粗暴地厲聲說：「我們又不是中世紀的貴族，彼此爭強鬭勝，以多增加幾個紋章在我們的盾徽之上。我們本城榮譽之所繫乃在於這些學生自己建造起他們校舍的事實，他們這樣做是因爲他們對學校的愛，我們的責任是去支持他們。如果你們一旦把他們造的校舍拿走，他們會永遠不原諒我們欺騙了他們。如果你欺騙了人民一次，那麼他們會明白你可能會再欺騙他們。」

「我們沒有什麼好談的。」比先前更大的鋼樑打下來了。「決策已經定了。」

一道橘色的閃光在格雷奇可夫的眼裏爆開來了。他的眼睛同脖子因爲血往上冒而變得通紅。「最終那一樣對我們來得重要——石頭還是人民？」格雷奇可夫喊叫道。「爲什麼我們要爲一堆石頭而爭辯？」

怒不可竭地，克羅諾入夫站直起來。他整個人鋼硬，一付不可動搖的氣派。

「煽動家的行徑！」他對着這個竟敢堅持己見的人的腦袋大吼。

他的意志和力量是如此之大，好像他只要伸開手，格雷奇可夫的頭就會被他的身體打到。

但是格雷奇可夫已經沒有力量去決定要說話呢還是保持沈默了。

「共產主義不是用石頭，乃是由人建造起來的，維克多．偉維立奇！」他叫道，所有的克制都已不知去向了。「這乃是一項更艱巨漫長的工作，但是如果我們在明天就完成整個的構造，而且全都是用石頭造成，我們就永遠也不會有共產主義！」

伊凡．卡皮頓諾維奇注意到他的手指在發痛。他把手指深插進椅子的後背裏面了。他讓它們放鬆了。

「你作爲一個市黨委員會書記來說不夠成熟，」克羅諾入夫喃喃地說道。「我們忽略了這一點。」

「你也不要以爲我會變成熟！」格雷奇可夫回答道，已經感覺到一種告慰，因爲他已經把最重要的話說了。「我會給自己找個工作。」

「什麼工作呢？」克羅諾入夫留心地聽着。

「任何一種非技術的工作。我不以爲那樣就會令你更喜歡我一點，」格雷奇可夫用他最大的聲音說道。

眞情是他厭透了這種不經商議、不許可討論、只有從上到下的命令的工作。他的工廠可不是這樣一個管法的。

克羅諾入夫從他那咬緊的牙齒縫裏長噓了一口氣。

他把手放在電話筒上。

他拿起電話筒。

他坐下。

「沙夏，給我接卡巴尼金。」

他們給接上了。

辦公室裏的倆人彼此沒有交談一個字。

「卡巴尼金？……告訴我，這棟建築事實上不是爲你的需要而造的，你要怎麼辦理？」

（卡巴尼金「要怎麼辦」是怎麼回事？）

「你這是什麼意思——不夠大？它是非常大的，…緊急…是的，我知道了…換句話說，一棟建築在你手頭已經足夠了……？」

（在「你」手頭……？）

「不，我不會把旁邊的那一棟給你。你可以自己造一棟好的去。」

他放下電話筒。

「把校長叫進來。」

格雷奇可夫去叫他，已經被這個新的消息所佔據了，難道是這個卡巴尼金搬進研究所去嗎？

他同校長一塊回來了。費爾多·米克黑依奇打起精神朝克羅諾入夫注視着。他喜歡他。他一向崇拜他。去開會他就快樂，讓他自己飲啜、灌滿了克羅諾入夫那無所不包的意志力同活力。會後他會歡愉地要去及時實行他的指示，以便再開下一次的會議，不管是有關提高學生及格的分數，挖掘洋芋或是收集破銅爛鐵。費爾多·米克黑依奇喜歡克羅諾入夫，就在於他說一是一，決不含混。辯證法當然是不錯的，但是正如其他的人一樣，費爾多·米克黑依奇寧可要不含混的決定。

現在他不是來對這問題有所爭辯的，他是來聽對他那棟校舍的宣判。

「你是不是被不公平地對待了呀？」克羅諾入夫問道。

費爾多·米克黑依奇擠出一個微弱的微笑。

「拿出決心來！」克羅諾入夫說，安靜但是堅定。「你通常不是一有點困難就放棄的人。」

「我沒有放棄，」費爾多·米克黑依奇粗聲地說，並清了清他的喉嚨。

「他們在你們旁邊開始造一棟新宿舍，對不對？對了，等造好了，你們就會有一座新工業學校了。你明不明白？」

「是，我明白，」費爾多·米克黑依奇同意着。但是這一次，爲了某種理由，他沒有覺到熱情的洶湧。思慮立即在他腦際盤旋：多天即將來臨；再一整年要在舊校舍裏渡過；新校舍還是沒有大禮堂和體育館；而且他們還是沒有宿舍。

「麻煩的是，維克多·偉維立奇，」費爾多·米克黑依奇說，在把他的思慮說出聲來，「我們必須要改變計劃。房間太小，他們只是造給四個人用的。我們必須把他們改成課室，實驗室……」

「隨便你要還是不要。」

用一個手勢打斷了他，可羅諾夫斥退了他們。他們不應該拿這種小事來騷擾他。

在他們步向衣帽間的路上，格雷奇可夫拍了拍校長的肩膀。

「好了，米克黑依奇，不要愁，你們會把它造起來的。」

「我們必須得改造地下室上的天花板，」校長說，愈來愈多的問題向他呈現出來。「它一定要夠牢固以便承受住機器工具的重量。因為這万面的加強就須得提高底層，所以我們就也要把第一層地板拆掉，那是我們已經造好了的。」

「是……的，」格雷奇可夫說。「但是從這一面想想看：他們給了你們一塊地，地點不錯，地方已經挖好，地基也打好了。那麼未來是可以確定的了：春天以前你們會完工了搬進去。我們會幫忙你們，國家經濟評議會也會。你或許甚至可以說，他們把那棟校舍拿走是件好事了。」

他們走到街上，倆人都着深色大衣和帽子。一陣涼爽的風吹來，帶來一絲雨意。

「我說呀」格雷奇可夫皺着眉頭——「你會不會碰巧知道卡巴尼金在部裏是怎樣一個份量？」

「卡巴尼金？哦，他們很器重他。他很久以前曾經告訴我他同那邊很有點關係。你的意思是說他可能會幫忙？」費爾多問道，帶着瞬間的樂觀。但是他自己又推翻了他這個想法。「不對，如果他要是能夠幫忙的話，代表團來視察的時候，他就會反對了。可是他附和着他們……」

兩脚堅定地站開着，格雷奇可夫眼睛看着街上，他問了另外一個問題：「他是什麼人？一個轉播方面的專家，是不是？」

「噢，說不上是什麼專家。他一直在變壓器方面工作。他只不過是一個有點實際經驗的行政人員。」

「那他爲什麼會陪着代表團來視察呢，你知道嗎？」

「這倒是眞的。」費爾多・米克黑依奇因爲頭一天的事情弄昏了頭，直到現在才算想起來。「是呀？爲什麼呢？」

「好了，別發愁了，」格雷奇可夫嘆了口氣，用力地同他握了手。

他回到家裏，想着卡巴尼金。這一類的科學研究所同一家造轉播器材小工廠無絲毫共同之處。所長的薪水及地位更是不能比的；或許他的目標是在對準着列寧獎！格雷奇可夫的堅強的信念是一個人不一定要等一個黨員的確犯法才行動。任何一個人運用他的工作、他的地位或是他的人事關係，去得到一座單獨的房子，或是一座夏天別墅，甚至於僅只是一樣微不足道的東西，都應該立卽開除黨籍。沒有需要把他檢舉出來或是給他一個公開的懲戒；他就是應該被剷除，因爲這不僅是一種犯規、一項錯誤、一種失敗——它意味着完全異質的精神，一種天生的資本家的精神。

一個司機同他的作教員的妻子在他們家裏培植花園並且拿到市場去賣被揭發了。爲了這件事情，他們在當地報紙上受辱，但是這個卡巴尼金要怎樣逮住他？

費爾多・米克黑依奇慢慢地走着，儘量地吸取着這清新的和風。因爲失眠，還有他服用的那兩顆鎮定劑——，以及那二十四小時之中他所想的種種，使他感覺到滯鈍而且不舒服。但是一點一點地，清新的風清醒了他的頭腦。

那麼，他想，我們必須又再一切重新開始。召集起九百名員生，向他們解釋：我們沒有得到那棟建築。我們必須造一座起來。如果大家幫忙，會造得快些。起初他們會不高興。然後，當工作自身開始吸引他們的時候，他們又會再一次地對它興緻勃勃了。

他們會相信的。

而且他們會建造起那棟建築來。

我們再在舊校舍裏將就一年——我推想我們會對付過去的。

沒有注意到，他已經來到這座閃亮着金屬和玻璃的新建築前面了。靠在它旁邊的第二座才在地面上豎起來一點點，還覆蓋在沙泥下面。

格雷奇可夫問過了那個問題之後，好幾件不相干的有關卡巴尼金的事實在費爾多無機心的記憶裏復甦起來。而慢慢一樣樣地開始拼湊起來：爲什麼他要在八月裏拖延移交？爲什麼代表團來

了，

他看上去那麼快活？

奇怪的是，在他一路走來，正在對卡巴尼金起疑的當兒，費爾多·米克黑依奇在建築地盤後院第一個見到的人恰正是凡斯羅得·波瑞索維其·卡巴尼金？帶着一頂綠色軟呢帽、穿着一件漂亮的咖啡色大衣，他正自信地在泥濘地上走來走去。不顧他的皮鞋被爛泥弄髒，對幾個顯然是他的工人發號施令。

兩個工人跟一個司機正在從貨車後面把標桿往外面拉——有些是新油漆的，有些則是已經用過了的、顏色已經轉灰了，不過腐蝕的一端已經被切除了。另外有兩個工人彎着腰在做着什麼，卡巴尼金則在一旁權威性的舞着他的短手臂指揮着。

費爾多·米克黑依奇走近過去一點，看到他們在打樁畫界。但是他們做的那種方式有點像在搗鬼：樁打的不直而是成長的弧形，要讓研究所可以多佔一點院子，工業學校少些。

「凡斯羅得·波瑞索維其！你怎敢如此！你在幹什麼？」校長叫道，因爲被欺騙而怒不可抑。「十五、六歲的孩子們需要大一點的空間呼吸，跑動！我讓他們到那裏去活動呀？」

卡巴尼金剛把自己站定在他存心不良設計的籬笆完成那最後的一樁的戰略位置上。他兩腳踩在未來疆界的各一邊，他已經佔住了一個好立脚點，擧起手臂來打信號時，他聽到費爾多·米克黑依奇在他背後過來了。他的手掌擧在面前像立起來的刀，卡巴尼金轉過來點一點他的頭（他的肩膀和頸子是那樣的肥胖，他一向都不能好好的轉頭），扭動着他的上唇因此他的面頰戰抖着，喃喃地道：

「什麼？你說什麼？」

沒有等着回話，他就轉身走開了，查看他手中的尺碼，用四個手指頭示意兩個工人之一，要他站直身子來，最後，用他那短手臂在空中一劃。

好像他劃開的不是空氣而是地層自身。不，不僅是劃開——那手臂的一揮乃是某人開通一條偉大的新路線的手勢。他揮舞着，好像一位古酋長給他的戰士指出前進的方向，好像第一位航海家最後終於發現了指向北極的眞正方位。

唯有在他已經盡了他的職責之後，他才對着費爾多·米克黑依奇轉過身來解釋道：「必須一定得這樣做的，同志。」

「爲什麼是必須？」費爾多·米克黑依奇發了脾氣，頭開始打顫。「你是說爲了主義呀！你且等着瞧！」他握緊了拳頭，却沒有說話的力氣了，因此他就轉身大步的朝街上走去，口中喃喃說道：「你等着瞧，你等着瞧，你這猪玀！……」

工人繼續在搬標桿。

復活節的遊行行列

藝術鑑賞家告訴我們說，一個藝術家不應該把每一樣東西完全就它的本來面目畫出來。他們說彩色照相用曲線、三角形同正方形組合來表現這，表現那，我們應該去表達事物的本質，而不是事物本身。但是我看不出來彩色照相如何能夠從革命半世紀以後，在比利得其羅大教堂的一個感恩節遊行行列裏的面孔中間，選出其中意味深長的把它們組成一張有意義的照片。用傳統的手法來描寫（甚至無需乎三角形之助）現今的復活節遊行行列能夠告訴我們很多東西。

在鐘聲開始響起的半個鐘點以前，紀念耶蘇變形大教堂的前院看起來好像某個遠方工業鎮上康樂廳的週末舞會那樣歡樂。女孩子們穿着滑雪褲子，帶着鮮色的圍巾（不錯，有些是穿着裙子的），三個、四個的組成吵鬧的一伙在走來走去；他們擠着要進教堂，但是門廊上太擁擠了，因為年老的婦人們早在黃昏時已經各自佔住了位置，因此女孩子們就在門口對着她們亂叫。然後他們就在教堂基地裏閒逛，彼此大聲地呼叫着，肆無忌憚地尖叫，瞪視着那些掛在教堂牆上、聖像前面以及主教和大僧侶的墓旁的綠色、粉色和白色的燈。男孩子們呢，從高大的強人到細小的弱者，他們臉上全都有那同樣的自大的神氣。（不禁令人奇怪，是什麼使得這些青少年覺得他們高人一等？難道是因爲他們冰球打得好的事實嗎？）他們幾乎全都戴了便帽，卽使他們之中有些人沒有戴，也跟他們是在聖地上這件事實沒有關係。每四人之中就有一人是喝了酒的，每十人之中有一個是醉了，半數的人在抽煙——是用那種香煙叨在下唇的可厭的方式。香還沒有燒上呢，取而代之的，一圈圈藍灰色的香煙的煙霧在教堂墓地的電燈光下，成濃密盤旋的雲層朝感恩節的天空升起。他們在柏油小道上吐口水，彼此嬉樂地擠來擠去，而且大聲地吹着口哨。有些在罵粗口，另有一批人則在就着無線電播送的音樂跳着快步舞。有一批人則在親吻他們的女友，她們就從一個男孩被拖到另一個男孩那裏，虎視眈眈地注意着四周，好像隨時會有刀子抽出來一樣。他們一旦拔刀相向，他們可能會很容易地拿來對付這些會衆的成員，因爲這些年青人對上教會的人的態度，不是一般年青人對長者、或是客人對主人的平常態度；他們對待這些會衆好像是主婦們對待蒼蠅一樣。

但是，刀子沒有給拿出來，因爲附近有三、四個警察在來回踱着，只是要維持警戒。男孩們不是在吵鬧地咀咒，那只不過是他們正常對話的一部分，因此警察沒有注意到他們在犯法，却對着這繼起的一代和善地微笑着。警察不會奪去他們口裏的香煙，或者扯掉他們的帽子，因爲這裏是公共場合，憲法上保障不信仰上帝的權利。

緊縮在墓地籬笆和教堂牆壁邊，信教的人不敢抗議，只一直四處張望着，希望沒有人會用刀來戳他們，或者逼他們把他們需要拿來在耶蘇復活以前最後幾分鐘對時用的錶交出來。這兒——教堂的外面，嬉笑、漩渦似的暴民數目遠超過東正教徒們。他們甚至遠比韃靼統治時代還要更受威逼、壓制；韃靼們至少不會在復活節的早晨禮拜來要把信衆擠出去。

這些年青人並沒有犯法，雖然他們在施暴行，却是不流血的。他們的嘴唇彎成流氓般的不懷好意的瞥視，他們的無恥的談話，他們的高聲大笑，他們的調情和虛僞的笑話，他們的抽煙和吐口水——全都是在對那離他們幾碼以外慶祝耶蘇的受難加以侮辱。當這些火爆的流氓跑來看老年人還怎樣來舉行他們先人的宗教儀式的時候，那侮辱就表現成他們臉上那種自大和譏嘲。

在信衆裏面，我偶然會看到一兩個猶太人的面孔。他們可能是改宗換教了，也可能只是來看的。小心留神地四下瞧着，他們也在等着復活節的遊行。我們大家都咀咒猶太人，但是也值得看一看四週我們在同時養育出什麼樣的俄國人來。這些人並不像三十年代的好鬪的無神論者，從人們手中搶奪復活聖餅，跳舞、猫叫，假裝做魔鬼。這一代只是慵懶地懷疑：電視上冰球的季節已經結束了，而足球季節還沒有開始，驅策他們來這裏完全是無聊。他們把上教堂的人推開就好像他們是一包包稻草一樣；他們咀咒教堂的商業主義，但是不知什麼理由他們却買蠟燭。

有一件事情很奇怪：他們全部是局外人，然而他們却全都彼此相識——以名字來招呼。他們爲什麼會是好朋友呢？難道他們都是來自同一個工廠嗎？還是由於這種際會令他們連合起來成爲某種共同旨趣的結社？

鐘聲在我們頭頂響起了，但是聽上去却覺得有些虛假；它的聲音聽起來細小而不是深沉宏亮的。鐘聲響起宣告遊行開始。現在一切就序，人們在動了，而動身的人不是那些信徒，却是那些尖叫的青年羣衆，三三兩兩的在教堂墓地裏亂兜圈子。他們忙得很，但是却不知道要找什麼，要走那條路，或者是遊行行列要從那個方向來。他們點燃了紅色的復活節蠟燭，然後却用他們來燃香煙以示炫耀。他們擠在一起，好像在等狐步舞曲上場；只須給這些高大捲髮的孩子們（至少我們的人種沒有愈長愈矮）再加上一個啤酒攤子，他們就會對着那些墳墓吹白泡沫了。

伴隨着一組柔和的鐘聲，遊行行列的領隊已經離開走廊開始朝這邊轉過來了，前面有兩個非教職人員在要求同志們讓寬一點路出來。在他們後面約三步以外是一位年長的禿頂教堂執事，拿着一個固定在一條桿子上的笨重玻璃燈。他很留心地擧眼瞧着燈，一邊想讓它保持平穩，同時用同樣的擔心兩邊瞥看着……如果我能夠的話，這就是我想要畫的那張畫的開頭：教堂執事的恐懼，怕這些新社會的建造者們會逼近，撲到他身上來，把他打扁。旁觀的人能感覺得到他的恐懼。

女孩子們穿着褲子，手持蠟燭，男孩子們嘴巴上叨着香煙，頭戴便帽，大衣不扣上扣子——有些面上帶着愚蠢的、幼稚的、完全沒來由的自信表情，還有一些簡單、輕信的臉孔：這些都必需要放進圖畫裏去——緊緊地擠在一起，觀看着這別的地方用多少錢也看不到的場面。燈的後面來了兩人扛着一面敎會的大旗——他們不是分開來走，也是懼怕而擠在一起。

他們之後接着是五對婦女手執很粗的蠟燭。她們也必須放進圖畫裏，年長婦女的臉上呈顯着一種超世間的表情，如果她們受到攻擊就準備以身相殉。十個裏面有兩個是年青的女孩子，跟那些同男孩子鬼混在一起的年青女孩子同年紀的，然而她們的面孔却是如此地純潔、光明。這十個婦女，緊密排列在一起走、唱着聖歌，看上去如此莊嚴，好像她們周圍的人是在畫十字、祈禱，甚至跪倒在地懺悔一樣。她們呼吸不到煙味；她們對那粗俗的言語充耳不聞；她們的脚掌感覺不到敎堂墓地已經怎樣地變成了舞廳的地板。

就這樣眞正的遊行開始了。兩邊的羣衆起了一陣輕微的騷動，吵鬧稍微輕了些。

婦女們後面跟着七個男人，是披着鮮色袍子的神父和僧侶。他們走着、走着有時亂了脚步，彼此碰在一起，各人擋住了各人的路，因爲太擁擠，使得他們沒有擺動香爐、或是提起他們披肩袈裟的尾端來祝福的餘地。

然而這就是那個本該由全俄敎皇帶領主持但却被勸服作罷的禮拜……

緊擠在一起的小小一羣人匆匆而過——這就是這個遊行的一切。沒有別人了。很顯明的，在前進的行列裏沒有崇拜者，因爲如果有的話，他們現在就該離開敎堂了。沒有崇拜者，然而這一批暴亂者却蜂擁在後面，好像他們是在衝進倉庫、破門搶刼，撕開食物包，撞擊着門柱，漩渦般地打着轉，彼此擁擠着，一路推擠前進——爲了什麼？他們自己也不清楚。來看神父出洋相嗎？或者他們只是爲了擠而來擠？

這簡直是奇怪極了——一個宗教的遊行而沒有崇拜的人，沒有人畫十字祝福，一個人們帶着便帽，抽着香煙，胸前口袋裏放着小收音機的宗教遊行。當那批羣衆擠進教堂墓地時，它的前排也必須放進圖畫裏，然後這張畫就算是完成了。

有一個老婦人轉過一邊畫着十字，對另一位說：「今年好些了，沒有什麼暴亂，有那麼多警察在。」

啊，這就是了，這還算是好年頭呢。

這成百萬我們所養育出來的人——他們會變成怎麼樣的呢？我們那些偉大的思想家，他們的開導的努力，還有他們的激勵的幻景把我們帶到了那裏？對於我們的未來的一代，我們能期望到什麼好的結果？

眞情是有一天他們這一代會轉過來踐踏我們全體，至於那些驅策他們如此做的人，也將一樣地會遭受他們踐踏的。

肚袋‧左卡

你要我講一些去年夏天我的脚踏車渡假的情形給你聽。好吧，如果你不嫌太沉悶的話，我就給你講講這次庫立可佛戰場之旅。

我們想去那裏已經很久了，但却是那麼難以達到。沒有鮮明的告示或者路標來指引，沒有一張地圖上可以找得到這個地方，雖然這場戰事在十四世紀所犧牲的俄國人多過十九世紀的波諾汀羅之役。不僅是在俄國，就算整個歐洲來講，一千五百年來也僅有一次這樣的大會戰。它不僅僅是一場公國或者民族國之間的戰事，也是一場各大洲之間的戰爭。

或許是因爲我們選了一條比較迂迴的路：從依披芬尼亞穿過卡禪羅夫卡和摩那斯提希支那。只不過因爲那時沒有下雨，我們能夠騎脚踏車而不至於推着脚踏車走；那時頓河尚未漲滿水，我們得以一路踩脚踏車穿過那由兩塊板拼成的狹窄木橋過頓河同它的支流尼布瑞達瓦河。

經過了很長久的一段旅行之後，我們站在一座山丘上看見從遠處一個平頂的建築上有一個看起來像是針尖樣的東西指向天空。我們下得山坡來就不見了那針尖的踪影。然後我們又開始往上爬，那灰色的針又出現了，這一次是比較清楚了，在它的旁邊我們看到一個像是教堂的建築。它的設計好像特別奇特，除了在童話故事上從來也不會看到的：它的圓頂看似透明而流動的；在炎熱的八月天的爆曬太陽光下迷惑地發着光——一會兒它在那兒，一會兒它又不見了。

我們猜對了，我們能夠在山谷的井裏解渴，並裝滿我們的水壺，這一點在後來證明是非常有價值的。但是那遞給我們水桶的農人在回答我們的問話：「那裏是庫列可佛戰場？」的時候，却只對我們瞪着眼睛，好像我們是白癡一樣。

「不要說庫列可佛，應該說庫立可佛。庫立可佛卡村就在戰場旁邊，而庫列可佛卡却在那邊，頓河的那一邊。」

同這人相會之後，我們在荒涼的鄉村小徑漫遊，直到我們到達紀念碑幾米以外的地方，就再也沒有碰到一個人。這一定只是因爲那一天剛巧碰上沒有人在附近，因爲我們可以看到那綜合割禾機的輪子在遠處什麼地方打着農作物，人們顯然常常來此地，以後也會來，因爲視力所及之處全種了農作物，就等着收割了——蕎麥，苜蓿，甜菜，燕麥，還有豌豆（我們剝了一些嫩的）；可是那天我們誰也沒見到，我們所走過的，却盡是像一塊保留地所具有的那種幸福的寧靜。沒有任何聲音打擾我們默念那些金髮戰士的命運，十人之中有九人已經躺在土面七尺以下，他們的屍骨已經化爲塵土，好讓神聖的俄國得以淸除掉異端的回敎徒。

這塊地的外形——這片廣大的坡地逐漸向瑪眉丘陵地帶上延伸——經過六個世紀不可能有多大的改變，不過森林是消失不見了。在我們面前所展開的正是一五八〇年九月七日的晚上他們渡過頓河，然後停軍下來喂馬（雖然他們大多數的人還是步兵），磨刀，整頓士氣，祈禱，希望——幾乎有二十五萬人之衆，起碼也多過二十萬人。那時候的俄國人總數也只不過是現在的七分之一，因此這樣一支龐大的軍隊簡直是震撼人的想象力的。

對這每十位戰士之中的九人，那就是他們在這世界上最後的一個早晨。

在當時的情況下，我們的戰士們是在沒有選擇的餘地下渡過了頓河的，因爲有那個軍隊會願意背水而戰？歷史的眞理是苦澀的，但是最好還是承認吧：瑪眉不僅有斯爾卡辛，及羅斯同立陶宛人做聯盟，外加上來阿曾的奧里格王子。（我們也必須明白奧里格的動機：他沒有別的方法保護他的領土不受韃靼人的攻擊，因爲他的領土正橫在他們的途中。他的領土已經在七年之中遭到三次的火刼。）這就是爲什麼俄國人一定要渡過頓河——以防他們的後衞被自己人，來阿曾的人所襲擊：在任何別的情況下，正敎基督徒是不至於會攻打他們的。

那根針形在我們面前隱現，不過已經不再是根針却是一座我前所未見的壯麗堂皇的堡壘，我們不能直達該處，前面的路已經是盡頭，面對着我們的是那些直立田中的農作物。我們騎着脚踏車繞着田野邊緣走，最後，沒有特殊起點的，從地面冒出一條被人忽略、遺棄的舊路，長滿了荒草，愈近紀念碑則愈漸明顯可見，甚至於兩邊還有壕溝。

突然農作物到了盡頭，這一帶丘陵地帶更變得像一塊保留地，一塊長滿了堅硬的裸麥草而不是平常的羽毛草的休耕的土地。我們用可能的最好的方法憑弔這古戰場——只是呼吸這純淨的空氣。吾人四下一望，看啦！——那邊在日出的晨光下，蒙古的酋長塔里貝正在同皮瑞斯維特王子單槍匹馬在搏鬥，兩人彼此相依一起像兩束麥子；蒙古騎兵射劍揮矛；他們的面孔因嗜血而扭曲着，他們踐踏着俄國步兵，衝破他們的防線的核心，把他們直趕回到被尼布瑞達瓦河和頓河的乳白雲霧般水氣所籠罩的地點。

我們的戰士像麥子一樣的被割倒下來，而我們就在他們鐵蹄下踐踏而死。

這兒，設若當時人們是推測正確不誤的話，就在那血腥的屠殺場的軸心，座落着那遠處令我們如此吃驚的紀念碑同那有着出塵的圓頂的教堂。疑難原來只有一個簡單的答案：當地的居民把五個圓頂的金屬全都拆去了作他們自己的用途，因此圓頂變成了透明；它們那纖巧的構造尚完好，只不過只有外形別無所有，從遠處看來就像海市蜃樓。

這座紀念碑近看也很不平常。除非你走近去觸摸它，你就不會明白它是怎麼造成的。雖然它是上一世紀建造的，事實上是足足一百年以前，那設計——把各部分的鑄鐵連串在一起——却是全然現代的，只不過現在不會去用鐵鑄就是了。紀念碑是由兩個正方的平臺造成，一個架在另一個上面，然後就是一個有十二面的構造物逐漸變圓；其下部有浮彫的鐵盾、劍、盔、以及斯拉夫印刻文字作裝飾。往上去，則形成一個四重的圓柱體鑄造物，因此它看上去像是四個大管風琴鎔銲在一齊。然後頂端上的一塊刻有圖案，最高高在上的是一個鍍金的十字架戰勝一彎新月。（譯者按：回教的標誌。）整個建築物——全長三十米高——由有圖形裝飾的石板緊緊的門在一起，一根釘一條縫都見不到，好像那紀念碑是由一整塊東西鑄成——除非時間，或者更可能是那些立碑人的子子孫孫在上面打洞。

經過一大段穿越空曠田野的跋涉，我們假定這個紀念性的地方已經被人所遺棄了。當我們一路走來，稀罕着何以這地方會是在這一州郡。究竟這是一個歷史性的地點，此地所發生的乃是俄國人命運的一個轉捩點。因爲我們的入侵者不都是來自西方……然而這個地方却被藐視、遺忘。

後來我們發現我們是錯了，我們是多麼高興呀！在紀念碑不遠處，我們立刻看到一個灰髮的老人同兩個年青的男孩子。他們已經擲下了他們的背囊，躺在草裏，在一個有「階級登記簿」那麼大的大本子上寫着什麼。等我們走近，發現他是一位文學教師，在附近什麼地方遇見了這兩個男孩子，這本子也不是學校的練習簿，却正是訪遊者的意見簿。但是此間沒有紀念館，那麼在這個荒野的地方，簿子要存放在何處呢？

突然間一大塊黑影遮住了陽光。我們轉過身來。這就是庫立可佛戰地的看守者——此人的責任就是守護我們光榮的遺產。

我們沒有時間去對光圈，而且在任何情況下也不可能正對着太陽來一張快照。況且那看守者也必然會拒絕拍照的（他知道他的價值，拒絕任人整日拍照）。我要怎樣來描寫他呢？我應該從他本人開始呢？還是從他的背囊說起？（他拿着一個普通農人用的背囊，只不過裝得半滿，顯然不太重，因爲他一點也不費力的提着。）

這位看守者是一位脾氣暴燥的帝俄時代的農民，看上去像個惡棍。他的手脚粗重、襯衣的扣子被扯開了。紅頭髮從他歪帶着的便帽下戳出來，雖然他顯然已經有一禮拜沒有刮鬍子，他的面頰上却有一道新傷痕。

「呵！」他用不贊成的聲音招呼我們，一面逼近我們。「你們剛到，是不是？你們怎麼來的呀？」

他似乎很疑惑，好像這個地方全然圍堵了起來，而我們則是找到一個洞鑽進來的一樣。我們對着脚踏車點了點頭，我們把它們撐在灌木叢裏，雖然他提着他的背囊像是要趕火車，可是那樣子却是好像要查我們的護照似的。他的臉孔枯槁，有一個尖下巴，表情堅決。

「我警告你們！不要用脚踏車踏壞了草地！」

這樣，他讓我們立刻明白了，在庫立可佛戰地，你可不得任所欲爲。

看守者的敞開的外衣下擺很長，包裹着他像一個有頭罩的防水短外套；好些地方補過了，那顏色你會在民間故事中讀到過——在灰、棕、紅、紫色之間。在他外衣襟上閃着一顆星，起先我們以爲那是一個勳章，後來才明白那只是一個平常的小徽章，在一個圓圈裏有列寧的頭像，革命時期每個人都買的。一件顯然是手縫的藍白條子長襯衫從他的外衣底下拖出來，在腰間用一個有五角星的扣環的軍用皮帶繫住。他那二手貨的軍褲腿塞在已經磨損了的帆布靴套裏。

「怎麼樣？」用遠較溫和的聲音，他問那教師。「寫得怎樣了？」

「還好，左卡・地米垂區，」他回答道，叫他的名字。「我們就要寫好了。」

「你們」——又嚴厲起來——「是不是也要寫一寫？」

「等一下吧。」我們企圖躲避他那逼人的問話打斷他的話頭：「你知不知道這紀念碑何時建造的？」

「當然我知道！」他怒道，惹火了，對着這個侮辱咳着嗽唾沫横飛。「你們以爲我在這裏是幹什麼的來着？」

他小心翼翼的放下背囊（帶着像是瓶子相碰的響聲），看守者從口袋裏抽出一張文件打開來，那是一張練習簿的一頁，上面是用大寫字母抄寫着，完全不顧行列的，紀念碑上給地米垂・頓之可唉的題獻，年代——一八四八。

「這是什麼？」

「哦，同志們，」左卡・地米垂・嘆氣道，他的坦率顯出他並不是最先假裝的那種獨裁者，「是這樣的。是我自已從匾額上抄下來的，因爲每一個人都問我它是什麼時候造的。我會指給你看那匾額所在的地方，如果你們要看的話。」

「那匾額是怎麼的了?」

「我們村裏那個流氓偷走了——而我們什麼也不能做。」

「你知道是誰幹的嗎?」

「當然我知道。我嚇跑了一些屬於他那一幫的無賴,我對付得了他們,但是他跟其餘的一些人給逃脫了。有朝一日我眞要是逮住了他們,我會讓他們瞧瞧我的厲害。」

「但是他們爲什麼要偷那個匾額呢?」

「給他自己的房子用。」

「你不能把它拿回來嗎?」

「哈!哈!」左卡把頭往後一仰來作爲我們的愚蠢的回答。「這就是問題的所在。我沒有任何權威。他們又不給我一管鎗·像這樣的工作,我是需要一架機關鎗的。」

看着他面頰上那道傷痕,我們暗地思量,他們還好沒有發給他鎗呢。

然後那敎師寫完了,把來賓意見簿交還給他。我們以爲左卡·地米垂區會把它放在腋下,或者塞進他的背囊裏,但是我們錯了。他打開他那髒外套的口袋蓋露出一個用布做的縫在裏面類似衣袋或粗麻布袋的東西(事實上更像一個肚袋),像意見簿一般大小,剛好可以放進去。同時連在肚袋上的還有一個狹縫放着他借給遊客用的粗頭字跡不退的鉛筆。

自信現在他已經適當地嚇住了我們,那肚袋·左卡提起他的背囊(那響聲是瓶子的),踏着他鬆散的大步子到灌木叢中去了。這時候他那初見我們時的那股粗魯的蠻勁消失了。他痛苦地弓起背坐下來，燃上一枝煙，用那般無可告慰的憂愁，那般的絕望抽着煙，令人以爲在這戰場上毀滅的人昨天才死亡，而且是他的近親，而現在他不知道怎樣活下去。

我們決定在這裏呆上一整天同一個晚上：體驗一下庫立可佛的夜晚是不是眞如布拉克在他詩中所描寫的那樣。不慌不忙的，我們朝紀念碑走去，審視着那被遺棄的教堂，在野地上漫步，企圖想像九月八日當時戰場上的部署；然後我們攀登到紀念碑上鐵面的部份。

有很多人先我們而來。說是紀念碑被遺忘了是十分錯誤的。人們忙着用鑿子在紀念碑鐵皮面上刻劃着，或是用釘子刮着，那些比較斯文的則用木炭淡淡地寫在教堂牆壁上：「瑪琍亞・蒲琍拉耶娃同克可拉・拉薩瑞夫五〇年五月八日到五月廿四日……到此一遊」「地方會議代表到此一遊……」「克姆夫斯卡亞郵局工作人員到此一遊五二年六月廿三日……」等等等等。

後來三個來自可佛姆斯可夫斯克的年青的工人乘着機器脚踏車駛來。他們輕鬆的縱身跳上鐵皮面，開始研究那紀念碑溫暖灰黑的身體，親熱的拍着它；他們驚訝於它的完美的建造，並且向我們解釋它是怎樣造成的。而我們則在頂端就我們所知的指出那場戰爭的一切以回報他們。

但是在今天誰又能確切地知道當時戰爭何地又如何發生的呢？按照一些手稿上的記載，蒙古——韃靼人的騎兵衝破我方的步兵隊，將之消滅十之有九，並把他們直逼向頓河渡橋，把原先用來作爲對付奧里格護壕的頓河變成了可能是死亡的陷阱。如果當時情況更糟，地米垂會爲了相反的理由叫做頓之可唉了。但是他把一切作了周詳的考慮，堅守不移，這一點可並不是每一位大公爵能夠做得到的。他令一個貴族穿上他，地米垂的服裝，在他的旗號下作戰，而他自己則以一個一般步兵的身分作戰，有一次他被人看見一次打四個韃靼人。但是大公爵的軍旗被砍下來了，而地米垂，盔甲已嚴重的受損，只勉強爬行到樹林，而在同時，蒙古人衝破了俄國人的防線，俄國人在敗退，但是這時候，還有一位地米垂，羅林斯基·波布魯克，莫斯科的總督，正帶着他的軍隊埋伏在那裏，從背後攻擊兇狠的韃靼人。他把他們打退，他們一邊奔逃，他一邊侵襲。然後他突然揮轉大軍直逼敵軍入尼布瑞達瓦河。至此俄軍軍心大振：他們重新整軍，反撲韃靼人，奮身而起，驅逐了全部的可汗、敵將、甚至瑪眉自己，過布旦河四十俄里以外遠到克羅斯瓦亞·麥克。（但對於這一點傳說紛紜不一，有一位鄰近伊凡羅夫卡村的老人有他的一套說法：他說當時大霧未散，在霧中瑪眉誤把他身旁的大橡樹當成了俄兵，大嚇——「呵，基督上帝全能！」——就逃了。）

事後俄國人清理戰場、掩埋死者，一共花了八天的光陰。

「有一個屍身他們沒有收殮——他們把他留下來了！」那來自可佛姆斯可夫斯克的快活的裝配匠指責地說。

我們轉過身來，不由得暴笑起來。不錯，就在今天一個倒下的戰士躺在那兒，離開紀念碑不遠，臉孔朝下俯在母親大地的懷裏——他的故鄉。他的禿頭垂落在地上，他的英勇的雙腿張開着；沒有盾劍，取代他頭盔的，是一頂便帽，靠近他手邊放着一個背囊。（仍然是一樣的，他很小心不去壓到肚袋裏裝着來賓簿的外衣邊上；他已經把它從肚子底下抽出來了，放在他身旁草上。）或許他只不過在酒醉的昏迷中躺在那裏，但是如果他是在睡覺或者在思想，那麼他趴在地上那種樣子是很感人的。他同那田野完全相襯。他們應該鑄一個這樣的鐵像放在那兒。

但是，以他那般的高度，左卡作爲一個戰士來說是太瘦了一點。

「他不要去集體農莊工作，所以他就給自己找一個輕鬆的政府工作，好讓他能夠曬得一身好膚色，」年青人之一咆哮着說。

我們頂不喜歡的是左卡攻擊所有的新來的人的方式，尤其是對那些看上去可能會惹他痲煩的人。白天的時候，又有些人到了，他一聽到他們車子的聲音，他就站起身來，略微整頓一下，對他們大施威脅，好像他們，不是他，才對紀念碑負責似的。在他們被激怒以前，左卡自己就對該地的荒蕪暴發他強烈的憤慨，他能夠蓄藏着如許的熱情簡直是令人難以置信的。

「你們想想看這不是一種恥辱嗎？」他說，對着四個剛從一輛柴普洛煞友車出來的四個人攻擊性的揮舞着手臂。「我要等候機會，到時候我就一個勁的走到本區文化部去。」（有那麼一雙長腿，他能很容易地就辦到。）「我要請假去莫斯科，直接去找佛爾絲娃，文化部長她本人。我要向她報告一切。」

後來他一旦發現那些訪客被嚇倒了，沒有起來跟他對抗，他就提起他的背囊，一付很神氣的樣子，好像一個當官兒的提起他的公事包一般地，走開去抽枝煙，打個盹。

我們到處閒逛，白天的時候我們遇到左卡好幾回，我們注意到他走路有一隻脚是跛的，我們就問他是怎麼回事。

他驕傲地回答道：「這是戰爭帶來的紀念品！」我們還是不相信他：他只不過是一個訓練有素的說謊大王而已！

我們把我們的水壺喝乾了，因此我們就去問左卡我們什麼地方可以弄點水來。水？整個的厖煩在，他解釋說，這地方沒有井，他們也弄不到錢來挖一個。整個戰地的水源就是那些小水坑，井在村子裏。

說完了這些話之後，他根本懶得站起身來跟我們說話，好像我們彼此是不拘形跡的老朋友一般。

我們抱怨說紀念碑上的題字有的是亂砍上去的，有的是亂塗一通，左卡就迅速地反駁道：「你們去看一下，看看你們能不能讀出來年月日，如果你們找到任何新的損壞，那你們就唯我是問，所有這些破壞都是在我來以前做出來的；我在這裏，他們就不敢來試一下，當然，也許有一些混蛋躲在教堂，就往牆上塗——但是你曉得，我可只長着一雙腿啊！」

教堂是獻給雷當列茲的聖・色爾該，此人糾合俄軍加入戰爭，導至後來地米垂・頓之可唉同來阿曾的奧里格之間的和解很快生效，教堂是一座堅如堡壘的建築物，支架結合緊密；如去掉頂的金字塔形的中殿，上頭有一座看守塔的寺院，還有兩個有城垜的圓塔，還有一些像小洞一樣的窗戶。

裏面，什麼都拆得一乾而淨，連地板都沒有了——你只是走在沙上。我們問左卡是怎麼一回事。

「哈，哈，哈，全都給偷去了！」他對我們虎視眈眈。「那是發生在打仗的時候。我們庫立可佛的居民把舖地的石板挖出來舖他們自己的院子，免得在爛地裏走。我列了一張清單記明了誰拿了石板……後來戰爭結束了，他們還是一直來偷東西。甚至於在這以前，我們的部隊也曾經用那些聖像的屏飾圍任戰壕做障礙，也有用來燒他們的火爐的。」

隨着時間一小時一小時的消逝，他同我們習以爲常了，左卡在我們面前去掏他的背囊也就不再覺得靦腆，而我們也就慢慢發現了裏面倒底是些什麼東西。裏面放了旅遊者留下的空瓶子（值十二戈比那種）果醬罐子（值五戈比那種）——他在他們野餐以後在灌木中撿來的——還有一滿罐的水，因爲在白天他沒有別的水源。他帶了兩條燕麥麵包，他不時地撕一些下來放在嘴裏嚼，當作他儉約的飯食。

「人們整天一大羣一大羣的來，我根本沒有時間到村子裏去好好吃一頓。」

有些日子他或許帶着半瓶寶貴的伏特卡在裏面，也或許是一些罐頭魚，那麼他就會緊緊抓住他的背囊，什麼地方也不放心放下來了。那天，當太陽已經開始下去的時候，一個朋友騎了一輛機器脚踏車來看他；他們坐在灌木林一個半小時。後來他的朋友走了，左卡回來了，却不見了他的背囊。他比平常更大聲地說話，更用勁地舞着手臂，注意到我在寫着什麼，就警告我們：「這裏是我管的，我要告訴你們！五七年他們決定在這裏造座房子。看那邊那些柱子，繞着紀念碑立的？從那時候起它們就在那兒了，它們是在圖拉鑄成的。他們應該用鍊子把柱子連起來，但是鐵鍊子却總也沒有來。因此他們就僱用我，給我錢讓我幹這個工作，沒有我的話，這個地方會變成廢墟！」

「你得多少錢呢，左卡・地米垂奇？」

好像鐵匠的風箱似地猛嘆了口氣，他好半天說不出話來。他含混地說了些什麼，然後靜靜地說道：「二十七盧布。」

「什麼？最低工資也是三十呀！」

「唉，也許是吧……我還一天假也沒有。從早到晚我都得在工作崗位沒得空閒，而且晚上很晚我也得跑來。」

這傢伙該是多麼一個無可救藥的扯謊大王呀！我們想。

「你爲什麼晚上也一定要留在這裏呢？」

「你們想爲什麼呢？」他帶着被觸犯的聲音說道。「我怎麼能在晚上拋下這地方不管啊？總要有人得一直看住它才行。如果有車子來了，我就得把車子號碼抄下來。」

「爲什麼要抄牌呢？」

「唉，他們不讓我有槍，他們說我說不定會射旅遊的人。我唯一的職權就是可以抄牌。倘若他們損壞了什麼？」

「以後你能拿那個車牌怎麼樣呢？」

「不能怎麼樣，我只是保存着它們……現在他們給旅遊的人造了一間別館，你們看到了沒有？我也得去看守它。」

我們當然看過了那間別館。平房建築、幾間房間，已經近乎完工了，但還是鎖住的。窗子安裝好了，可是已經有幾塊給打破了；地板舖好了，粉刷還沒有完成。

「你讓不讓我們在那邊過夜呢？」（時近日落，天氣開始轉冷；恐怕會是一個寒冷的夜晚。）

「在旅遊別館裏？不行，那是不可能的。」

「那它是造來給誰用的呢？」

「不行，那是做不到的。而且我根本沒有鑰匙。所以你們不必麻煩來相求了，你們可以住在我的小屋裏。」

他那有着傾斜屋頂的低矮小屋是設計來給牛打羊住的。彎身下來，我們朝裏面窺視。破碎的茅草四處散着；地上有一個燒東西的罐子，裏面有些吃剩的食物，又是一些空瓶子，一塊乾掉的麵包。雖然如此，這兒有地方放我們的脚踏車，我們可以躺下來，還留下足夠的空間給左卡躺。

他利用我們的停留放個假。

「我要去庫立可佛，在家中吃晚飯。塞點熱的東西下肚。把門栓好。」

「你要進來的時候就敲門吧，」我們笑嘻嘻地說道。

「好吧。」

肚袋·左卡把他那件神奇外套的另外一個口袋蓋掀開，露出來縫上去的兩個環套。從他那取之不盡的背囊裏拿出來一個短柄的斧頭，牢牢地把它放進環套中。

「唉，」他陰鬱地說，「這就是我僅有的防身武器。他們別的什麼都不讓我用。」

他用一種最沉痛的世界末日的口氣說着這些話，好像他以爲一大羣的異教徒在某一天的晚上會馳騁而來把紀念碑打倒，而他得用他那柄小斧頭獨自面對着他們。當我們坐在那兒半明半暗中，我們甚至於會聽到他的聲音而不寒而慄。也許他不是個小丑吧？也許他眞的相信如果他不每晚守衞着，戰場同紀念碑就註定要完蛋。

被酒和一天喧鬧的活動弄疲了，彎着身勉強地蹣跚而行，左卡到村子去了。我們又一度地笑他。

正如我們所期望的，我們單獨地被留在庫立可佛戰場上了，黑夜來臨，滿月升空，紀念碑的塔同堡壘般的教堂的輪廓配襯出來，整個蒼穹好像巨大的黑螢幕。遠處庫立可佛卡和伊凡諾夫卡的燈光同月光比起來，相形之下完全失去了它們的光亮。頭頂上沒有一架飛機掠過；沒有一輛汽車駛過，遠處也沒有火車嘎嘎作響而過。在月光下鄰近的田野的形狀已經不再看得見了。大地、叢草，以及那月光下的孤寂一如一三八〇年那樣。世紀靜止着，我們在戰地上漫步，召來了當年整個的情景——營火，一羣羣的黑馬。從尼布瑞達瓦河傳來天鵝的叫聲，就正如布拉克所描寫的。

我們要想了解庫立可佛戰爭的全貌，把捉它的必然性，不去理會歷史紀年上的令人生氣的含混：沒有什麼事情比之再簡單明瞭不過的了；歷史經過一段長時間之後又再重覆，一旦歷史再度重演，後果就是災禍。戰勝之後，俄國的戰士就此消聲匿跡。土克塔米系立即取瑪媚而代之，庫立可佛戰之後兩年，他摧毀了俄國人的力量；地米垂·頓之可唉逃到科斯杜瑪，同時土克塔米系又擊敗了來阿曾和莫斯科，用計佔領了克里姆林，刼掠搶奪，縱火砍頭，用鐵鍊捆綁戰俘回韃靼人的首都金羣。

幾世紀過去，歷史的彎曲的道路對於觀察歷史的後來者簡化了，變成好像用製圖法繪成的筆直的道路一樣。

晚上變得奇冷，好在我們關在小屋裏一夜睡熟。我們決定一早離開，我們推脚踏車出來的時候，天還沒怎麼亮，牙齒冷得打戰，我們開始整裝待發。

草被霜裝點成白色；縷縷晨霧從庫立可佛卡村莊所在的山谷伸展開來越過星散着乾草堆的田野。我們正從小屋出來將踏上脚踏車離開之際，我們聽到從一個乾草堆中傳來一聲響亮、兇惡的吠叫，一隻粗毛灰狗竄出直驅我們而來。當它跳出來的時候，草堆隨着倒了下來；被吠聲吵醒，底下鑽出一個高大的身影，呼喚着狗兒，一面抖落身上的乾草。此時天色已經夠亮了，我們認出他就是我們的肚袋・左卡，仍然穿着他那件奇異的短袖外套。

他在乾草堆中刺骨的寒冷裏渡過了一晚。爲什麼呢？是焦慮呢還是對這地方的摯愛使得他如此去做？

我們先前那種好笑的屈脅的態度立刻消失了，在那寒霜的早晨從乾草堆中起身的，他已不再是滑稽的看守人，却是戰地的精靈，一種守護的天使，永遠不離開那地方一步。

他朝我們走來，仍然在打理自己，一面兩手搓在一起，他的便帽被推在腦後，他看上去就像一位親愛的老朋友。

「爲什麼你不敲門呢，左卡・地米垂奇？」

「我不想驚動你們。」他聳聳肩膀，一面打着呵欠。他滿身都是乾草、絨毛，當他解開外衣清理身上的乾草，我們看到那來賓意見簿，還有他的唯一合法的武器，那柄斧頭，各別在它們的位置上。

他身旁的灰狗露出牙齒發着威。

我們熱誠地互道再見，已經開始踏車離去了，他站在那裏，舉起他的長手臂，叫道：「不要擔心！我會照管的，我會逕直去見佛爾絲娃！去見佛爾絲娃本人！」

那是兩年以前的事了。也許那地方現在修整多了，看顧好多了。報導這回事我有些怠慢，但是我並不曾忘記庫立可佛戰場，還有它的看守人，那紅髮的守護的精靈。我們姑且這樣說吧，去忽視那樣一個地方我們俄國人將會是很愚蠢的。

右手

那年冬天，當我抵達塔什干的時候，我實際上是成了一具僵屍。我到那邊預期自己會死掉。

一個月過去了，然後又一個月，再接着第三個月。外面那生動的塔什干的春天展現開了，接着進入夏天；當我用那雙打戰的腿開始冒險步出戶外的時候，天氣已經很暖和了，到處都是一片茂盛的葱翠。

我還是不敢對自己承認我是好多了；在我最狂野的夢中，我也只以月而不敢以年來計算我的有生之日。我會沿着公園裏到診療所的幾個街區之間的碎石瀝青路上慢慢地走着。我常常要坐下來息一會兒，有時候耐不住要作嘔，我就要躺下來把頭盡可能地放低。

我正如身邊其他的病人一樣，然而我却不同：我比他們有更少的權利，被逼得更爲沉默。他們有人來看望，有親友爲他們哭泣，他們的一個關心，他們生命中的一個目標就是再好起來。但是如果我復原了，那幾乎是毫無意義的；我行年三十有五，然而在那年春天在這個世界上我沒有一個人可以說是屬於我的。我甚至連張護照都沒有，如果我好起來了，我就得離開這葱翠、茂密的地方，回到我那「終身」放逐的沙漠。在那兒我是在公開的監視下，每四晚就須報到一次，中間好長一段時期當地警察局居然不許可我這一個將死的人去就醫。

我不能對身邊這些自由的病人講這些：就算我講吧，他們也不會了解。而在另一方面，我有了十年那麼長久的謹愼小心的省思，已經了解俗語說得不錯：生命的眞正興味不是大撈穫而是少有所得——好像我能用我的微弱的腿子躊躇地曳足而行的能力；我那小心的呼吸，以避免胸部的刺痛，還有那我從湯裏撈到的一個未經霜雪凍壞的完整的馬鈴薯。

因此對我來說這個春天是我一生當中最痛苦也是最可愛的。

我四周的一切，要不是我都忘了，要不我從未見過，所以樣樣我都覺得有興趣——那賣冰淇淋的手推車，掃地的人跟他的橡皮管，賣一扎扎長身紫蘿蔔的婦人，特別是那從牆缺口遊蕩到草地上來的小馬。

多活一天，我也就敢從診療所走得更遠一點，穿過公園，想必它乃是上世紀末開闢的，也就是這些堅牢完好、四角還有裝飾的花磚的建築物建造的同時。從那輝煌的日出開始，經過那漫長的南國的白晝，再進入那神奇的黃色的黃昏，公園裏充滿着活動。健康的人四處健步如飛，而生病的人則作他們不慌不忙的漫步。

在幾條小路滙成一條通到大門的地方，立着一座史達林白石膏像，在他那石頭的鬍鬚背後譏諷地露齒而笑。另外小一點的石像平均地分散在通向大門的道路上。

然後還有一個文具攤。販賣原子筆和那誘人的筆記本。但是我決定還是不要算了，不僅僅是因爲我必須嚴格控制住我的花費，而且也是因爲先前我的記事本子落入了非人之手。

門口有一個水果攤和一個茶館，我們病人穿着條子的睡衣是不准進茶館的，不過你可以從漏空的籬笆看得到裏面是怎麼一回事。我一輩子就沒看過一個眞正的茶館，各人有各人自己的一壺綠茶或是紅茶。這茶館內還設備有小桌子的歐州部以及有個大高臺的烏玆別克部。坐桌子的人喝得很快，在一個空碗裏留下一點滙賬就離開了。但是在高臺上的人或坐或臥一混就是幾小時，有些甚至還是幾天。在熱天剛開始的時候架起的涼棚下粗麻蓆上，他們喝下一壺又一壺的茶，一邊還在擲骰子，好像整個漫長的日子全然無憂無慮。

水果攤是可以賣東西給病人的，但是我那在放逐時期所賺的幾個戈比對着那樣的價錢，只能自嘆阮囊羞澀。我狠狠的瞪了幾眼那一堆堆乾杏子，葡萄乾，還有新鮮的櫻桃，然後走了開去。

更遠一點是一座高牆；病人不許可走出大門。一天中有兩、三次，一組樂隊奏着喪樂會從牆那邊飄過來再一直到醫院圍場中去。

該城有一百萬居民，但是墓地却就在我們隔壁。我們能夠聽到那緩慢的喪葬隊伍約有十分鐘之久，到他們過了圍場才算聽不到了。那鼓的聲音產生了一種奇怪的結果：那節奏對那羣送葬的人沒有效果，他們那急切的行動總是比節拍稍快些；而一旁的健康的人則難得停下來看一下就又很快地走到他們要去的地方（他們都確切地知道他們要去那裏）；但是病人一聽到這些喪葬進行曲，就會停下來，從病房窗子裏伸出頭來，聽上好半天。

愈來愈清楚我是從疾病裏在復原中了，也更確定我是會活下去了，我也就更渴望地注視着四周；我已經在爲我卽將離開這裏的一切而難過了。

在醫學院學生運動場上，白色的人在彼此對打着白色的網球。我一輩子就想打網球，但是從來也沒有機會。在那陡峭的河岸下面，色拉河的泥黃的水兇猛地汩汩的流着。公園裏生長着覆被廣大的橡樹，還有遮蔭的楓樹和嬌嫩的日本刺槐。八角形的噴泉在竭盡所能向高處噴着那新鮮的細長的銀般水流。還有那草地上的草啊！——那麼肥大、毫無干涉的滋生着，不像集中營裏的草，當局下令要像敵人般的剷除，而在我放逐的地方則根本就不能長。就那樣面朝下地躺着，平靜地呼吸着那草的芳香和它那太陽曬暖了的呼氣，就等於是天堂的滋味。

不只我一個人這樣躺在草裏，四處散着的還有醫學院的學生，辛勤地攻讀着他們那厚重的教科書。但是其中有一些却正沉浸在閱讀不包括在考試科目裏的短篇小說裏，而其他的運動員般的人物，從更衣室裏出來，手中搖晃着他們的運動提包。黃昏的時候，女孩子們穿着壓平或是燙平的衣裙繞着噴泉散步，碎石小道在她們脚下沙沙作響，看不清的身影因此也三倍地誘人。

我的心在為了某一個人而充滿了憐憫：可能是為我自己或是我同時代的人，在狄米斯克附近凍死，在奧斯奇維兹活活燒死，在第加卡日干蹂躪至力竭，或者在西伯利亞荒地等死，因為這些女孩子永遠也不會屬於我們。或者也可能是為了這些女孩子，因為那些我永遠也不能告訴她們的事情，而她們也永遠不會發現。

一整天，女人——女人，女人！——沿着碎石子路或是瀝青路上穿梭，醫生、護士、化驗室助手、職員、管家、藥劑師，還有探病的家屬。他們外面套着素樸的白外衣，裏面是她們南方那種鮮色的衣服，常常是半透明的，有錢的着鮮藍色或粉色的，頭頂上慢慢轉動着那種時髦的竹子柄的中國陽傘，在我們身邊走過。在她們閃過去的當兒，在那刹那裏，她們每一個都構成一部小說的完整的故事；她的過去，我去認識她的（根本不存在的）機緣。

我是一個可憐的形銷骨立的人。我那消瘦的面孔就帶着我經歷種種的烙印——皺紋是集中營生活強加的陰鬱所引起的，我那如皮革一樣的皮膚是死亡的灰色，最近那致死的疾病造成的毒素以及那些藥品給我的面頰加上了少少的綠色。因為屈服和自我抹殺的防禦性的習慣，我的背是弓彎起來的。我那小丑般的條紋上衣僅剛剛到我肚子，我的條紋褲則只到我的腳踝、我的布襪、因為穿得太久已經成棕色，從我那集中營穿的鈍頭靴的帆布筒上面拖了出來。

這些女人沒有一個敢在我旁邊走。但是我看不到我自己，而這個世界通過我的一雙正如他們一樣敏感的眼睛向我的意識衝擊。

有一天，在近黃昏的時分，我站在大門口，看着我周遭如常的人羣匆忙而過；陽傘一上一下浮動過來，綢衣裙同彩色腰帶的絲褲子，繡花裙和便帽閃曳而過。還夾雜着嗡嗡的人聲。有人在賣水果；籬笆那邊，有人在喝茶、在擲骰子。在這同時候，依靠在籬笆上，一個看起來像個乞丐的矮小拙劣的人不時地朝着人羣一邊喘着氣，一邊招呼着：「同志們……同志們……」

那匆忙，鮮色的人羣沒有在聽他。我走上前去。「怎麼回事，兄弟？」

那人有好大一個肚子，比一個孕婦的還大，像袋子一樣的垂下來。從他那汚髒的黃褐色軍衣褲裏擠出來。他的鞋子底已經穿通了，又髒又陋。他那厚重敞開的外衣、汚髒的衣領，磨損了的袖口，完全不合時令，沉重的壓在他的肩膀上。他頭上戴了一頂適合園子裏稻草人戴的古式的、破爛的尖頂帽。他的眼睛害着水腫，眼神鈍滯。

費了很大的力氣，他抬起那隻握緊拳頭的手，我從他手裏抽出一張汗濕了的、皺兮兮的一張紙來。那是一張公民巴布羅夫塡寫的申請表，筆跡僵硬得把紙都畫破了，要求准許入院；歪斜在申請表上是兩個印記，一個是藍的，一個是紅的。藍的一個是市衛生局的，說明理由不予收容，但是紅的一個則下令醫學院的診療所接受該員爲住院病人。藍色印記上註明是昨天，紅色的則是今天的。

「你看，」我對他大聲地解釋道，好像他是聾子。「你一定要去候診室，在第一病房。你只需一直走過這些……石像……」

但是我隨即發現他在到達他的目的地的那一剎那已經力竭；不僅他已經沒有力氣再問問題，或是拖着他的脚步走過那光滑的瀝青小路；甚至於他已經提不動他那不過三、四磅重的破提包。

因此我下了決心說道：「好吧，老兄，我來帶你去。我們走吧。把提包給我吧。」

他懂了。如釋重負的把包包給了我，靠在我的手臂上，幾乎脚不離地的在瀝青路上拖着前進。我扶住他的手肘帶路，抓住他那覆了灰塵所以成了紅粽色的大衣。他的膧脹的肚子好像要把老人往前、往下拖。他不時深深的嘆氣。

這樣子我們前行着，兩個衣冠不整的人，沿着那條在我想像中同塔什干最漂亮的女孩牽着手走過的同一條路上•好久好久我們慢慢地拖着我們的身體走過那些白石膏像。

最後我們停了下來。在我們路旁有一條有靠背的長椅子，我的同伴要求坐下來一會兒，我也覺得一陣要作嘔在往上冒，因爲我站得太久了。我們坐了下來。從此處我們可以看到噴泉。

在我們一路走來的時候，老人曾經同我說了一些事情，現在他呼吸恢復正常之後，他又繼續講他的故事。他必須到烏柔斯，因爲他護照的居留許可地是烏柔斯，整個的痳煩就在此，他是在塔里亞——塔仙附近染病的（我記得他們在那地方造一條運河）。在烏干克他們讓他在醫院裏面留住了一個禮拜，把他胃裏同腿部的水抽掉，使他情況更爲惡化，然後就任他出院了。一路上他在查玆浩以及烏塞塔夫斯卡亞稍事停留，但是不管他去那裏求醫，他都遭受拒絕；而他們反倒要他去烏柔斯，因爲那才是他的合法居留地。坐火車去他覺得自己太虛弱了，而且他也沒有足夠的錢買車票。因此兩天以前他總算設法來到塔什干，希望能夠進入當地的醫院。

我沒有問他在南部做的是什麼，或者他來此何幹。他的病情，據他的醫院證明上註明是「後期」，但是你只需看那人一眼，就足可斷定他已經到了末期了。我看到過好多的病人，我看得出來他已經沒有要活下去的意志了。他已經失去控制嘴唇的能力，他的語言也不清楚，眼睛則毫無生氣。

就算他那頂小帽對他來說也是一個負擔。他好困難地把它從頭上扯下來跌落在膝頭上。他又再掙扎着抬起手臂用他的髒衣袖擦去額頭上的汗。他頭頂是禿的，雖然還有些稀疏不整的毛髮圍着，在灰塵覆蓋下顏色還是淺紅色的。並不是年紀把他拖成這般地步，是病把他糟塌成這個樣子的。

一層一層多餘的皮膚從他的頸子上垂下來，變得非常可憐的薄，好像鷄的，他的三角形的喉核很顯眼地突出來。我奇怪他是怎樣把頭豎起來的，因爲我們還沒有坐穩，他的頭就塌落在胸前，由下巴支持着。

就這樣他塌下來了，帽子在膝頭上，眼睛閉着，他好像已經忘記我們只是坐下來喘口氣，他還要去候診室。

在我們眼前，就是那幾乎是無聲的噴泉向高處噴射着它的銀線。再過去兩個女孩並肩而過。我看着她們走開，一個穿着橘色的裙子，另一個則穿着栗色的，我發覺她們兩個都特別的誘人。

我的鄰人大聲地歎了口氣，把他的頭滾過他的胸口抬起他黃灰色的眼睫毛，對我斜視着，「你有沒有枝香煙呀？同志？」—

「你可別打這個主意，老兄，」我對他吼着。「我兩個如果不戒煙，就沒有一點希望了。你照照鏡子瞧瞧看。抽枝煙！眞是！」（我也不過只在一個月前戒煙才成功。）

喘着氣，他又抬起他的眼睛從那黃睫毛底下看着我，簡直像條狗。「不管怎樣，同志，給我們三盧布吧。」

我想想要不要給他。倒底我還是一名囚犯，而他却是一個自由人。這麼多年我在集中營裏工作，他們沒有付我分文。而他們一旦要開始付我錢的時候，他們又都扣回去了：護送費、照明費、警犬費、警官費、牢飯費。

我從我那小丑似的外衣胸袋裏拿出我的油皮錢包，查看着裏面的鈔票。我嘆了口氣，然後遞給老人一張三盧布的鈔票。

「多謝，」他嘎聲地說。掙扎着伸出他的手臂，他拿了錢放進口袋裏；立刻他的手臂就塌下來打在他的膝蓋上。他的下巴向前垂下來，一直到他的頭又息在他的胸口上。

我們沉默下來，一個女人走過，後來又有兩個女學生。我發覺她們三個都很誘人。多少年了我都不曾聽到女人的聲音，還有她們那錐形鞋跟的敲擊聲。

「你眞幸運他們給了你一張入院表，否則的話你會在這裏就擱上個把禮拜。常常是這樣的，好多人都只好這樣將就着忍受下來。」

他把下巴拖開他的胸口轉過來面對着我。他的眼睛裏閃着意義的光，他的聲音戰抖着，他說話清楚多了：「他們把我安插來這裏，小子，是因爲我夠資格。我是革命退伍軍人。在沙利生戰役中，色格·米羅婁維奇親自握過我的手。我應該得到特別的撫䘏金的。」

他面頰上、嘴唇上有稍稍的牽動——一個驕傲的微笑的影子——記錄在他那沒有刮鬍子的臉上。

我查視着他的一身破爛，再把他看過一遍。「那你爲什麼沒有拿到呢？」

「這是命呀，」他嘆息着。「現在他們根本就不承認我的存在了。有些文件被燒掉了，還有一些丟了。我又找不到證人。色格·米羅婁維奇給人謀殺了……都是我不好。我不保存我的文件……現在我只有一樣東西……」

他抬起右手用他的圓的腫脹的指節在口袋裏胡亂地搜着，但是他那鼓起來的力氣已經用盡了，他又垂落下他的手臂、他的頭，坐在那裏一動不動了。

太陽已經沉到醫院建築的後面去了，我們應該趕快到候診室去（那還在百步之遙）。據我的經驗，要獲准住進醫院總是困難重重的。

我抓住老人的肩膀，「醒一醒，老兄，你瞧，那邊那扇門？看到了？我到那邊去開始向他們遊說一番。如果你行就自己過來，如果不行就等着我，我幫你拿提包好了。」

他點着頭好像懂得的樣子。

候診室是一間大而簡陋的大廳的一部分，由粗陋的隔牆分開着；這裏以前曾經一度有公共浴室、更衣室、同理髮館。白天的時候總是有一大堆的病人打發他們漫長的時間直到獲准入院，但是現在令我吃驚的是，居然一個人也沒有。我敲着那關上的夾板門。一位塌鼻子的很年青的護士開了門；她的嘴唇塗的不是紅色而是深紫色。

「你要什麼？」她坐在桌前讀着偵探漫畫書，至少就我看來是如此。

她有一雙非常靈活的眼睛。

我交給她那張上面蓋了二個印記的申請書，並且解釋道：「他簡直不能走路，我才把他帶進來的。」

「你竟敢帶人進來！」她尖聲叫道，根本就不看那張紙。「你難道不懂規矩呀？我們只在早上九點鐘接納病人。」

她才不懂「規矩」呢，我盡可能的把頭、手伸進門去，好讓她不至於把門關上。我咬牙切齒拉長着臉像隻猩猩，用威脅的聲音說道：「聽着，女人。你可在你腦子裏搞清楚——我可由不得你來支使的啊！」

她嚇住了，把椅子往她那房子裏移，然後說道：「現在不得入院，公民。只有早晨九點鐘。」

「看看……唸一下這張文件！」我用我最惡毒的聲調對她吼着。

她看過了。

「好了，又怎麼樣？還是要遵行正規的手續。明天也可能沒有空位，今天早上就沒有。」

她帶着一種類似滿足的神情宣稱那天早晨沒有空位，好像她這樣一說會刺着我。

「但是這人只是路過，妳不明白吧？他沒地方可去。」

當我自門裏撤出來，不再用我集中營那種逆耳的聲音說話的時候，她的面孔又帶上先前那種愉快的無情神色，「他們都是路過，要我們把他們放到那兒去？他們一定得等，他總會在那兒找到房間的。」

「但是你過來看他一眼，你就會明白他是在什麼一種情況下了。」

「再就怎樣？你是不是要我到處去收羅病人！你曉得我可不是看護兵啊！」

她驕傲地扭着她那塌鼻頭，她的回答好像上鍊鐘錶一般地來得活潑、自動。

「那你坐在這裏是幹什麼鬼？」

我用拳頭往那夾板牆上敲打着，一層薄白粉壁灰像花粉般地散落下來。「關門大吉算了！」

「沒有人在徵詢你的意見，你這個粗漢……」她怒氣爆發了，跳起身來，跑過來，出現在窄樓梯外。「究竟你以為你是老幾？別來敎我怎樣做我的事！救護車會送他進來的。」

除了她那粗劣的紫色嘴唇同一色的指甲外，她也並不算難看。她的鼻子是她誘人的部份，她很會擠弄她的眉毛。因爲天氣十分悶熱，她那白色外衣的頂上的扣子是解開的，我能夠看到她的可愛的粉色小圍巾以及共青團徽章。

「什麼？假如他不是自己來而是在街上被救護車收來，你們就會接納他，難道這就是你們的規矩嗎？」

她傲然地瞪着我這可笑的身形，而我也回瞪着她。我完全忘記我的布襪子從我的靴裏拖了出來。她從鼻子裏哼了一聲，冷冷地看住我，然後繼續說道：「是的，病人，就是這個規矩。」

然後她就走到隔牆後面去了。

我聽到背後響起沙沙的聲音，我轉身一看，我的同伴已經站在那兒，他也已經聽到一切，明白一切了。他緊靠着牆上，一面把自己往放在那邊供訪客休息用的大椅子上拖，他右手緊抓住一張破碎的紙，根本不能揮動。

「這兒，」他用微弱的聲音對我求援，「………這兒，給她看這個………讓她………這裏………」

我總算設法支持住他，把他放落在椅子上。他想用他失去作用的手指從皮夾裏把他的唯一的證明書抽出來，但是他就是辦不到。

我從他手中把上面那張紙拿來，它沿着摺線的地方是黏起來的，因爲是破裂了，我把那紙打開來，上面打的是紫墨水的字，一排排的字在紙的摺痕上上下舞動着：

世界上的工人聯合起來

本證明書頒發給巴布羅夫同志，以其在一九二一年光輝的「世界革命」中服役於×××省特遣隊並親身殲除大量反革命的暴亂份子。

簽名：部長×××

一個褪色的紫色印記附在上面。

抓着我的胸口，我輕輕地問他：「這『特遣隊』是什麼東西？做什麼來着？」

「啊哈，」他回答道，幾乎張不開眼睛。「給她看看」

我注意到他的手，他的右手——那麼小，它那棕色的、鼓脹的靜脈管，還有那浮腫的骨節，連從皮夾裏抽張證明書出來也可以說是不能了。我記起了騎兵慣常一下子往後一掃，把步行的人砍倒。

奇怪……那隻右手曾經揮舞着軍刀砍下頭、頸脖和肩膀。而現在連一張紙也拿不住……

我走到夾板門前，又再度地求她。那登記員竟連頭也不抬地繼續看她的漫畫書。在打開的一頁上，我看見一個穿着制服的英俊的男人拿着手槍跳上窗檻。

我無聲地把那張破爛的證明書放在她的書上面就走開了。我一面朝門口走去，一面搓揉着胸口以免作嘔心，我必須盡快地躺下來。

「你把這張紙放在這裏幹什麼？拿走！」我一面走開去，女孩對着那半截門朝我大叫着。

那退伍軍人縮在椅子上，他的頭，甚至他的肩膀都陷進他的身軀裏去了。他的無助的手指垂掉在那裏，散開着。他的敞開的外衣垮下來，他那球形的、令人不能相信的腫脹的肚子鬆塌進他股上的摺皺裏。

克雷奇托夫卡火車站上的一件小事

「哈囉，是不是調派官辦公室？」

「噢哼。」

「是那一位？是狄奇克亨嗎？」

「噢哼。」

「不要再噢哼、噢哼的了，我要同狄奇克亨講話。」

「把油車從第七軌調到第三軌，去吧。我是狄奇克亨。」

「我是值星官左托夫中尉。聽着，你倒底在打什麼主意？爲什麼你們還沒有把利浦特斯克火車開出來，第六七〇……號，六七〇什麼，維亞？」

「八。」

「第六七〇八號」

「我們沒有東西去拉它。」

「你是什麼意思——沒有東西?」

「我們沒有火車頭，就是這麼回事。是你嗎?瓦拉可夫?瓦拉可夫，那邊六號軌上有四輛煤炭車，看到沒有?將它們和油車放在一起。」

「喂，我說呀，你說沒有火車頭是什麼意思，我就看到外面有六輛排作一排在那裏。」

「那些是不適用的。」

「不適用?」

「不適用的火車頭。拉圾貨色。要作報廢的了。」

「好吧，但是你們有兩個調軌車頭可以用。」

「中尉同志，他們有三個調軌車頭——我看到的。」

「護送軍曹就站在我旁邊，他剛剛告訴我你們有三個。給我們一個。」

「我不能這樣做。」

「你是什麼意思——不能?你曉不曉得這輛火車有多重要?它一秒鐘也不行躭擱的。而你……」

「把它們搬上去。」

「……而你却把它拖延了近十二小時。」

「不行。」

「你是在開幼稚園還是調派室？爲什麼我還聽到小嬰孩的哭聲？」

「我沒辦法，他們全都擠進來了，同志。我必得要告訴你們多少次：請你們出去。我沒辦法讓你們上車的。我有軍隊補給品等在那裏的……」

「這輛火車上裝着血漿的，是給軍醫院的！你懂不懂？」

「我當然懂的。哈囉，瓦拉可夫？現在把車頭分離，到車廂那邊去，把其他十輛連掛起來。」

「你瞧着看，如果在半個鐘頭之內你不把那輛火車開出，我就要把你向我的上級報告上去。這是嚴重的。你要負責的。」

「維斯爾·維斯立奇，給我電話筒，讓我來同他講。」

「我把軍事調派官接上了。」

「尼可來·彼托維奇？這是波希比亞肯拉。聽着，車站上是怎麼回事！一輛車頭已經加了燃料的。」

「好吧，軍曹同志，過去等在護送車廂裏，如果他們四十分鐘以內不給你一輛車頭——那就是六點半以前——過來向我報告。」

「太好了，長官。我可以去執行了吧，長官？」

「解散、軍曹。」

那位護送軍曹漂亮地向後轉，在他離開房間的時候，他的手從敬禮的姿勢筆直地放下來。

左托夫中尉扶正了那給他柔和的身軀一種強硬的樣子的眼鏡，瞥了一眼調派官波希比亞肯拉，那個着鐵路制服正在對着老式的發話筒講話的滿頭金髮挖的女孩子，離開了她的小辦公室，回到他自己那間同樣小的辦公室，這間辦公室只有這樣一道門。

車站指揮官的辦公室是在地層靠牆角的一間屋子，就在這一角上面，排水管破裂了。粗大的水流喧嘩地從牆上傾瀉下來，陣陣狂風吹來，時而把它吹過左手窗戶直噴到月臺上，時而吹過右手窗戶把它噴到狹窄的小通道。經過那明亮下霜的十月天，每天早晨整個的車站都蓋上了白霜之後，最近才變得這樣潮濕起來，而前一天雨下得這樣大，這樣持續不斷，令人不禁奇怪天空如何能夠裝得下這樣多的水。

至少，雨還是把有些事情清理了一下：那不斷擁到月臺上和鐵軌上來的亂糟糟的人羣，有礙車站的觀瞻，又阻擋正常的工作，總算是走光了。他們都去躲雨了，因此沒有人爬在貨車底下，或者攀登在車廂末端的梯級上、沒有當地的人拿着一籃一籃的煮洋芋擠來擠去，也沒有那些肩上、手臂上掛着內衣、衫裙和毛線衫的小販在火車之間徘徊，好像這地方是一個舊衣市場，……（左托夫中尉覺得這個行業非常令人困窘；照理是應該不許有這種情形發生的，可是却無法根絕，因爲當局沒有發放任何物品供疏散的人買。）

唯一沒有被雨趕走的人就是那些當値的人員。窗外可以看到一個警衞站在一輛敞蓬貨車上，裡面裝着遮罩住的貨物。他站在那裏任雨傾倒在他身上，也不去管它。一輛調軌火車在三號車軌上拖着油車，一位轉轍手帶着一個帶頭蓬的防水帽正用旗柄指揮。二號鐵軌上還有一位鐵路貨車督察員的黑矮的身影從車上下來，鑽進每一輛車廂下面去。除此之外，就只有那傾斜刺骨的雨。被寒冷、持續的風吹刮着，打在貨車頂上、邊上、還有火車頭前面；打在銹了的鐵條上，刺傷着，扭擰着二十輛車廂的殘架（它們的車身在某地被轟炸燒毀，但是車架尚完好，現在被拖到後方來了）。雨傾倒在那架在平車上一組沒有覆蓋的四門野戰炮上。同卽將來臨的黃昏會合，那雨拉上一層灰色的屍衣，罩在第一個信號標的綠色圓盤上，也罩在發動的車頭煙囱裏不時噴出的血紅的火花上。第一月臺的瀝青地完全被一層來不及漏走的透明的、泡沫的水蓋住；車軌仍然在愈漸黑暗之中潮濕地閃亮着，戰動的污水潭，無法被地面吸去，躺在車軌的棕色碎石基上。

這一切都一無聲息，除了地面上單調的隆隆聲和轉轍手的號角的微弱的聲音。（火車汽笛在戰爭開始的第一天已經禁止用了。）

只聽得見雨打在那破裂的排水管上的隆隆聲。

在另一扇窗子外面，沿着倉庫籬笆的小徑上，站立着一株年青的橡樹。遭受風吹雨打，還抓住那最後幾片枯黃的葉子不放，但是今天就是那幾片也已經被吹落了。

沒有時間盡站在這裏張口結古了。他一定得放下那紙質的遮光窗簾，點上燈、開始工作。在晚上九點鐘換班以前還有好多事情要做。

左托夫沒有放下窗簾，他除下那有着綠帶子的制服帽，他值班的時候總是帶着它、在室內亦然。他把眼鏡拿下來，慢慢用手揉着眼睛，因爲不停地從一張抄到另一張用鉛筆書寫譯成密碼的火車號碼而疲倦殆盡。但是在那天色黑得過早的下午並不是疲倦偷襲着他，而是一種令人痛苦的絕望感。

那絕望甚至於也不是因爲擔心他的太太，帶着腹中的孩子被遠遠地留在德軍佔領下的比羅盧希亞；也不是因爲他那逝去的過去，因爲左托夫還沒有什麼過去；也不是因爲他失去的財產，因爲他根本什麼也沒有，而他也從來不打算去擁有什麼財產。

乃是戰爭那種全然瘋狂進行的方式使得左托夫如此痛苦，使得他想要出聲大叫。從官方新聞公告上根本不可能找到前線在那裏；甚至於那一方佔領卡路加那一方佔領了卡可夫都不清楚。但是在鐵路人員之間，大家共同的消息是，從鐵路交會站已經沒有車子開到圖拉了，而過也勒玆之後最遠只能到佛可荷偉。德國轟炸機不時的會衝破防線直驅來阿曾——凡朗列玆鐵路線，丟下幾顆炸彈，有的炸到克雷奇托夫卡來。十天之前兩個瘋狂的德國機車隊員不曉得從那裏鑽了出來，駛進克雷奇托夫卡，走的時候還用他們的機關手搶掃射。一個當場被擊斃、一個給他逃掉引爆了，但是這場槍戰在車站引起一場驚慌，負責疏散時拆除工作的特工隊長把原已安裝好的炸藥把水塔了。因此他們召來了修理車，已經在那裏工作了三天。

但是，克雷奇托夫卡並不關緊要—問題是，爲什麼戰爭在這樣子進行着？何處是蔓延整個歐洲的革命?爲什麼我們的部隊不能在對抗每一個可能的侵略聯盟中前進而絲毫不受折損?相反的卻是這樣的一團糟。這樣下去還會要持續多久呀?「還要多久呀?」這乃是左托夫腦子裏唯一的念頭——無論白天他在做事的時候,或者晚上躺在床上的時候。如果不值班,晚上他在自己的營房裏渡過,他還是在早晨六點鐘醒來聽無線電廣播,亟望今天終究能夠聽到勝利的消息。但是從那黑色的錐狀擴音器播出來的只不過是那同樣關於也玆瑪與佛羅可拉姆斯克前線的無聊的公報。一想到莫斯科可能已經投降,憤怒就抓緊了他的心房。他從不說出來他的心事——因爲那樣做太危險了——而且他連跟自己說都不敢。他盡量不要去想它,却一個勁的無時無刻不在想。

然而這個問題,不管多麼令人沮喪,却還不是唯一的問題。莫斯科淪陷並不是世界的盡頭——莫斯科也曾經失陷在拿破崙的手中。還有一個火燙的問題就是:以後會怎樣呢?設若他們攻進了烏柔斯?

瓦斯亞·左托夫認爲這樣懦怯的想法會馳過他的腦際本身就是一種罪過。這簡直是一種褻瀆,一種對全知、全能、永在的天父也是導師的侮辱,他會預見一切,他會做好必須要做的,他永遠也不會讓它發生的。

但是鐵路人員慣常從莫斯科來,他們十月中還在莫斯科,講了一些工廠廠長逃命、商店銀行被搶的可怕的不可能的故事,左托夫中尉的心又一次被無以言說的痛苦所抓住。

不久之前,在他來此間的途中,左托夫曾經在後備官營中過了二天。他們安排了一項晚間業餘的餘興節目，其間有一位瘦削、臉色蒼白、頭髮平直的中尉朗誦詩歌。那是他自己的詩，未加審查過的眞誠之作。起初瓦斯亞沒有覺得他記得什麼，但是後來有一些詩節從他的記憶裏浮現出來了。現在，在克雷奇托夫卡附近步行的當兒，或者乘火車去區總部，或是乘車去蘇維埃村子被分派去給靑少年和老年人一些基本軍事訓練的時候，左托夫一再重覆着這些句子，就好像是他自己的一樣：

「我們的村莊被燒了，我們的城市，我們的家園……

只那一念打擊着我們嚴備以待：

啊什麼時候，啊什麼時候那一刻到來我們能止住德軍的前進？」

接着是這樣的二行：

「如果列寧的偉大目的現在失去，

那剩下還有什麼我們可以爲它而活？」

從最早大戰開始之初，左托夫不存絲毫幸免之念。唯有在他能夠幫助革命，他那微不足道的生命才有一點意義。但是不管他怎麼懇求派上前線，他却被留下來作一名腐朽下去的鐵路運輸官。——爲着他自己的緣故而被免上前線簡直是毫無道理可言。爲了他的妻子，或者是爲了他那尙未出生的孩子而活着——連這些也甚至不那麼重要。但是如果德軍眞的前進到了巴卡湖，而左托夫因爲某種奇蹟而居然還活着的話，他知道他會步行奔逃，經過基阿克塔到中國或者印度，或者橫渡大洋——只爲了參加在那邊重新組織的軍隊，在武裝下回來俄國、歐洲。

就這樣地他站在昏暗之中，傾聽着外面的雨聲和狂吹的風聲，他躬着背，一再重覆着那中尉的詩句。

房子裏愈是變得暗了，那火爐熾熱的櫻桃色紅門則愈是燃得明亮，少許散光從通向隔壁房間的門上的玻璃上透過來，那邊值班的軍事調派官已經把她的燈打開了。

雖然她在職位上並不是鐵路運輸官的下屬；她却不能沒有他，因爲她不應該知道軍用火車的目的地和裝載物，只知道貨車號碼。老佛羅絲亞，她的工作就是記錄這些號碼，此刻走了進來，正大聲地蹬足清除她靴子上的泥土。

「上帝呀，多大的雨呀，」她抱怨道。「不過，看上去倒底雨好像停下來一點。」

「但是你一定還要再把第七六五號上的貨車登記一下，佛羅絲亞。」維亞·波希比亞肯拉說。

「好吧，我會再去登記的。先讓我把油燈調節一下。」

那門並不厚，也沒有關緊，左托夫能夠聽到他們的談話。

「我設法弄到點煤眞是樁喜事，」佛羅絲亞說。「現在我沒有什麼要去發愁的了，孩子們可以靠馬鈴薯挨過去。但是得斯卡·瑪琳德娃還沒有把她的都挖出來啦！現在她永遠也不能了，這麼些個爛泥，要怎麼挖呀。」

「看樣子像是要下霜了。夠冷了。」

「今年冬天會早來的。這場戰爭，再加上早來的冬天，那滋味會怎麼樣……你收了多少馬鈴薯呀？」

左托夫嘆了口氣，開始放下窗簾，仔細地把它貼緊着窗框，不讓一絲光線從縫裏透出去。

這裏有一些事情他不能了解，令他感覺痛苦，甚至於孤獨。所有這些在他四周的工作人員慣於像他一樣地愁悶地聽着戰報廣播，從擴音器面前走開去時心中有着同樣莫名的痛苦。但是左托夫看到一點不同：他四周的人似乎除了前線的消息外，還爲着些別的而活着：他們有馬鈴薯要挖，牛要擠奶，木材要鋸，窗戶要密封。他們大多數的時間都在談着這些事情，而且比起前線的消息要來得更爲它們所佔據。

愚蠢的女人——弄到煤了現在她就「什麼也不愁了」——連古達連的坦克也不怕了嗎？

風在搖庫房旁邊的那棵小樹，窗子上的一塊玻璃在閃着微弱的光。左托夫放下了最後的一面窗簾，然後開了燈。這雖然簡陋但却是溫暖的，清掃得很乾淨的房間立刻變得舒適了、也不知怎的變得安全了，而他對事情的思想也變得比較歡愉起來。

在燈光之下，房間的正中，立着值星官的辦公桌。它的後面，在火爐旁邊的是一個保險櫃，在窗子旁邊則有一個可供三人坐息的古老的橡木長椅。（椅背後刻着該條鐵路線的名字。）人們晚上可以在這椅子上躺下來打個盹，但是工作上的壓力很少許可他們如此。還有一對粗製的椅子。窗子之間掛着穿鐵路人員制服的卡岡諾維奇的肖像。此處以前也掛着鐵路路線圖，但是作爲站長的上尉下令將它取下，因爲外人走進屋子裏來，如果有敵人混在當中，只須一眼就可辨清方向，明白鐵路線的來龍去脈。

「我換了點東西，」老佛羅絲亞在隔壁房間裏吹牛。「半打馬鈴薯餅換一雙絲襪。打仗結束之前恐怕不會有襪子供應了。你告訴你母親醒醒吧；告訴她去做些馬鈴薯餅拿到火車那邊去。他們會搶着要的。格倫卡・莫斯屈雷科娃那天弄到一件頂滑稽的東西——女人的睡衣，說是睡衣，可是那上面開的叉呀——你猜到那兒！……唉呀，眞是！女人們都跑來她家，看她試上身，簡直要把人笑死！他們眞的笑死了！……你還可以從他們手裏弄到肥皂——而且便宜。肥皂現在很缺貨，你是買不到的。你回去告訴你媽叫她醒醒吧。」

「哦，我不曉得，佛羅絲亞…」

「那你難道不須要襪子嗎？」

「當然我須要襪子，非常須要，但是這眞是丟人，從逃難的人手裏……」

「逃難的人才正是你該從他們手裏拿東西的人。他們有布料，衣服，肥皂，好像他們是去上街一樣。他們中間還有一種人，你眞該看看他們那貪慾的嘴臉，要一隻煑熟的鷄——別的什麼都不行。有人還看到他們之中有些人有一百盧布的整票子，成捲成捲的，一滿箱一滿箱的。大家都會以爲他們是帶了銀行在跑。不過我們可不是要他們的錢，他們可以留着。」

「那麼，那些分配到你家住宿的難民怎麼樣？」

「我那一批人可不同——他們是精精光光一無所有。沒有衣服，沒有鞋子。他們就這樣一身從基輔逃出來；他們能到這裏可眞是奇蹟。波尼卡在郵局有個差使，薪水可眞可憐——那點薪水究竟夠做什麼？我帶他們的老祖母到屋頂間，開開門。「你看吧」我說，「這裏有馬鈴薯，這裏是醃白菜，你們就請便吧，房間我也不收你們的錢。」我對窮人總是覺得同情的，親愛的維亞，但是對有錢的人嘛——那可就恕我不客氣了。」

左托夫的辦公桌上有兩架電話——一架是屬於辦公室的，放在黃色的木盒子裏用手搖的那種，像軍事調派員用的一樣；另外一架是他自己的，是一架野戰電話，上面安着蜂音器，與上尉的房間以及車站實物分配處的警衞室相通。實物分配處的連隊是克雷奇托夫卡管區裏唯一的軍隊。雖然他們主要的任務是在保護食物供應，他們也清掃，保持爐火不滅，現在就有一大桶的大塊發亮的煤塊放在火爐旁等着堆進爐子裏去。

辦公室的電話鈴響了，左托夫掃除了他在黃昏時所感到的一時的不快，大踏步地走過去拿起電話筒，用另一隻手戴上他的軍帽，開始朝電話大聲喊出他的命令。打長途電話的時候，他總是大聲地叫，有時候是因爲收聽效果不好，但是大多數的時候是由於習慣使然。

有人從波哥耶夫蘭斯卡亞打電話來，要想知道他所收到和未收到的車班表。這些車班表是從鄰站用密碼拍電報來的，上面並標明車行的目的地。只不過一小時之前，左托夫才拿了幾張這樣的單子交給那女發報員，也從她手中收到一些。他的工作就是在把駛入的車班很快地檢出來，看那些車班要歸並在一起，各派駛到那些車站去。然後他就得指示鐵路軍事調派官把那些節車連接起來，最後他還要必須立刻列好新的車班表送出去，自己留一份底，他用釘書釘把它們釘在一起，左托夫放下聽筒，沉重地坐在椅子上，近視眼似地趴在辦公桌上，立刻專心一志埋在他的車班表裏。

但是隔壁房間裏的鬧聲稍稍地打擾着他。一個人走進來了，蹬着他的靴子，把一滿袋子的鐵塊丟在地上。佛羅絲亞問是否雨在停了。那人含混地說了些什麼，然後一定是坐下了。

水已經不再那麼吵鬧地從破裂的排水管裏飛瀑似地下瀉了，但是風却重整旗鼓，吹打在窗戶上。

「你說什麼，老爹？」維亞．波希比亞肯拉叫道。

「我說凍起來了，」那老人回答道，聲音仍然充滿活力。

「你還聽得到吧，是不是，格佛利拉．尼克提奇？」老佛羅絲亞也叫道。

「我聽倒是聽得到的，」老人說道。「不過我耳朵裏總是有響聲。」

「那你怎麼檢查輪子呢？老公公？你一定要敲敲了，是吧？」

「我一看就能知道。」

「你不曉得他，維亞，他是克雷奇托夫卡的人，他的名字叫可都伯羅。此地附近每一個車站的檢查員都是跟他學這一套檢查輪子的本領的。大戰前十年他就退休了。現在他又回來這裏工作了。」

然後老佛羅絲亞的話閘子又打開了。左托夫正在開始被她的饒舌所惱，要過去叫她住嘴的時候，隔壁房間的話題轉到昨天發生的一件小事，滿火車的「遣回敗兵」——一批被包圍了而投降給德軍之後又被俄軍取回要載運去拘留營的軍隊。左托夫是從另外一位前天當值的助理鐵路轉轍官聽到這件事的，當時他必須採取適當的措施，因爲克雷奇托夫卡是沒有它自己的軍事警察部隊的。昨天早晨二輛火車在同一時間駛抵克雷奇托夫卡。一輛是從俄托斯卡駛來的有三十車廂的「遣回敗兵」，這三十車廂：滿載着絕望的人的這班火車中，只有五位特務安全警衛，當然是對這些人毫無辦法。

第二輛火車是從阿提奇佛駛來的，載的是麵粉。有一些麵粉是放在密封的車廂裏，有一些則是袋裝的堆在敞開的貨車中。「遣回敗兵」抓住了這個機會，突擊那些敞開的貨車，爬上去，用刀子割開麵粉袋，把他們的飯盒裝滿了麵粉，用他們的內衣作袋子，也裝滿了。兩個守衛麵粉的警衞兵站在軌道上，一頭一個。守在前頭的那位衞兵還僅不過是個孩子，曾經對他們叫過好幾次，要他們下去，但是他們一點也不理會他，而守衞車裏的警衞一個也不跑來協助他。因此他就舉起他的來福槍射擊了，那一槍卽射中一名遣回敗兵的腦袋，當場就把他擊斃在麵粉袋的頂上。

左托夫仔細地聽着這一席談話——他們整個地把它搞錯了，他們根本就完全不明白。他再也按捺不住自己，逕直走進去解釋。他站在開着的門口，從他那樸實的圓鏡片裏看着他們。

左邊，纖細的維亞坐在她堆滿了文件以及附有彩色方格的圖表的桌前。

在貼了那種標準的燈火管制用的藍紙的窗下，橫放着一條簡陋的長櫈，上面坐着佛羅絲亞。她是那種硬朗的、飽經風霜的中年俄國婦女，不論居家或是在外工作都是慣常依己見行事的人。一頂她值班時帶的濕了的綠灰色雨帽僵直地掛在牆壁上；她穿着濕靴子和一件破舊的平民外套，在修剪一盞方形的手提燈的燈心。

貼在外面門上的是一張粉紅色的招貼，是在克雷奇托夫卡到處都可見到的那種：「謹防斑疹傷寒！」那祇是一種噁心的粉色，活像斑疹，又像被轟炸了的車廂燒焦後的空鐵架子。

老人可都伯羅倚着牆坐在地上，靠近火爐，但是也盡量靠近門，以免弄髒地板。他那裝着笨重工具和滿是油污的手套的舊皮袋，丢在地上以免擋路。那老人顯然還是他起先跌坐下去的姿態；連雨衣也沒有脫下，甚至連雨也沒有抖掉、他的雨帽和雨靴在地上淋下了小水灘。他的雙腿彎起來，在兩腿之間的地上放了一盞像佛羅絲亞一樣而沒有點亮的油燈。在雨衣下面，老人穿了一件骯髒的粗呢外套，並繫了一條骯髒的棕色皮帶。他的頭蓬已經除下在腦後，在他那仍然濃厚的蓬亂的頭髮上穩固地帶着他十分古老的鐵路人員的帽子。帽子蓋住了他的眼睛，燈光只照到他碩大帶青色的鼻子同他的厚唇，而從那裏他正在濕呼呼地吞吐着自製的香煙。他的蓬亂的灰鬍子仍然夾雜着黑色。

「要不然他該怎麼辦？」維亞聲辯道，一邊敲打着她的鉛筆。

「當然、是的——」老人點頭同意著，落下大片的紅煙灰在地上和他的燈蓋上。「是的，是沒錯的。但是，倒底人人都要吃飯啊。」

「你在爭個什麼呢？」女孩縐着眉頭。「你說『人人』倒底是什麼意思？」

「我的意思是指你和我，比方。」然後可都伯羅嘆了口氣。

「你不曉得你在講什麼，老爹！你知道他們並不在挨餓。他們領配給的。你不會以為他們在路上沒有配給的，是不是？」

「是吧，我想是不會，」老人同意道，然後一陣火燙又再從他香煙落下，這一次落在他的踍頭上，他骯髒的外套折邊上。

「小心點，格夫瑞拉·尼奇提區，你會着火的，」佛羅絲亞警告他說。

也不去抖落它，老人鎮靜地看着那燃燒的煙草在他依然雨濕的黑色的棉褲上燃盡，當煙灰燒完了之後，他微抬起他那蓬亂的灰色的頭顱。「你們女士們有沒試過吃生麵粉和水呀？」

「為什麼我們要生吃呢？」佛羅絲亞震驚道。「我會和麵、揉麵，然後去烤。」

老人咂着他的厚而蒼白的雙唇，停了一下說道——他總是這樣說話；他的劍出鞘笨拙，好像拄了拐杖一般。

「那麼你們就從來也沒見識過饑餓了，親愛的。」

左托夫中尉跨過門口，加入了談話。「聽着，老頭，你曉得宣誓是什麼意思吧，是不是？」左托夫有很顯著的北方口音。

老人對中尉遲鈍地看了一眼。他並不高大，但是他的靴子却特別大，而且厚重又透濕，到處都黏上汚泥。

「當然，」他吶吶道。「我宣誓過五次。」

「那麼，你對誰宣誓？尼基沙皇？」

老人搖搖頭。「比那還早，」

「什麼？亞歷山大三世？」

老人後悔地咂着嘴唇，繼續吸煙。

「那就是了。當今他們對人民宣誓。有沒有不同呀？」

老人落下更多的煙灰在膝上。

「是誰的麵粉呀？是屬於人民的，是不是？」維亞憤怒地說道，把她那墜下的髮捲摔到後面。

「那些麵粉不是去送給德國人的，不是嗎？」

「對的。」老人十分贊同，「但是那些孩子也不是德國人，他們也是我們的人民。」

他抽完了煙，他弄斷了香煙頭，把它在燈蓋上弄熄了。

「你這個呆老頭，」左托夫被惹火了。「你難道不知道守法守紀呀？設若我們人人都各自隨意取用——我拿點，你拿點——你想我們會有打贏的一天嗎？」

「而且他們爲什麼要把麵粉袋割開？」維亞憤怒地說道。「那樣做是不對的。難道這就是我們期望在我們士兵身上看到的嗎？」

「麵粉袋一定都已經又縫好了，」可都伯羅說，一邊用手擦鼻子。

「但是爲什麼要浪費它呢？爲什麼要把它灑到鐵路上去？」佛羅絲亞也光火起來。「那麼多的麵粉漏出來灑了，中尉同志！想想看多少小孩可以餵飽。」

「那是不錯的，」老人說，「但是這麼大的雨，那些放在敞開的貨車裏的麵粉反正也會淋濕的。」

「跟他講是沒有用的，」左托夫說，對自己攪進這場道理本已十分明白的毫無意義的談話裏而生氣。「不要在這裏吵得太厲害。搞得我無法工作。」

清理好了燈心，佛羅絲亞把它點上了，放回到燈籠裏去。她站起身來拿她那頂漿平的帽子。

「給我削一隻鉛筆，好嗎，親愛的維亞？我要去登記下七六五號的號碼。」

左托夫回到他的辦公室。

昨天的意外後果很可以來得更糟。看到他們的一位同志被殺，這些遣回敗兵就丟下麵粉袋，一聲怒吼朝那位年青的步兵一窩蜂的撲下。他們奪下他的來福槍——他顯然毫無抗拒地交了出來——開始打他，如果不是他的救援及時趕到，簡直就會把他撕了個粉碎。他假裝把他逮捕就把他帶走了。

每當載送遣回敗兵的時候，各站的站長都盡快地把他們送走。昨天晚上左托夫負責接進另一班載滿了敗兵的火車——第二四五四一三號從佩夫萊斯克到阿奇丁斯克的班車——而且很快地又把它送出。該班火車在克雷奇托夫卡停留了大約二十分鐘；那些遣回敗兵睡着了沒有走出來。當他們一大伙聚在一起時，這些遣回敗兵是嚇人的難纏的一羣。雖然他們不是一個軍隊單位，也沒有武裝，他們不能忘記只不過是昨天，他們還是軍隊的一部分，還是那七月間在波步魯斯克作戰，八月間在基輔，九月在阿瑞爾作戰的同樣的士兵啊。

左托夫覺得他不能面對他們；可能這也正是那年青的衞兵繳出他的來福未再發一槍時所感覺到的。左托夫覺得自己被派在後方是可恥的。他妒嫉他們，而且會準備去分擔他們那有些汚損的名譽，如果他能夠宣稱他曾經歷過同樣的戰鬪，搶林彈雨，以及他們的過河行軍……

瓦斯亞·左托夫的朋友以及其他同齡的人都在前線，而他却在——這兒……因此他必須更堅決地工作。他不僅僅要努力做好他分內的值班工作，他還有很多別的事要做。他必須做好他能做的，而且盡力做得有多好就是多好，特別是革命二十四週年紀念日就將來臨的當兒。這乃是他一年中最喜愛的節日，儘管冬天卽將來臨，却總是那麼快樂的一天，但是這一次——多麼痛苦呀！

除開他例行的責任外，在他值班時還有一個問題已經緊逼着左托夫一個禮拜了。這裏曾經發生了一次空襲。德軍對一輛也載有食物配給的軍用補給火車予以濫炸。如果他們完全炸毀了它，那麼也就此完結了事。但是幸運的是，救下了一大批出來。現在左托夫就得做出四份相同的清單出來：全部損壞的物資（從收件的地址取得單子並訂新貨）；百分之四十到百分之八十損壞的物資（各別估計處理）；百分之十到百分之四十損壞的物資（依原址送往，附上適當的解釋，或部分予以更換）；最後就是未遭損壞的物資。使事情更趨複雜的是，雖然火車上遭遇到轟炸的東西現在已經全數搬進了倉房，可是因爲並沒有立即這樣做，而各色各樣的市民在火車站附近閒蕩，因此有理由相信有偷竊的可能性。除此之外，爲了要估計損壞的程度，必得召請由米朱瑞斯克以及佛朗尼玆來的專家，於是倉房裏的木板箱就得不停地搬來搬去，人手就總是不夠。

任何笨蛋都能夠轟炸火車，但是且試試把炸了之後的亂東西整理出來看看！

左托天在每一件事情上都是要求精確一絲不苟的人。他已經把大部分的清單都審查過了；今天他可以做一部分，希望在一個禮拜之內可以把它全部完成。但是就算這樣的工作也還是例行的公事，左托天給自己找到另外一項工作。此地的他，一個有大學教育而且頭腦有系統的人，做着一份負有責任的軍官的工作，而且獲得有益的經驗。他淸楚地看到在戰爭爆發之初動員計劃的失敗以及軍隊補給系統的毛病。他也看到在指揮結構上可以做到的大大小小的改進。難道他的職責不應該去作這些觀察，筆記下來，整理出來，把它當作一個報告繳給人民防衛部？就算他的辛勞對這一次的戰爭是太遲了用不上了，但是在下一次戰爭中將會如何的重要呀！

這就是他必須找到時間和精力來做的工作。（自然如果他把他的想法向上尉或區總部提出的話，他們只會笑他。蠢材。）

因此，快些把那些班車列次單處理完畢吧！左托夫把兩隻豐碩的手掌互擦着，把他那筆跡難擦掉的鉛筆夾在他肥胖的指縫間，一隻眼睛盯在密碼書上，登記上火車、貨車、以及車廂的號碼——有些是整數的號碼，有些則只是分數——在各種樣的紙張上用他的圓而清晰的字體書寫着。這是一項不許可有錯誤的工作——正如同用槍瞄準一樣。他眉頭皺着，集中心神，下唇擠了出來。

正在此刻，波希比亞肯拉來敲了敲他門上的小玻璃窗。「我可以進來嗎？瓦斯亞．維斯立奇？」稍停她走了進來，手中拿了另一張單子。

嚴格地來說，她是根本不當該進來的，而是應該站在門口或是她自己的房間，得到她問題的答案就行了。但是左托夫同維亞輪值在一起過去已經不只一次了，他也就自然在禮貌上不好把她擋在門外了。因此他只是把密碼簿關上，用一張乾淨的紙隨便的把他寫的一排排的號碼遮蓋上。

「我正搞在一團糟裏，維斯爾．維斯立奇。你瞧……」近旁沒有別的椅子，維亞就靠在桌子角上，給左托夫看她登記上的起伏的行列和不整齊的數字。「你看，火車第四四六號有一節車廂五七八三一號，它是到那裏去的？」

「讓我們查查看。」他打開一個抽屜，考慮要拿三個中間的那一個硬紙夾，打開了其中之一（打開的時候不讓維亞從他肩頭瞥見到），立刻找到了他所要的。「第五七八三一節是去白奇瑪的。」

「噢哼，」維亞說。她寫下「白奇」，然後還繼續在他桌邊賴着不走，吮着她的鉛筆，瞪着她的登記單。

「你的 'ch' 」寫得不很清楚，」左托夫指出來。「它看起來好像是 've'，那一節車廂最後就會送到白夫爾斯克去了。」

「眞的嗎？」維亞冷靜地說。「我希望你不要這樣地挑我的揸兒，維斯爾・維斯立奇。」

她從她的一捲頭髮下面看着他。但是她還是糾正了那『CH』。

「還有一樁事情……」她慢慢地說，又把鉛筆放在嘴裏。她那濃密的幾乎是淡金色的頭髮從她的眉毛上像瀑布般垂下，蓋住了她的眼睛，但是她從來不把它推到後面去。它看起來是那麼乾淨、柔軟，左托夫想如果把手伸到裏面該是多美妙。「呵，對了，平車第一〇五一〇號。」

「短平車？」

「不是，長的。」

「不可能。」

「爲什麼？」

「少了一位數。」

「那我要怎麼辦？」她把她的髮卷向後摔去。她的眼睫毛如同她的頭髮一樣地是淡金色。

「你一定要去找找看，就是這麼着。你一定要細心點，維亞。是不是同一輛火車？」

左托夫朝下看着硬紙夾，開始審查着那些號碼。但是維亞却看着中尉，看着他那滑稽的突出的耳朵，他的凹凸不平的鼻子，還有他那帶有灰點的淡藍色的眼睛，她可以很清楚的從他的眼鏡片裏看到。他是一位嚴厲的上司，這個人，但是並不是不仁慈。而她最喜歡他的一點是他永遠行爲端正，從不隨便佔便宜。

「呵哈！」左托夫怒了。「眞是躲得好！不是『〇五』而是『〇〇五』，白癡。」

「啊——兩個零，」維亞叫道，然後加上了一位零。

「你不是讀完了中學嗎？你不覺得難爲情嗎？」

「不要這樣說嘛，維斯爾・維斯立奇，中學跟這有什麼關係？還有那貨車到底到那裏去呀？」

「到克山勞天，」

「噢哼。」維亞寫下了。

但是她沒有走。還是在他桌子旁邊靠着，她一面用手指撥弄着桌面上的薄木片，扳上來再讓它打下去，看起來一付心事重重的樣子。

那男人的眼睛不知不覺地就掃到她那女孩子氣的小胸脯上面去了，通常是隱在她那寬鬆的制服上衣裏，在她依過桌子來的時候却很明顯地可看見了。

「值日時間馬上就要過了，」維亞用她新擦上的淡紅色唇膏的唇撅嘴說道。

「在沒有到時間以前，還有工作要做呢。」左托夫皺了皺眉，不再看那女孩子了。

「我想你要回到你那老房東女人那邊去。」

「要不到那裏去呢？」

「難道你從來都不出去，看什麼人嗎？」

「在這樣國難的時候嗎？」

「你那房東太太那兒有什麼好呀？你連一張合適的床都沒有，你還得要睡在皮箱頂上。」

「你怎麼知道的？」

「啊，大家講的嘛。」

「我們沒有時間去過舒服的生活，維亞，尤其是我——我覺得沒有被派上前線是那麼地可恥。」

「可是爲什麼呢？你在這裏做的是很有用的工作，不是嗎？這沒有什麼可以丟人的。你還會有機會輪到你去濠溝的呢，我不會覺得奇怪的。你可能還會送命……而在同時我們只不過是人，我們必須活下去呀。」

左托夫脫下帽子，揉着他疼痛的前額。（他的帽子太小了，但是店裏就只有這樣一頂。）維亞忙着在她登記紙的角上畫着長長的爪子形的圖案。

「爲什麼你要離開阿夫地耶夫？那裏不是好些嗎？」

左托天眼光垂下來，臉脹得通紅。「我就是離開了，就這麼回事。」阿夫地耶夫當然沒有向整個城廣播吧？

維亞還是在繼續塗抹，把那爪子畫得愈來愈尖。

兩個人都沒有說話。

維亞自眼角看着他的圓形的頭。如果不戴眼鏡的話，他看上去還會像一個小男孩。一撮一撮的稀疏的淺色的頭髮此處彼處的站立着，好像一堆問號。

「而且你從來也不去看電影。你一定有一些很有趣的書。也許你可以借我幾本看看。」

「你怎麼知道我的書？」

「我只是猜想。」

「我一本也沒有帶來。全留在家裏了。」

「我打賭你只不過是不願意借罷了。」

「我告訴你我這裏沒有書。我能夠把它們放在那裏呢？一個兵士只許可有一個背囊，僅此而已。」

「那我們可以借幾本給你。」

「你有書嗎？」

「一滿架的。」

「你有些什麼書呢？」

「啊，好像……熔爐，銀王子……還有些別的。」

「你都讀過了嗎？」

「讀了一些。」她突然抬起頭來，張大了眼睛，一口氣地說：「維斯爾・維斯立奇，請搬來同我們一齊住吧！你可以睡羅夫卡的房間。那間屋子在火爐隔壁，所以暖和。媽媽會給你煑飯。為什麼你要留在那個房東太太那裏呢？」

他們彼此對望着，各自想着自己的心事。

維亞看到中尉在猶疑着，以為他會同意。你為什會不幹呢——這個可笑的呆子？當兵的人總是說他們沒有結婚，但是他說他結了。所有安置在城裏的軍人都跟很好的家庭同住着，溫暖，照顧週到。現在她的爸爸同哥哥都被徵召了，維亞以為家中應該有個男人。那麼他們可以下班後一齊回家，在深深的夜晚，走過泥濘的、漆黑的街道（他們必然會手挽着手），他們會愉快地坐下來晚餐，講笑話，彼此談着一些事情……

帶着一種類似恐懼的心情，瓦斯亞・左托夫向這位公開邀請他到她家的女孩子瞥了一眼。她只僅僅比他年青上三歲，她稱呼他的時候是叫他的全名，並非是因為他們年齡之別乃是尊重他的官階。他意識到他們之間不會僅止於在溫暖的房間和用他的配給煑的好味的飯食。他變得興奮起來。她那金色的髮捲是這樣的近，他眞渴望去摸它，碰它。

但是這是不可以的。他鬆開了那戴綠底紅條的領章的衣領，雖然他的衣領並不緊，他用手扶了扶眼鏡。

「不，維亞，我那裏也不擻。我看我們還是回到工作上去吧。我們胡扯已經浪費掉好多時間了……」

他戴上他的綠色帽子，使得他那坦誠無欺、扁平的鼻子的臉看上去是那麼地嚴肅。

女孩子對他皺着眉囁嚅道：「那麼，好吧，維斯爾·維斯立奇。」她嘆了口氣。怠倦地，好像費了很大的力氣，她自桌上站了起來，離開了房間，手上軟塌塌地拿着那張登記紙。

他愚蠢地眨着眼睛。也許如果她再回來堅決地跟他說，他會讓步的。但是她沒有再回來。

瓦斯亞無法跟她四周的人解釋，何以他寧可同一個帶着三個孫子的老婦人住在一間又髒又不暖的房子裏，又是睡在一個對他來說是太短了的不舒服的箱櫃上。在四一年代的艱辛日子裏、在新召募的一大羣人中，每當他告訴他們他愛他的太太，在戰爭中他會對她忠實，他也對她有完全的信心的時候，他發現自己不只一次地被人訕笑。他們都是些好人，赤膽的朋友，但是他們都那樣粗野地、歡愉地轟笑着，拍着他的肩膀，告訴他不要做呆瓜。自此之後他再也不公然說這些了，但是他覺得可怕的悲哀，特別是在死寂的夜晚中醒來，想着那多少里外的她，在憲軍佔頭之下，又懷了孕，那滋味亦必然是如此吧。

但是剛剛他之所以拒絕維亞却不是爲了他妻子的緣故，却是爲了寶琳娜……然而，也許也不是爲了寶琳娜，而是爲了……。

寶琳娜是來自基輔的女孩，有着一頭短短的黑髮和一張蒼白的臉，她與佛羅絲亞同住，在郵局工作。如果左托夫有時間，他通常是去郵局看最新的報紙（報紙寄來都是成扎的，晚了好幾天）。這樣他可以一次讀完所有的報紙，而不是一天、兩天的。當然郵局不是閒閱覽室，誰也沒有義務讓他在那裏閱讀，但是寶琳娜了解他，會爲他把所有的報紙拿出來，把它們放在櫃枱的末端，讓他站在寒冷之中閱讀。對於寶琳娜就如同對左托夫一樣，戰爭不僅僅只是某種殘忍的巨輪在作非人性的運轉；它代表着她整個人的生命，還有整個的未來，爲了要占卜那未來，像左托夫一樣地，她會緊張地翻着那些報紙，找尋着任何可以解釋這場戰爭的軌跡的資料。他們常常並肩站着閱讀，熱切地彼此指點出重要的消息。對於他們來說，報紙代替了他們從未收到的信的位置。寶琳娜會把官方公報上有關戰爭的報導讀了個遍，想着她的丈夫是否在那兒，她並且聽從了左托夫的意見，皺緊了她那光滑的前額，讀完「紅星」上論步兵以及坦克戰術的文章。至於說愛倫堡的文章，左托夫會興奮的朗聲讀給她聽。他甚至於要求寶琳娜把那些沒有人要的舊報紙給他，他會把一些這類的文章剪下來保存起來。

他同寶琳娜，她的孩子，還有她的母親都變得彼此建立起深厚的感情，那種關係在正常的時候是永遠也不會發生的。他經常從他的配給中拿些白糖給她的小孩。但是在他們一齊翻閱那些報紙的時候，他一次也不敢碰她雪白的手——不是因爲她的丈夫，或者他的妻子，乃是因爲那連結他們在一起的神聖的憂愁的約束。

在克雷奇托夫卡的人當中——眞的，前線這一邊的任何地方——對於他來說，寶琳娜比任何人都來得寶貴。她變成了他的良心，他的忠貞的守護者，因此他怎麼能夠成爲維亞的寄宿者呢？寶琳娜會把他想成什麼人呀？

而且，就撇開寶琳娜不談吧，他怎麼會有心用女人來安慰他自己，當一切他所愛的都在毀滅的威脅下？

而且他也會覺得蹩扭，去向維亞以及別的同事們承認他的確在晚上閱讀的，他確實有一本書——唯一的一本書，他在那年最動亂的時候在一所圖書館裏拿來的，他一直把它放在他的背囊中到處帶着走。

那是一本有着藍色封面的厚厚的小書，用三〇年代的粗糙的棕色紙張印刷的資本論的第一册。

在他那做學生的五個年頭裏，他都在夢想讀這一本夢寐以求的書。他從大學圖書館裏借出來過好幾次，留下來了一個學期，有時甚至是一年，一直想要把它做下綱要來，但是他一直都找不到時間來，因爲永遠有開不完的會，自願工作，還有考試。往往還沒有做完一頁的綱要來，他就離開去度暑假了。就是在他們上政治經濟學，正規讀資本論的時候，教授也勸他們不去讀它——「對於你們來說是太艱深了」——而鼓勵他們集中精神 去讀拉比達 斯的教科書，還有他們的筆記。實際上他是對的；他們只不過剛剛有時間把這些材料搞完。

但是在四一年的秋天，當周遭的世界都燃燒着毀滅的戰火的時候，瓦斯亞．左托夫最後在這上帝遺忘了的地方，有了時間來讀這本資本論。這就是他工餘之暇，他的夜課之後，他為區黨委會所做的工作之後所做的事情。在阿夫地耶夫的房子裏，他會坐在客廳裏圍着萬年青和蘆薈，點着油燈（當地的發電機無法供應每戶足夠的電流）的搖擺不定的小桌前，他會專心閱讀，一面用手把那粗糙的紙張撫平。他每段讀三遍：第一遍是略讀，第二遍是精讀，第三遍是摘要強記。前線的消息愈暗淡，他也就更熱切地把自己埋在那部厚藍皮書中。瓦斯亞相信一旦他讀熟了這第一册，把它高貴的整體牢記在心，那麼在任何思想的鬭爭中，他將不會被征服、不會被傷害、不會被駁倒。

但是這樣的晚上是很難得的，而他也只作了幾頁的筆記，因為安東尼娜．伊凡洛夫娜一直來打擾。

她是另一位房客。來自李斯奇，她一來馬上就變成販賣部的女管理員。她是有效率的，又那麼明顯地強硬，所以沒有人在她的販賣部裏惹任何麻煩。後來左托夫才曉得，在那裏一盧布的湯就只是一碗灰色的熱水漂着幾根麵條從那小門裏送出來，人們如果不願意從碗裏喝，就要付一盧布的存款好領一個爛木匙。至於說安東尼娜．伊凡洛夫娜呢，她要房東在晚上準備好茶炊，她把麵包和最好的牛油放到房東太太的桌前。事實上她也只不過才二十五歲，但她看上去是那樣一個扎實的女人，一身雪白、光滑的皮膚。她對中尉總是和顏悅色、問候有加，而他呢總是心不在焉的回答，有好長一段時間，他總是把她同那經常來看房東太太的一位親戚搞混了。他躬起背對着他的書，從來都沒注意到她，也從來沒有聽到她深夜回來，正如他一樣她工作完了很晚才回家，總要從房東的房間經過他的房間晃上好幾趟到她自己的房間去。突然地她會來到他的面前問道：「你總在讀什麼，中尉同志？」他會用筆記簿把書蓋起來，不相干地隨便搪塞過去。又有一次她又問：「你想我晚上不鎖門有沒有危險呀？」左托夫就回答說：「有什麼危險呢？我在這兒而我是武裝了的。」幾天之後，全神貫注在書中的他，感覺到她停止了她那走來走去的活動，但顯然她還在屋裏。他四面一看，驚得目瞪口呆，一句話也說不出來；就在他的房間裏她給她自己在長沙發上鋪了張床，她躺在那裏頭髮散在枕頭上，白色的肩膀從被子裏顯眼地露出來。他目瞪口呆的瞧着她，不知道下一步應該怎麼辦。「我沒有打攪你吧，是不是？」她嘲弄地說。瓦斯亞站起身來，全然不知所措。他甚至於還朝着她跨過去一大步——但是一看到那飽食偷竊別人的糧食的養得很好的身體，就令他厭而却步。

他憤恨得說不出話來。他轉過身來，用力合上了資本論，把書對付着塞進他的背包裏，衝到掛鈎那裏拿下他的帽子和外衣。抓過來他的笨重的手槍皮帶，只拿在手裏繫都沒有繫上，他就朝門口走去。

他來到那無盡的黑暗裏。那燈火管制的窗戶以及密雲的天空都沒有一線的光露出來，秋天的潮濕的冷風朝他鞭打着、撕裂着。顛躓在汚水潭裏、坑窪裏、爛泥裏、瓦斯亞朝車站走去，不知道自己還拿着他的手槍皮帶。他被那種無能的羞辱感所燃燒，一路踏在黑暗和泥濘中，他幾乎哭了出來。

自此以後，對他來說生活在阿夫地耶夫那裏是不可能的了。爲了報復起見，安東尼娜・伊凡洛夫娜不再同他說話了，却開始帶回來一位非常精壯的醜男子，一個普通的平民但按照當時的需要穿了軍用的靴子和上衣。左托夫試看去工作，但是她故意地讓門開了一條縫，因此很久他都可以聽到他們的笑聲，還有她的尖叫聲和呻吟聲。

就是在那時候他才搬到那半聾的老婦人那邊，她什麼也沒有，只有一個舖了一張粗毛氈的大箱子。

但是好像閒話已經傳遍了克雷奇托夫卡。一定不會傳到寶琳娜的耳朶裏去吧？多丟人呀……這些思慮便得他不能集中心力工作。他再度提起他那不褪色的鉛筆，又一次地強迫自己詳細審查火車班次，又用他那清晰渾圓的字體寫下火車同貨車的號碼，再立下新的班次表，每一份都有一張印藍紙的複本。如果不是因爲一班來自凱米新的大運貨班車需要分節把事情弄複雜了話，他本可以把事情做完的。只有車站指揮官本人可以做決定。他用野戰電話機搖了一次，拿起電話筒聽着，然後他又搖了一次，鈴響得更久。後來他又第三次搖，上尉沒有來接電話。這就是說他不在辦公室。可能晚飯後他在宿舍裏休息。在值班時間到了之前，他一定會來聽取報告的。

隔壁房間裏，波希比亞肯拉不時打電話找車站通訊官。佛羅絲亞進來又走了。然後他聽到沉重的靴子踐踏聲。有人在敲門，把門打開了一點點，用清晰的聲音問道：「我們可以進來嗎？」沒有等着回答，他們就進來了。第一位——柔軟的身軀，高如警衛，臉上因寒冷而凍紅着——走進屋中央，兩足喀搭一聲立正敬禮，然後報告道：「車班第九五五零五號護送官格都可夫軍曹。三十八節乘客車廂清點正確無誤，準備開行、長官。」

他戴了一頂新呢帽，穿了件剪裁得像長官那樣背後開叉的長大衣，繫上有着星形扣環的寬皮帶，足登雪亮的牛皮靴。

第二位來人矮小結實，古銅色的臉，在軍曹背後瞥視着，挪動了一下位置，留在近門處。勉強舉起手到他那附有攏動不定的耳蓋的呢帽上，帶着一種不像軍人的態度，安靜地說道：「車班第七一六二八號護送官，下士狄金。四節十六噸車廂。」

他那士兵穿的長大衣，繫着一條狹窄的帆布皮帶，歪斜地下垂着，衣邊好像被機器絞過似的。他穿着帆布靴，皺得好像手風琴一樣。

軍曹狄金有一雙濃眉和寬厚的下顎，像演員奇可洛夫——不是像那已死去的年青的充滿生氣的奇可洛夫，而是像他創傷纍纍窮愁潦倒的翻版。

「啊——好的，好的！」左托夫一邊說着，一邊站起身來。他的工作同他的官階都不需要他站起身來迎接任何剛巧進來的軍曹。但是他看到那一個人都是那麼地歡喜，而且也熱切地竭盡所能地對待每一個人。作爲一個鐵路運輸官左托夫是沒有他直接的下屬的，這些人進來五分鐘或者四十八小時，是唯一的對象他可以軍官身份表現他的關懷和效率。

「我知道，你們的車班表已經在這裏了。」他在桌上找到了，從頭看過一遍。「這裏？——九五五〇五……七一六二八……」他說道，抬起他仁慈的眼睛看着軍曹。

他們的大衣和帽子只稍微灑了那麼幾滴雨。

「爲什麼你們的衣服是乾的？雨停了嗎？」

「差不多停了。」漂亮的格都可夫帶笑地把頭一揚。他站得筆直，但也並不是立正着。「北風愈吹愈利害了。」

他大約十九歲，帶着那種早熟的男人氣，像曬黑的一樣，那天眞無邪的臉上的顏色是在前線上得來的。（就是他們臉上前線的褐色便得左托夫站了起來。）

這位助理鐵路運輸官並沒有什麼話同他們說。他們無論怎樣也不能談車廂的內容，因爲貨車可能是封住的，大板條箱是上了釘子的，他們自已有時也搞不清楚他們在護送些什麼東西。但是對於這一個轉接站的鐵路運輸官，他們想從他那裏要求却很多。他們對他瞪着看——一位看上去是歡愉的，另一位看上去則是垂頭傷氣。

格都可夫需要立刻知道這位任職後勤的舒服的鐵路運輸官是不是一位弄權的混蛋，一定堅持要檢查火車和它的裝載物。

格都可夫一點也不擔心他的載運物，他不僅保護它，他是愛它。那是包括七百匹良馬以及適量的糧草和燕麥，一位聰明的聯勤官把它們載在同一班火車中，考慮到在途中找任何糧草希望是很渺茫的。

格都可夫是在鄉間長大的，從孩提時期起就愛馬，把它們當朋友看待；雖然並不是他份內的工作，他幫忙馬夫洗刷牠們、餵他們、照顧他們。每次他打開門，一手提燈、爬上那搖晃的鐵絲梯子到貨車中去，十六匹馬在貨車中——赤褐色的，栗子色的、還有灰色的——全都朝他轉過來他們的長長的、警惕的、聰明的頭，有的會把頭靠在鄰近的馬背上，用他們那大的、悲哀的、不眨眼的眼睛看着他，專注的輕彈着他們的耳朵。他們好像不只是在向他要糧草，而是要他告訴他們這隆隆作響、東歪西倒的箱子倒底是怎麼回事，爲什麼他們會在這裏面，又要把他們送到那裏去。格都可夫會審視着他們，在他們溫暖的臂部之間擠過去，搓揉着他們的鬃毛，如果他是一個人來，就拍拍他們的口套，同他們講話。到前線去對牠們來說比對人來說更糟；前線對一匹馬就好像第五條腿一樣。

格都可夫所怕的是這位運輸官（顯然是一位合情合理的人，不會給什麼麻煩的）會查看載人的車廂。雖然格都可夫護衞隊的軍人大多數都是新兵，他已經在前線地區服過役，七月間並在賴泊受傷。他在醫院住了二個月，在那邊店舖裏工作，現在又要開到前線去了。因此他不僅懂得軍規，而且他也懂得怎樣犯規。他所帶的這廿個年青小伙子這一次只不過碰巧派來護送馬匹：一旦馬匹移交了之後，這些人就會被徵配到聯隊中去了。幾天之內他們的新制服就會被濠溝裏的爛泥弄髒了——甚至於有了濠溝就算幸運的了：當德國的迫擊砲彈開始朝他們爆炸的時候，可能他們只會有一個頂多是土丘的東西來保護他們的年青的頭顱。在夏天最令格都可夫煩惱的就是這迫擊砲了。這就是爲什麼他要盡量讓他們在最後這幾天生活在溫暖之中，在朋友之間、在盡可能歡樂的氣氛裏。在他們那寬敞的車廂裏，兩個鐵火爐日夜在燒着，燒掉一大堆從別的貨車裏弄來的煤炭。他們的火車開行得很快，沒有什麼躭擱，但是他們却能對付着每天洗一次馬，每三天訂購一次他們的配給。

如果火車行駛快速，總有一些人想要擠上來。雖然有嚴格規定不許平民進入軍人住處，格都可夫和受他平易近人的態度影響的副手，都不忍看着人們在秋寒中受凍，或者跟着火車瘋狂地追着。他們並沒有把每一個人都帶了走，但是他們也確是沒有拒絕多少人。有一位機靈的貨車檢查員，他們讓他上來是爲了換取一公升的伏特加私酒，還有一位紅頭髮的老人帶着籃子，他上來是付了一大塊的猪油，有的人上來是什麼也沒有付的。還有一些人那些年青小伙子是再也無法拒絕的：他們的心對她們溶化了，他們伸出手把任何婦女或女孩子拉進車廂，她們正如他們自己一樣在旅途中，爲了某種目的，要到某個地方。一旦置身在喧囂的車廂的溫暖和嘈雜中，那紅髮的老人就喃喃述說第一次世界大戰，他如何幾幾乎拿到了聖．喬治勛章，女孩中唯一的一個害羞的女孩子則坐在火爐旁像一隻羽毛豎起來的貓頭鷹。在暖氣之中，別的女孩子們老早就脫下了他們的大衣，他們的棉夾克，甚至於他們的外衣。有一個女孩，只穿了她的紅襯衣，滿臉通紅，正在爲那些新兵洗襯衫。有一個新兵在幫她把衣服擰乾，如果他太唐突了，她就用那擰成一條的濕襯衫打他一下。兩個女孩在給這些士兵煮食，把她們自製的猪油加進那乾硬的軍用配糧裏，另外一個女孩子則坐在一邊給他們縫補。一離開車站他們就用晚飯，坐在火邊，在一路加速的火車吼叫聲中唱着歌。後來，也不去打理誰該不該值班（洗了馬之後反正大家都一樣的累垮了），他們就爬上用沒有鉋平的木板拼的床板上，大家擠在一齊睡。今日有些婦女，也正如昨日的婦女一樣，不久之前才看到自己的丈夫出發上戰場（有些女孩子們也是一樣，很少的人能夠抗拒得了的），就會跑到離開燈遠一點的陰暗處同那些男孩子們做愛。爲什麼不對一位卽將開上前線的兵士好一點呢？這幾天就可能是他此生此世最後的……。

格都可夫想要這位車站運輸官所做的就是讓他們火車盡快通行，如果可能的話，從他那裏擠出一點有關他們行程的消息。他想要知道在何處他可以讓那些女孩子下車，對他來說知道派到前線那一個戰區也是有着利害關係的。火車說不定會經過什麼人的家呢。

「原來如此，」中尉慢吞吞地說道，一邊看着他們的通行文件。「你們兩撥並非一路上在一起的。他們什麼地方開始讓你們湊在一起的呢？」

「幾站以前。」

左托夫噘起了嘴，斜眼瞟着文件。「但是你爲什麼會被送到這裏來呢？」他問那位年紀較大、貌似演員奇可洛夫的下士。「你不是在彭沙過嗎？」

「是的，」狄金嗄聲回答着。

「那天曉得爲什麼他們會讓你走萊斯克這條路？簡直是白癡！」

「我們是不是一起走呢？」格都可夫問道。在走去辦公室的途中，他知道了狄金的目的，要想了解一下自己的。

「你們可以一齊直到格雷玆。」

「那以後呢？」

「軍事秘密，」左托夫用他那誘人的北方口音說道，一邊轉過頭來從他的眼鏡片裏瞥視着那高大的軍曹。

「告訴我吧，」格都可夫催促着，並朝中尉這邊靠過來。「我們要駛過卡斯托那亞，是不是？」

「你到時就會知道的。」左托夫本意是要用很嚴肅的語調來回答的，但是他的嘴唇却展現了淡淡的微笑，使得格都可夫知道了一定是卡斯托那亞。

「我們是否今天夜裏離開？」

「是的，不能躭擱你們。」

「我不能走，」狄金沈重地宣佈說。他的聲音是沙啞而富威脅性的。

「你的意思是說，你本人嗎？你是不是病了？」

「我的護送隊一個人也不能走。」

「那你是什麼意思呢？我不明白。爲什麼不能走呢？」

「因爲我們不是狗！」狄金暴發了，他的眼珠子在眼瞼底下瘋狂的滾動着。

「爲什麼會講這樣的話呢？」左托夫綳緊了眉頭站直了身子。「你最好小心點，軍曹。」

然後他留心到那軍曹的綠色三角形的徽章只別在一邊大衣衣領上。另外一邊的衣領上却是空的。上面有着一個三角形的印子，中間有一個洞。他頭盔上沒有扣上的耳罩像大羊蹄葉般的垂掛在他的胸前。

苦着臉，狄金發出難聽的烏鴉叫聲：「因爲我們十一天沒有吃飯了。」

「什麼？」中尉一震道。他的眼鏡從一邊耳朵掉下來；他接住了又把它帶上去。「那怎麼可能呢？」

「就是這麼樣。這樣的事情發生了……很簡單。」

「你們不是有配給證嗎？」

「總不能吃紙吧。」

「那你們怎麼還能活的？」

「我們還是活的。」

你們怎麼還能活着？這樣一句毫無意義的孩子氣的問話自這位驚掉眼鏡的小軍官口裏說出來

給了狄金最後的一擊，要在克雷奇托夫卡得到任何幫忙是無望的了。你們怎麼還能活着的！當他站在這清潔、溫暖的房間裏，對着這修飾得十分清潔的芝麻小官用伏爾加的方式瞧着的時候，饑餓和憤怒禁不住使得他緊咬着牙關。七天之前他們從一個車站上的一堆甜菜頭堆裏弄來兩袋甜菜頭，整個禮拜他們就用他們的鍋煮着甜菜頭，煮爛了吃。現在他們吃厭了甜菜頭，他們的腸胃拒絕這樣的食物了。前天晚上他們停在亞歷山都——諾夫斯基，狄金看了一看他的這些饑餓的後備兵們——而他也不是一個膽小鬼——打定主意，站起身來。風在車廂底下吹着，在裂縫裏呼嘯着。他一定要弄到點東西來——不管什麼東西——好安撫住他們的腸胃。他投身在黑暗之中，一個半鐘頭之後他回來了，朝他的睡板上丟下三條麵包。坐在他旁邊的一個兵士目瞪口呆：「還有一條白麵包呢！」「是了，又怎麼樣？」狄金說，朝它無動於衷的瞥了一眼。「我根本沒有注意到。」他覺得講這些給這位鐵路運輸官聽現在已經是無關緊要了。你們怎麼還能活着，眞是的！這四個人十天以來都在他們的家鄉的土地上行旅，却簡直如同在沙漠中一般。他們是在護送一批爲數兩萬仍然塗着護油的挖壕工具。他們要把它們——狄金一開始就知道了——從高爾基帶到鐵夫立斯。但是好像任何別的火車都比他們這一批在凍油中的倒霉貨緊要。他們已經走了超過兩星期之久，而他們還一半路都沒有走到。每一個可惡的小調派官，如果他要找點事情做的話，就把他們這四節車脫開，讓它們停在旁軌上。他們在高爾基領了三天的糧食，然後在沙暖斯克又領了三天的，自此之後，他們再也沒有能夠在配給站開門的時候趕到。如果他能夠確定最後他們反正可以拿到整整兩星期的配給，這一切也都還能忍受，他們甚至於還可以繼續餓上五天。但是他們饑腸轆轆，精神受着折磨，因爲每一個配給站的規定都是：過期糧票不予配發。他們所誤掉的永遠也拿不到了。

「但是爲什麼你們的配糧沒有發給你們呢？」中尉還是不能理解。

「那你肯不肯發呢？」狄金鬆開他的下巴。

以前常常如此，他從車廂裏跳出來，從一位過路的兵士那裏知道這車站有配糧站。但天已經黑了，而規矩是規矩，所以試也無益。

面對着中尉的格都可夫軍曹忘記了他自己的愉快處境，朝狄金轉過身來，用他的大手拍着他的肩膀。

「嘿，你爲什麼不早告訴我呢，朋友？我們會馬上給你些。」

狄金連眼睛也沒有眨一眨，也沒有轉身，還是繼續愚蠢地瞪着面前的軍官。他對自己感到厭惡，對照顧他的老士兵們這樣地無用；整整的十一天以來，他們從來未曾向平民或兵士們要食物，知道在這樣的時候，誰也沒有多的東西可以分出來。誰也沒有要想搭他們這輛車，因爲它永遠都是脫了鈎停在那裏。他們的煙草也抽完了，因爲他們車廂到處都是縫，四個窗子有三個他們都把它們封起來了，因此在白天裏面也是黑的。所有的希望都沒有了，多少天來，在長時期停頓的時候，他們靜默地圍爐而坐，往他們那昏暗的小火爐裏加煤，煮着甜菜頭，不時地用刀戳刺着。

格都可夫輕快地站直立正。「許可解散，先生?」

「解散，軍曹。」他跑開了。

左托夫打定主意得讓這些可憐的雜種能夠得到一些麵粉和煙草這一類的急救品。那位哀求的老婦人到目前爲止還沒有爲她坐火車付過一個子——所以讓她給點東西給這些孩子吧；反正有多餘的可以剩下來。他們還可以私自從那個檢查員那裏撈一筆；他會得到暗示的。

「是…的，已經六點過了，」中尉在大聲地盤算着。「我們的配給店關了門。」

「他們總是關了門……只從十點開到五點。在彭沙我一趕到等候配給的隊伍，就聽到我們火車開出的聲音。我們又是在晚上經過莫山斯克，還有來斯克。」

「等一下！」中尉忙起來了。「我不要任事情就這樣下去。我們很快就會知道了！」他拿起野戰電話聽筒，狠狠的搖了起來。

沒有回答。

他搖了三次。

沒有回答。

「見鬼！」又搖了三次。「是你嗎?藍斯可夫?」

「是的，長官。」

「爲什麼値星接線生不在那邊呀?」

「他走了。我有一些酸牛奶,要不要我拿些給你,長官。」

「不要傻。我一點也不要。(他並不是爲了狄金的利益而這樣說。爲了原則,他經常必須同蓋斯可夫說不要給他拿東西來。這只是爲了使事情有個正當的立足點;否則的話,他就沒有辦法讓蓋斯可夫聽從命令了。事實上,左托夫已經向上尉報告不止一次蓋斯可夫的犯上作風。)

「聽着,蓋斯可夫。有一個四人的護送隊剛剛抵達,他們已經有十一天沒有得到任何配給。」

蓋斯可夫對着電話吹着口哨。「這批蠢材是怎麼回事呀?」

「就是這樣發生了,我們必須幫幫忙。你聽着,我們得設法馬上找到奇奇雪夫和色莫諾可夫,使他們能夠領到他們應該拿到的配糧。」

「我們到那裏去找他們呀?這可不容易呀。」

「那裏找?當然是去他們住的地方囉。」

「街上好髒,爛泥到你膝蓋上,又黑得……。」

「奇奇雪夫住得很近。」

「但是色莫諾可夫却住在鐵道那一邊,而且不管怎麼樣,他是不會來的,長官。」

「奇奇雪夫會來的。」

奇奇雪夫是一位會計師,他是從後備隊裏被征召到軍中來的。雖然他有士官長的階級,可是沒有人把他看成軍人，而只是把他看成一位典型的年長的會計師，他的整個性格被他的職業所模造。沒有算盤他連話都不會說。他會問「什麼時候了？五點鐘？」他就會在算盤上立刻打五顆算盤子他才能明白。要不然他就可能反覆思索：「如果一個人獨處……（一顆算盤子）……生活是太艱難了。因此（！第二顆算盤子）他結了婚。」只要那一批對他拿着配給證叫嚣、擁擠的行列由門上的窗子隔開，只開一個小洞讓那些手伸進來，奇奇可夫就很堅定，他對着士兵大叫，把他們的手推開，關上洞孔來停止他們支取。但是如果一旦他必須在公開場合面對着人衆，或者如果大隊人馬擠進他的小安樂窩，他會立刻把他的圓頭縮進他的狹小的肩膀裏，喚他們作「老兄」，朝他們的配給證上蓋印。對他的上級他也同樣的小題大做，卑躬屈膝，從來也不敢拒絕任何配戴官長肩章的人。配給站並不直屬鐵路運輸官員的指揮，但是左托夫估計奇奇可夫是不會拒絕的。

「色莫諾可夫是不會來的，」蓋斯可夫堅持說。

從官階上說，色莫諾可夫也是士官長，但是他却瞧不起中尉。他是一個身體健康、飽食過量的畜生，雖然也只不過是負責配給店的一名經理人員，他却神氣得好像一名官長一樣。他威風十足地要遲個二十五分鐘才到配給站，檢查了印章，打開扣鎖，拿起門閂來然後再把門閂好——在這整個過程之中，在他那不順眼的肥臉頰上擺出一付紆尊的神色。不管有多少戰士和復原的傷兵擠在門邊咒罵，想快一點好趕火車，或者去報到上任，色莫諾可夫會鎮定地把袖子捲到肘上，露出他那肥胖的、屠夫似的手臂，然後審查蓋在揉縐了的、撕破了的配給單上奇奇可夫的印章，分兩不差地秤量出配糧（却也常常斤兩不夠），一點也不顧慮到部隊可能要趕火車。他故意挑一間離開火車站遠一點的地方住宿，好在他下班的時間不被騷擾，而且還存心特別找一個擁有菜園和牛的房東太太。

一想到色莫諾可夫就使得左托夫透不過氣來。他覺得那傢伙有如法西斯黨徒那麼可恨，而且其威脅的程度有過之無不及。他不能了解爲什麼史大林不下令把所有色莫諾可夫這類人就在配給站外面羣衆的面前全數槍斃。

「是的，色莫諾可夫是不會來的，」左托夫自顧自地想着。被色莫諾可夫所激惱，却又被一股對那人像懦夫似的恐懼所佔有，如果這些沒有經驗的戰士只不過三天沒吃飯，或者五天沒吃飯——而不是十一天沒吃飯，他是再也不敢去打擾他的。

「你應該這樣辦，蓋斯可夫。不要派一個兵去，你自己去找他一趟。不要說是四個人在挨餓；就說是上尉緊急要見他。是我說的。你明白了吧。叫他到我這裏來。剩下的我來辦。」

蓋斯可夫沈默不發一言。

「怎麼樣，爲什麼你不說話？命令搞清楚了沒有？說『搞清楚了，長官，』然後走路。」

「但是你問過了上尉了嗎？」

「這干你什麼事？這裏由我負責，上尉出去了。他現在不在這裏。」

「上尉不會下這樣一個命令的，」蓋斯可夫辯駁道。「沒有規定說你應該在半夜三更爲了發配兩條麵包，三罐鹹鯡魚就可以隨意把配給站拆封，事後又把它再封起來。」

那是一點也不錯的。

「而且爲什麼要那麼急呢？」蓋斯可夫理論道。「讓他們等到早晨十點鐘。一晚上又算什麼？把肚子壓在下面仆着睡，你的背可以保持你溫暖。」

「但是他們的火車現在就要開了。這是一班快車，如果又把它脫掉掛鈎那才可惜呢，何況他們已經遲了。有人在等着他們所護送的那批東西，有人需要它。」

「好了，如果火車就要開，那色莫諾可夫反正也來不及趕來了。來回一趟走過那些泥地——就算拿着燈——至少也得要一個半小時、兩小時。」

蓋斯可夫又對了。

咬緊着牙關，他那步兵頭盔的耳罩下垂着，他的臉黝黑佈滿風霜，狄金瞪眼望着電話機，企圖明白對方說些什麼。他點了點頭，莫可奈何的樣子。「就是這樣了，那麼——又丢了一天。」

左托夫嘆了口氣，但是把手蓋住了說話筒以免蓋斯可夫聽見。

「那麼我們要怎麼辦，朋友？今天什麼也不能做了。也許你可以乘這班車到格雷玆去？這班車不錯。你們一早就會到那邊。」

他幾乎說服了狄金，但是狄金却已經清楚了這位中尉的弱點。

「我不走。你可以拘捕我。我不走。」

有人在敲門上的玻璃窗。一位頭戴蘇格蘭絨黑灰格子帽的健壯的人站在那裏。他禮貌地鞠着躬，顯然是要求進來，但是他在門外，裏面的人是聽不見的。

「進來！進來！」左托夫叫道，然後對電話筒說：「好吧，蓋斯可夫，收線吧。我會想別的辦法。」

那門外的人起先沒有弄明白，然後把門打開了一點點又一次問道：「我可以進來嗎？」

他的聲音吸引了左托夫的注意。那聲音滋潤、深沉、高雅而有節制，好像是不願意引起人家的注意。他穿着平民的紅粽色的笨重長夾克，短袖，但是脚上却穿着帶有綁腿的軍靴。他一手提着一隻油污的小軍用提包，另一隻手提起他那頂漂亮的帽子，走進來的時候，他朝二人鞠躬。

「晚安。」

「晚安。」

「可不可以請您告訴我，」來人十分禮貌地問道，但却保持着自己的尊嚴，好像他穿着得十分高雅，而不是這樣稀奇古怪。「這裏那一位是此地的鐵路運輸官？」

「我是助理鐵路運輸官。」

「那也許我應該見您了。」

他找地方放他的格子帽，那上面好像灑上了煤灰，找不到地方就把它塞在另一隻手臂下，用另一隻手集中心力地解大衣鈕扣。大衣沒有領子，也許更恰當地說是大衣領子被撕脫了，光頸子上圍了條溫暖的羊毛圍巾。解開了大衣，陌生人露出來底下是一套十分褪色了的、骯髒的夏季軍服。然後他開始解開他的大衣口袋。

「且等一下，」左托夫止住了他。「現在讓我想想看。」他對着那遲鈍的、一動不動的狄金皺着眉頭。「我要做一件唯一我有權能做的事。我現在就把你們的車廂脫鈎。你們十點鐘就可以領你們的配糧。」

「謝謝。」狄金說，用佈滿血絲的眼睛瞧着他。

「不必謝了。這是違反規定的。你們本來這班車是滿好的。我現在也不知道要把你們掛到那裏去了。」

「我們已經走了兩星期了。少一天多一天並沒有太大的不同。」狄金高興起來。「我知道我們送的是什麼貨。」

「錯了，錯了！」左托夫對他搖着手指頭。「這種事情不是由你我來決定的。」他瞥眼瞧着那陌生人，走到狄金面前，用幾乎聽不見的聲音說話，雖然他的口音還是辨得出來：「因爲你曉得你護送的東西是什麼，你且想想看。有多少人可以用你們的鏟子給他們挖壕溝呀？兩個師！挖溝就是救命。兩萬隻鏟子就是兩萬條士兵的命。是不是這樣的？」

左托夫又斜眼瞧了瞧。意識到自己礙着事，陌生人就朝牆壁轉過身去，用那隻空手來蓋着——應該說是暖着——先是一隻耳朵，然後又是另外一隻耳朵。

「你冷嗎？」左托夫大聲笑問道。

陌生人轉過身來，微笑着。「是的，您知道，天氣轉變得十分地冷了。有狂風，而且又濕。」風眞的是在呼嘯着，鞭打着建築物的牆角。使得右邊那扇安裝得不牢的玻璃在窗簾後面玎璫作響。排水管裏水又在開始汩汩地流了。

這個古怪的人，鬍子沒有刮，却帶着可愛的微笑，直接打進人的心裏。他的頭髮沒有剪成軍人式的，但是他却有着稀疏的灰色的短髮。他看上去既不像軍人，又不像平民。

「這兒，」他說，手裏拿着他從口袋裏掏出來的文件，「這裏是我的……」

「等一下。」左托夫接下了文件看也沒有看一眼。「請坐下來。這邊有椅子。」但是對他那滑稽的扮相又看了一眼，他走回桌前，收起那些表格和密碼簿，放進保險櫃裏鎖住，叫過來狄金，把他帶到軍事調派官的辦公室裏。

波希比亞肯拉在對着電話爭辯，老佛羅絲亞蹲在火爐邊想把身子烤乾。左托夫走到波希比亞肯拉身旁抓住那隻拿着電話筒的手。

「凡略沙……」

那女孩很快地轉過來對他嬌羞地看着，心想他抓住她手的時候是多麼地親熱呀。但是她還必須把話說完：「第一〇〇二號班車往前通行，我們沒有東西要它帶。把它放在塔波夫那條線上，彼托維奇。」

「親愛的維亞，告訴佛羅絲亞馬上去把這四輛車廂的號碼拿下來，要不就叫人把它們脫鈎好了。這位軍曹會跟她一同去，讓調派室把它們調到旁軌上去到早晨再說。」

仍然蹲着，佛羅絲亞把她那張大而嶙峋的臉轉過來對着中尉，下唇鼓了出來。

「好的，維斯爾·維斯立奇，」維亞微笑着。雖然她話已經說完，她却還繼續拿着電話筒，因爲他還一直碰着她的手。「馬上。」

「那四節車廂一等有火車頭就盡快把它們送走。盡你的能力做。」

「好，維斯爾·維斯立奇。」維亞滿臉笑容。

「好了，就這樣吧。」中尉對狄金說。

佛羅絲亞像鐵匠的風爐般地嘆了口氣，咕嚕着，站起身來。

狄金靜靜地把手擧起來放在太陽穴上不動。在他那鬆開的頭盔裏，他看起來一付鬆散的樣子，一點也沒有軍人的神氣。

「才被徵召入伍嗎？是不是一直在工廠裏工作？」

「是的。」狄金帶着感激之情對直望着中尉。

「把你的三角臂章扣上。」左托夫指着他那失去的軍曹臂章。

「沒有了。破掉了。」

「要不然你就扣好你的帽盔，要不然就把耳罩捲起來。」

「捲起耳罩來，那才要命啦，」佛羅絲亞插嘴說道，「你看那天氣多糟。來吧，孩子。」

「好吧。祝你好運。明天這裏是另一位中尉值班。你一定要他盡快把你們送走。」

左托夫回到他自己的房間，然後關上了門。四個月以前他自己也一點不知道怎樣繫皮帶，舉手敬禮都似乎特別可笑、荒謬。

左托夫進來的時候，他的拜訪者沒有從椅子上站起來。但是他做了一個必要的時候他準備站起來的動作。他的提包放在地上，格子帽放在提包上。

「坐下來，坐下來。」左托夫在他的辦公桌邊坐下。「好吧，怎麼一回事？」

陌生人打開來一張文件。「我誤了火車。」他抱歉地微笑着。

左托夫讀着那張文件。那是一張萊兹克的鐵路運輸官簽發的一張旅行證件；看了陌生人一眼，他問了一些例行的問題。

「姓什麼？」

「塔夫雷提羅夫。」

「名字是？」

「伊哥・地門臺也維奇，」

「你眞的過了五十歲了嗎？」

「不是，四十九。」

「你的火車號碼是多少？」

「毫無觀念。」

「什麼？難道人家沒有告訴你？」

「沒有。」

「那爲什這裏有號碼呢？誰寫的？你自己？」（是火車第二四五四一三號，乃是前天晚上左托夫查過放行的阿奇丁斯克火車。」

「沒有。在萊斯克我告訴他們那裏來的，什麼時間，那位運輸官大概是猜到的。」

「你在什麼地方趕脫了火車？」

「在斯哥皮羅。」

「怎麼發生的呢？」

「唉，老實跟您說吧。」——同樣的抱歉的微笑出現在塔夫雷提羅夫的大嘴唇上——我拿點東西去換點吃的。火車就走了。現在火車走連笛子也不叫，也不打鈴，擴音器也不宣佈一聲——靜悄悄的就走了。」

「那是什麼時候？」

「前天。」

「你就趕不上了嗎？」

「不行，顯然是趕不上了。我怎麼趕呢？坐敞蓬車天氣太濕了。如果坐在貨車的臺板上——你知道，就是有幾級樓梯的那種——通風得太厲害，有時侯警衞又把你趕走。我又不許坐包廂，要不就是他們無權讓我乘坐要不就是沒有空位。有一次我看到一輛載客車，眞是奇跡，但是兩邊梯口上各站了兩個車掌，在把人推開，人家連把手都抓不到。至於說是貨車，一等它們開了，你就上不去了，它們停下來時沒有火車頭，你又猜不到它們到那裏去。貨車上是沒有琺瑯牌子標明：莫斯科——米勒雷尼．俄笛的。你不能問人；他們會以爲你是間諜。而且我的服裝又那麼古怪。總而言之，這年頭問問題是危險的。」

「自然囉，在戰時嗎。」

「戰前也是一樣的。」

「我倒沒有注意。」

「是這樣的。」塔夫雷提羅夫的眼睛瞇起來了片刻。「一九三七年以後。」

「爲什麼是一九三七呢？」左托夫吃驚地問道。一九三七年發生了什麼？西班牙內戰？」

「不是的，不是的。」塔夫雷提羅夫又抱歉地微笑着把視線移開去了。「不是的。」

他那解開來的軟塌塌的灰耳罩，順着他的敞開的外套一直垂到他的皮帶下面。

「爲什麼你沒有穿制服？你的軍大衣呢？」

「我從來都沒有軍大衣的。他們沒有發給我。」

「那你……那一身……是那裏來的？」

「一些好心人士給我的……」

「嗯，我明白了。」左托夫想了一想。「但是我說呀，你倒是挺快地就趕到這裏來了。昨天早晨你還在跟萊斯克的運輸官講話，今晚你就已到這裏了。你怎麼來的？」

塔夫雷提羅夫用他那大的、溫和的、信任的眼睛瞧着左托夫。左托夫發現他說話的方式非常的吸引人：他住口的方式好像是他以爲對方要插嘴；他要加重語氣的時候他只用手指頭做一個小手勢而不揮動他的手臂。

「我好幸運。我在某個車站走出一輛半貨車。……最近這一兩天我開始搞懂了鐵路名詞。我以爲『半貨車』至少也必須是像貨車一樣的東西，可能有半個屋頂。我從樓梯爬上去，但却只是一個巨大的鐵匣子，一個陷阱，沒有地方可以坐，沒有東西可以靠。以前裏面有煤炭的，一開動起來，煤灰就飛舞起來，沒有停歇的時候。事情弄得很糟。更倒霉的是，又下起雨來了。」

「那你有什麼幸運的呢？」在托夫爆發出笑聲來。「我不明白。你看你衣服搞成什麼樣子。」

當他笑的時候，兩條又大又深的皺紋從他的嘴角一直伸到他那凹凸不平的鼻子上去。

「當我離開那半貨車，我打理一下，洗洗臉，突然看到一輛火車頭掛到一輛南下的火車上去，運氣就來了。我跟着火車跑——一輛暖氣車都沒有，所有的門都是關牢的。然後我注意到有一個人跑出來小便又回到一個沒有鎖的車廂裏去了。我就跟着他進去了。而就在那裏，想想看，一滿車的棉被。」

「沒有封起來？」

「沒有。而且更妙的是，顯然他們原先是五個、十個一捆的，現在好多都打開了，眞是舒服極了。已經有好幾個人睡在那裏了。」

「唉呀，眞見鬼。」

「我把自己用三、四條棉被裹起來，像木頭樣的睡上了好幾天。我一點也不知道是在走呢還是停。特別是我已經三天沒有配糧了，所以我就睡呀，睡呀，忘記了戰爭、一切。我夢見我的家……」他那打皺的，沒有修刮的臉亮了起來。

「停一下！」左托夫突然想到什麼就從椅子上跳了起來。「你剛剛談起的那班車……什麼時候到這裏的？」

「讓我想想看。幾分鐘以前，我下車就直接到你辦公室來的。」

左托夫衝到門口，打開門跑了出去。

「維亞、維亞，那輛到巴拉雪夫的直達車，一千多號的，或者你說是多少號……」

「一千零二號，」

「還在不在？」

「走了。」

「你確定它已經開了嗎?」

「確定。」

「該死。」他抱住頭。「你看我們,坐在這裏像無聊的官吏,只管搞我們的等因奉此這一套,什麼都看不到,我們連薪水都不配拿。給我接通到米朱侖斯克——烏雷爾斯基看看。」

他又跑回來問塔夫雷提羅夫:「你記不記得你坐的那節貨車號碼?」

「不記得。」

「是兩輪軸的還是四輪軸的貨車?」

「這種事情我不懂的。」

「什麼意思,你不懂?大的還是小的?多少噸的?」

「好像內戰以前人家常說的:四十人和八匹馬。」

「那是十六噸,沒有護送的人?」

「好像沒有?」

「維斯爾·維斯立奇!」維亞叫道。「軍事調派官有電話。你要不要跟鐵路運輸官講話?」

「我也不知道了,也許還是不要吧。可能那不是一批軍用物資。」

「那你讓不讓我跟他們解釋一下呢?」

「好吧,請你解釋一下好啦,凡妮琪卡。天知道,也許這些棉被只是要疏散的。告訴他們仔細檢查一下那輛車，把那節車廂找到，看是屬於誰的，把它封起來——換句話說，把它搞清楚。」

「好吧，維斯爾・維斯立奇。」

「這件事情務必要盯住，凡妮琪卡。你的工作的確做得不錯。」

維亞對他微笑着。髮捲散落到她臉上。

「哈囉，米朱侖斯克——烏雷爾斯基……」

左托夫關上了門，神經質地走過房間，兩手揑起拳頭互相敲打着。

「工作——永遠也做不完，」他用很重的北方口音說。「他們又不給我一個助手。那麼多的棉被可能被偸的，誰也不會關心。也許現在棉被已經缺貨了呢。」

他來來回回地走了好一會，然後坐下來脫下他的眼鏡用一塊布擦着。他的臉立刻失去了那警覺的認眞的表情，變得孩子氣的，除了他那頂綠色的帽子而外，一無防範似的。

塔夫雷提羅夫耐心地等在那裏。他可憐兮兮地盯着那燈火管制的窗簾，卡岡諾維奇着鐵路總長制服的彩色照片、火爐、水桶、鐵鏟。房間裏的溫度使得他那滿是煤灰的外套沉重地壓在他身上。他把它從肩膀滑脫下來，圍巾也鬆了下來。

中尉戴上眼鏡，查看着旅行證件。這項文件嚴格地說不能算是一項眞的文件，因為是用申請人自己的話寫的，那話就可能有眞有假。應付「遣回敗兵」，上面有指示必須極端謹愼，特別是如果他們單獨行動的話。塔夫雷提羅夫不能證明他的確是在斯哥皮羅失散的。也許是在白夫爾斯克？或許他負有什麼任務有時間去過莫斯科又回來了？

但是他能夠在這樣短的時間到了這裏却是對他有利的。

然而又有什麼保證說他一定曾經坐了那班車呢？

「那麼你是有過了一趟溫暖、安適的旅行了？」

「當然。如果一路上都這樣的話我會很樂意的。」

「那你爲什麼要下來呢？」

「向您報告。在萊斯克他們要我這樣做的。」

塔夫雷提羅夫頭很大，骨格也大。他的前額又寬又高，他的眉毛又粗又濃。他的鼻子很顯著。他的下巴和雙頰長滿了汚髒的灰短鬚。

「你怎麼知道這裏是克雷奇托夫卡呢？」

「我旁邊睡了個喬治亞咾，他告訴我的。」

「是軍人嗎？什麼階級的？」

「我不知道。他只從棉被裏伸了個頭出來。」

塔夫雷提羅夫的回答變得敷衍起來，好像他每說一個字就失去什麼東西一樣。

「原來如此。」左托夫放下那旅行文件。「你還有什麼別的文件嗎？」

「沒有，眞的，」塔夫雷提羅夫悲哀地微笑着。「我怎麼能有別的文件呢？」

「我明白了，什麼都沒有嗎？」

「當我們被包圍的時候，我們留心着把所有的一切文件都摧毀掉。」

「但是現在當你回到蘇維埃國境，他們一定會給你們什麼吧？」

「什麼都沒有給。他們造了一個名册，把我們分成四十人一組，然後就遣送我們。」

事情一定就是這樣的了。除非一個人流散了，只要他是一羣人中的一份子，他也就不需要什麼文件的。但是左托夫還是需要一些實質上的證據來支持他對這位態度自尊、擧止合度的人的禁不住的喜愛。

「找找看，找點什麼出來，什麼都可以。你有任何紙片留在口袋裏沒有？」

「只有一些……家裏的照片，」

「讓我看看……」這不是一項命令，只是一個要求。

塔夫雷提羅夫眉毛微揚起來。他又再那樣躊躇地、迷惘地微笑了，從同樣的口袋裏（另一隻口袋沒有扣子所以沒有扣上）拿出一個厚厚的橘子色的扁紙包。他把它放在膝頭上，拿出兩張五寸長三寸寬的照片來，看了一張，又看了一下另一張，半站起身來把它們遞給這位軍官，但是因爲從椅子到桌子本不是很遠，左托夫就倚過身子把它們接住了。左托夫開始端詳那兩張照片，塔夫雷提羅夫則仍然拿着那膝頭上打開了的紙包，伸長了背也從遠處望着。

一張小照是一個十四歲女孩的，穿着灰條、開領有着肩帶的衣服。那時必然是早春的時節，因爲從樹枝上望過去，樹葉仍然細小。陽光照耀着，她站在一座小花園裏。她有着細長的頸項。她的臉十分細緻，雖然只是一張照片，却似乎在微戰着。那相片給人一種不成熟的表情，一種說不出的什麼東西，一點不是歡愉，而是令人內心割裂的東西。

那小女孩十分惹左托夫的喜愛。他的表情放鬆了。「她叫什麼名字？」他輕輕地問道。

塔夫雷提羅夫閉着眼睛坐在那裏。「莉娥來亞，」他說，更小聲地。然後他張開眼睛糾正他自己：「伊蕾娜，」

「什麼時候照的？」

「今年。」

「這是什麼地方？」

「莫斯科附近。」

六個月了！自從那一刻有個人說：「笑一笑，莉莉陽卡！」卡擦一下，按下了鏡頭，六個月已經過去了。自那以後，成千成萬的槍彈爆炸了，迸發了成百萬的黑土的噴柱，成百萬的人民顚沛流離；人們從立陶宛徒步走來，人們有的從伊爾庫茨克坐火車來。而在這個火車站上，寒風鞭起了雨雪，火車懶洋洋的停在那裏，人們日夜無目的的亂竄，橫七豎八地睡在黑色的地板上，叫人如何相信那小小的花園，那小女孩，那衣裳依舊安然無恙呢？

第二張照片是一個婦人同一個男孩坐在沙發上看着一本滿頁彩色圖片的書。做母親的纖細、修長，那男孩大約是七歲。他有一張圓臉，沒有在看書，却一付聰明的神色在看着他的母親，他的母親在向他解釋着什麼。他的眼睛是像他父親一般的大眼。

這整個家庭有一種特殊的素質。左托夫自己從來沒有看過這樣的家庭，但是在他記憶的片段裏——從垂提亞可夫博物館，從戲院，或是從書本——他慢慢地理解到這樣的家庭的確存在。看着這些照片，左托夫感受到一種有教養的安全的氣氛。

當他把照片交還的時候，左托夫說：「你一定很熱吧，爲什麼不把你的衣服脫下來呢？」

「是的，」塔夫雷提羅夫說，脫下外衣，四下望着，找尋可以放衣服的地方。

「那邊，椅子上。」左托夫指了指，甚至好像還想幫忙的樣子。

現在塔夫雷提羅夫夏天制服上那些補釘、不整、以及稀奇古怪的扣子都一覽無遺了。他的綁腿打得之窩囊，布條通通鬆了，一圈圈的垮下來。他那整個的儀容跟他的傑出的灰色的頭顱成爲一個譏諷的對比。

左托夫再也克制不住他對這人的同情了，這個對一切都那麼逆來順受的人；可見他從一開始就喜歡他是對的。

「你是誰呀？」他尊重地問。

塔夫雷提羅夫一邊悲哀地把照片用那橘子色的紙包起來，一邊微笑着回答道：「一名演員。」

「眞的？」左托夫吃了一驚，「我應該一猜就猜到的，你看上去就像一名演員。」（雖然此刻他看來很難不像一名演員。）

「我打賭你一定是一名榮譽的藝術家。」

「不是。」

「你在那裏演呢？」

「在莫斯科的戲劇院。」

「我只去過莫斯科一次，是一次旅行。我們去了莫斯科藝術院，但是我常常去伊凡羅華的戲院。你看過那邊的新戲院嗎？」

「沒有。」

「外表不怎麼樣，一個灰殼子，你知道，是那種鋼筋水泥的樣式，但是裏面却漂亮極了。我以前是很喜歡上戲院的。那不僅僅是一種娛樂，也是一項教育，是不是？」

當然，那些關於被炸的火車文件急待清理出來，但那至少是兩整天的工作。而同一位眞正的演員見面談上一小時的機會却不可一失。

「你演什麼角色？」

「什麼都演。」塔夫雷提羅夫憂鬱地微笑着。「那麼多年了，數都數不清了。」

「哦，說說看吧……比方？」

「噢……凡希尼中校……雷克醫生……」

「唔！唔！」（這些名字對左托夫沒有一點意義。）「你演過高爾基作品裏的角色嗎？」

「當然，當然演過的。」

「我最喜歡高爾基的劇本，高爾基的作品我都喜愛。他是我們最聰明、最有人性、最偉大的作家，你以爲然嗎？」

塔夫雷提羅夫皺起眉頭企圖找尋一個答案，沒有成功，就沒有說話。

「我有一個想法我覺得我知道你的名字，你難道不是一位榮譽演員嗎？」左托夫因爲這樣的談話而快樂地稍稍有些興奮起來。

「如果我是受殊榮的」——塔夫雷提羅夫聳了聳肩膀——「我現在就不會在這兒了。」

「爲什麼？哦，是了，那你就不會被征召入伍了。」

「但是我們並沒有受到征召。我們是自願參軍的。」

「但是榮譽藝術家也一定自願從軍的。」

「是的，每一個人，從主要製作人起一直到基層人員。但是有人在某一個數目字後面劃一條線，線以上的人就留下來，線以下的人就參軍。」

「你有沒有接受什麼軍事訓練？」

「幾天，刺刀操練，用棍子。還有如何擲手榴彈。木製的那種。」

塔夫雷提羅夫眼睛固定着地板上的一點，目光鈍滯起來。

「那麼——他們有沒有把你們武裝起來呢？」

「他們丟給了我們幾支來福槍，當時我們已經在出發了。那是一八九一年的貨色。我們一直行軍到偉玆瑪，但是在偉玆瑪附近，我們中了埋伏。」

「好多人被打死了？」

「我想大多數的人都被俘了。我們之中的一小部分的人加入了遣回敗兵，他們把我們弄出來了。我現在對於前線在那裏一點概念也沒有。你沒有地圖吧，是不是？」

「沒有，新聞公報也很模糊，但是我還是可以告訴你：斯倍斯塔坡以及它週圍一小塊地方還是我們的；塔譚羅是我們的；我們還在堅守着杜勒斯盆地。但是他們已經佔領了歐瑞爾和寇斯克。」

「眞糟：莫斯科附近怎麼樣？」

「莫斯科附近特別混亂。他們幾乎已經接近莫斯科近郊了，列寧格勒完全切斷了。」左托夫的眼睛和前額皺着絕望。「而我却不能上前線。」

「你總會去的。」

「如果我要能去的話，那這場戰爭要打得夠久才行。」

「你是一個學生吧？」

「是的。老實說，戰爭開始的那幾天，我們正在大考……如果你可以管它叫考試的話。我們本應當十二月考的。後來他們就告訴我們：就把你們畫好的圖，作好的計算拿來交就成了。」左托夫有興味地生動地開始談着，因爲急切着要講出來，有時漏掉一些字音。「我在那裏整整五年，五年都是這樣的。我們剛開始上課，佛朗哥的麻煩就發生了。後來奧大利淪陷，跟着就是捷克斯拉夫。然後第一次世界大戰就爆發了，然後又是芬蘭戰爭，希特勒入侵法國、希臘、南斯拉夫……我們怎麼能夠在這樣的氣氛下集中心思在紡織製造上？這還不算。一畢業之後，別的同學都被送去軍事學校學習駕駛以及車輛保養的課程。我却留在後方，因爲我近視得十分厲害。」

「我每天都到當地軍區總部去請求。這種事情我從一九三七年起就很有經驗了。可是我所得到的只是一張到聯勤軍官訓練學校的旅行證，我用那張通行證旅行到莫斯科，找到國防人民委員會。最後我總算見到一名老中校。他急着要走，事實上，他已經把他的公事包關上了。『您瞧，』我說。『您瞧，我是一個工程師，我不要做一名補給官。』『給我看看你的文憑』。但是我文憑沒有帶來……『好吧，有一個問題問你，如果你能回答，那你一定是一名工程師：什麼是彎軸？』我就像連珠炮似的回答着：『一種裝置在轉動的軸上的設備，用一個軸承連在相關的桿上，目的在於……』他把我文件上的『聯勤』畫掉，寫上『交通軍官學校，』他就提着公事包跑走了。我簡直高興極了。但是當我到達了那邊，他們一個人也不收；只有給鐵路運輸官開的課還有空額。所以彎軸還是沒有幫到忙。」

維斯亞很清楚這不是聊天、回憶的時候，但是對一位懂得你的、聰明的人推心置腹的機會却是太難得了。

「我想你會想要抽一支煙吧，是不是？」

維斯亞突然想起了，「請抽支煙吧，如果你要的話。」他斜眼看着那人的旅行證件……「伊哥．地門臺也維奇。這裡是煙草，這裡有紙。我有配給，可是我不抽煙。」

他從抽屜裡拿出一包剛開封的煙草遞給伊哥．地門臺也維奇。

「我抽煙，」伊哥．地門臺也維奇應着，他的臉上亮起期待的光。他站起身來，朝煙草包彎下了身子，却沒有立刻捲香煙，起初他只吸着那煙草的香味，發出那種像是呻吟一樣的聲音。然後他一邊唸着煙草的名字，一邊不相信地搖着頭：「阿米尼亞。」

他捲了一支肥碩的香煙，用他的舌頭舔着，這時候維斯亞給他劃上一根火柴。

「那一車的棉被裏，有人吸煙嗎？」

「我沒有注意有人吸煙。」伊哥．地門臺也維奇快樂地倚到後面。「我想誰也沒有煙。」

半閉着眼睛抽着煙，他問道：「剛才你談到一九三七年什麼？」

「哦，你還記得那時是個什麼情況，」維斯亞熱切地說道。「西班牙戰爭在繼續着。法西斯佔領了大學城。國際聯軍旅！加達拿加拉，加拉瑪，泰如爾！誰還能夠保持冷靜？我們要求敎西班牙文，被拒絕了，却敎我們德文。我找到一本西班牙文敎科書，一本字典，不顧自己的正當課業、考試，學了西班牙文。整個的情勢使我覺得我們是它的一部分，我們的革命良心不容許我們站在一旁不顧。但是報紙上却沒有這類的論調。那我有什麼辦法可以到那邊？顯然地，逃去奧德薩上船是太天眞了。而且那邊還有邊界警衞。所以我就跑去找第四軍事委員會主委、第三軍事委員會主委、第二、第一：送我去西班牙！他們笑了：你發瘋了嗎？那邊沒有我們的人，你說你能在那邊做什麼？……你知道，我看得出來你是多麼喜歡抽煙，把一包都拿去吧，反正我也只是給訪客留的，我家裏還有。不，不，不要客氣，把它放進你的提包裏收起來吧；那我就相信你。這種時候香煙就跟通行證一樣的管用，你在路上可能用得着的……後來有一天我突然在紅星上讀到——我習慣讀每一份報紙——一段法國新聞記者的話：『德國以及蘇維埃把西班牙當作一個軍事訓練靶。』我是可以很固執的，因此我就從圖書館裏拿到一份這天的紅星，等了三天讓社論公開否認那法國記者的論點。沒有，然後我跑去見當地軍事指揮官本人，我說：『這裏，請唸唸這個。沒有官方的否認，那麼這是事實了：我們是在那邊作戰。請把我當作一個列兵送到西班牙去。』那指揮官拍着桌子，『別想用這種戲法來作弄我！誰教你搞這一招的？如果我們需要你，我們會征召你的。向後轉！』」

當他回想着這一切，維斯亞全心全意地大笑起來，他的臉上笑得滿是皺紋。他跟這位演員在一起覺得非常自在，還想再告訴他更多的事。有關西班牙水手抵達俄國，他如何用西班牙文回答他們的事。他想問他被德軍包圍起來是什麼滋味，跟這位智慧的、見多識廣的人一般性地談談戰爭的趨向。

但是波希比亞肯拉開開了門。「維斯爾．維斯立奇，調派官要知道你有沒有東西要七九四號班車拖載的。如果沒有的話，我們就要讓它放行了。」

左托夫看了一下時間表。

「是那一班？到波佛利羅的嗎？」

「是的。」

「已經到了嗎？」

「大概十分鐘左右到。」

「好像並沒有帶多少軍用品，還有什麼東西？」

「還有工業物資以及幾節有暖氣的乘客車廂。」

「好呀，這眞是運氣，太好了，伊哥．地門臺也維奇，我就把你放在這班車上好了。這班車對你來說是很好的，你用不着換車。不了，凡妮琪卡，我的東西都安排好了，你可以讓它過去了。但是要他們把它停在靠近車站第一或第二號車軌上。」

「好吧，維斯爾．維斯立奇。」

「關於棉被的事，你已經打過了電話了嗎？」

「照你的吩咐做了。」她就出去了。

「眞難爲情，眞是，我一點吃的都不能給你。我抽屜裏連一片乾麵包都沒有。」左托夫打開了抽屜，好像不太相信裏面會什麼都沒有。但是他只有一份標準口糧，早上他上班的時候已經把帶來的麵包吃了。

「設若你一失散了就沒有吃過東西呢？」

「看在上天的面上，不要擔心，維斯爾．維斯立奇。」塔夫雷提羅夫張開手掌把它放在那有着稀奇鈕扣的骯髒的上衣胸前。「就這樣我已經很感激您了。」他的表情和聲音已經不再憂傷了。「您溫暖了我，實質上的同象徵的意味上都是的。您是一位仁慈的人。目前情況如此艱難，更令人感激。現在，能不能請您跟我解釋一下我是到那裏去，下一步應該怎樣做？」

「首先，」左托夫快樂地解釋道，「你去格利玆，可惜我沒有地圖，你知不知道是在那裏？」

「不，不太知道，我想我聽到過這個名字的。」

「每個人都曉得那一站的，如果到達格利玆是白天的話，拿着你這張文件——我會在上面加註說你見過了我。拿去給鐵路運輸官，他會給你配給糧票，你就可以拿到兩天的口糧了。」

「我十分感激。」

「但是如果你是晚上到的話，不要下車，就呆在車上。如果你在那一車棉被裏沒有及時醒來，你可就麻煩了。上帝才曉得你會流落到那裏。從格列玆你那班次火車會去波佛利羅，也別在波佛利羅下車，只跳下去領口糧就行了，別再脫了車，它一直會把你帶到阿奇達，那就是你那二四五四一三號班車要去的地方。」

左托夫把他的通行證交給塔夫雷提羅夫。對方把通行證放進那扣得好好的衣服口袋裏，問道：「阿奇達？這個名字我可從來也沒聽到過，在那兒？」

「靠近史達林格勒。」

「靠近史達林格勒。」塔夫雷提羅夫點着頭，但是皺起眉頭。用心想了一想，他含糊地問道：「對不起，……史達林格勒？以前叫什麼？」

左托夫裏面什麼東西撲通一跳，他突然僵住了。怎麼可能啦？一位蘇聯公民而不知道史達林格勒？那是十分十分不可能的呀！不可能，不可能！不可思議！

但是他保持鎭靜控制住自己。他打起精神，扶正了眼鏡，幾乎是平靜地說：「它以前叫做沙利生。」

（那麼他不是一名遣回來的戰俘了。他是一名細作，一名特務。這樣的擧止，多半是一名白俄流亡者。）

「哦，是了，沙利生。沙利生保衞戰。」

（他還可能是一名僞裝的軍官。所以他才要地圖看。穿這一身衣服有點過分了。）

「軍官」這個骯髒的字眼在俄國已經老早廢除了，取而代之的是「領袖」，雖然這個字沒有說出來，已經像刺刀一樣的刺穿着左托夫。

（他竟然像白癡般被唬住了。對了，保持鎮靜，繼續警覺，現在他該做什麼？）

左托夫把野戰電話搖了大半天。

他拿起耳機對住耳朵，希望是上尉直接接的。

但是上尉沒有接。

「維斯爾．維斯立奇，我覺得把你的煙都拿走了很過意不去。」

「沒關係，很樂意送給你。」

（上帝呀，我是多大的一個蠢材呀！簡直昏了頭了。完全失去了防衛心，簡直要爲他效勞到底。）

「那麼，這樣的話，我可不可以在這兒再抽支煙？或者我出去也成？」

（出去?!多明顯呀。他曉得他露了馬脚了，所以他想蹓掉。）

「不必，不必，就在這裏抽好了。我喜歡煙草的香味。」

（一定要想點法子。我該怎麼辦？）

他搖了三次。有人接電話了：「這裏是警衞室。」

「我是左托夫。」

「是，中尉同志。」

「蓋斯可夫那裏去了？」

「他……出去了，中尉同志。」

「他到那裏去了？爲什麼他出去了？你務必要他五分鐘以內回來。」

（到他情婦那裏去了，這個猪。）

「是，長官。」

（一定還得想點法子。）

左托夫拿起一張紙，擋住不讓塔夫雷提羅夫看到，用大寫字母寫着：「維亞，進來宣佈第七九四號班車延誤一小時。」

他折起那張紙，走到門口，伸長手臂，說：「波西比亞肯拉同志，把這個拿去。是關於那班火車的。」

「那一班？維斯爾．維斯立奇？」

「號碼寫在上面的。」

吃了一驚，波西比亞肯拉站起身來，拿了那張紙。左托夫沒有等就回到他的辦公室。

塔夫雷提羅夫在穿他的外衣。「我們不會誤了車吧，會嗎？」他說着，帶着友誼的微笑。

「不會的，他們會通知我們的。」

左托夫在屋子裏走上走下，不瞧塔夫雷提羅夫一眼。他把上衣後面拉平塞進皮帶裏，把手槍從後面移到右邊來，把頭上的綠帽子扶正了。沒有什麼可做的，沒有什麼可說的。

而左托夫又不會扯謊。

如果塔夫雷提羅夫能夠說什麼就好了，但是他却保持着禮貌的緘默。

窗外破裂的排水管被風吹得搖來擺去，水流時發出陣陣的汩汩聲。

中尉停在桌邊，抓住桌子角，盯住他的手指頭發呆。

（爲了免得引起塔夫雷提羅夫的注意，他應該用先前同樣的表情看着他的，但是他却無法叫自己這樣做。）

「再幾天就是假日了，」他說，留心着他會怎麼回答。

（來呀，問吧——問我——什麼假？那麼一切就無可懷疑了。）

但是這位訪客只是說：「是——的。」

中尉看了他一眼。那人慢慢地點點頭繼續抽煙。

「不曉得到時候紅場上會不會有遊行？」

（誰管它有沒有遊行？他沒有眞的在想這回事，只不過是在說話打發時間罷了。）

門口有人在敲門。

「我可不可以進來，維斯爾·維斯立奇？」維亞把頭伸進來。塔夫雷提羅夫看到她就伸手去拿他的提包。

「第七九四號班車在會車口就擱住了，會延誤一小時。」

「哦，眞討厭。」（他自己聲音裏的那份令人作嘔的虛假就使他自己厭惡。）「知道了，波西比亞肯拉同志。」

維亞不見了。

就在窗外一號鐵軌上可以聽到火車頭的低沉的喘息聲，緩衝器的鏗鏘一聲火車就停住了；他們可以感覺到地面的震動。

「怎麼辦啦？」左托夫一邊想一邊說。「我要去配給站。」

「我可以在外面等，你要去那裏我也去那裏。」塔夫雷提羅夫熱切地說，微笑地站起身來，拿着他的提包。

左托夫把掛在釘子上的大衣拿下來。「為什麼到外面去受凍呢？候車室你是進不去的，因為已經擠滿了，他們都睡在地上。你要不要就跟我去配給站？」

聽起來有點不叫人相信，他覺得自己在臉紅，又加上說：「也許，你知道……我可以想辦法……在那裏弄點東西給你吃。」

如果塔夫雷提羅夫不要那麼與高彩烈就好了。但是他的臉亮了起來道：「這將是你最高的仁慈的表現了，我是根本不敢向您開口的。」

左托夫轉過頭去，眼睛看着桌子，檢查一下保險箱的門，熄了燈。「好吧，我們走吧。」

他鎖上門的時候，對維亞說：「如果有人找我，就說我一會兒就回來。」

塔夫雷提羅夫一身滑稽的裝扮，還有那鬆脫的綁腿，在他前面[illegible]走了出去。

他們走過掛着一盞藍色的燈的陰暗寒冷的走廊，來到月臺外面。

從那看不見的天空，透過夜的漆黑，落下那非雨非雪的潮濕、厚重的白片。

第一號鐵軌上停着那班火車。它的顏色非常黑，比天空還要黑些，因此車廂和車頂只剛剛可以分辨出來。在左邊，火車頭站立之處，瀝青泛着白熱的光；火紅的煤灰落到鐵軌上很快地被吹到一邊去。遠一點的高處，一盞綠色的圓形孤燈懸在空中。在右邊——近火車尾處，一連串燃燒的火花灑在車箱上。黑色的身影，多數是婦女的，急忙地在月臺上朝這些付予生命的火花奔跑着。人們拖着可怖的巨大行李的沉重呼吸聲滙成一流。孩子們，靜默地、跟哭鬧地，都拉着走。兩個喘着氣的男人抬着一個笨重的箱子把左托夫推到一邊。他們後面還有人拖着更重的東西，在月臺上東倒西歪，刻苦前進。（爲什麼自古以來，在這種關頭，逃離已經變成那種絕望的掙扎，而人們却一定要帶着他們的嬰兒、祖母一齊？爲什麼他們一定要帶那些個簡直不可能的大提包，那些像床那麼大的籃子，還有像衣櫃那樣大的箱子？）

如果不是那機車下迸發的煤灰，那信號燈，那暖氣車廂煙囱裏冒出的火花，還有那遠處鐵軌上一盞燈所發出的糢糊的光亮，人們可能永遠也不會知道這裏是火車站——無數火車聚集之地，而不是密林深處或順着歲月的緩慢的周期而再度屈服於冬天的一片黑暗地延伸的空曠的鄉野。

但是耳中却可以聽到火車掛鈎的卡擦聲，信號員的號角聲，兩個火車頭的噴氣聲；還有人們的嗡嗡聲、喋喋聲激起不顧一切的亡命行動。

「這邊走。」左托夫把他帶上一條離開月臺的小路上，他手中提了一盞藍玻璃的燈，好幾次往地上照着給塔夫雷提羅夫引路。

「噯呀，剛才我差一點把帽子都擠掉了，」塔夫雷提羅夫抱怨說。

中尉在沉默中默默地走着。

「不曉得會不會下雪，可是涼氣一直往你領子下面竄，」他的同伴說，繼續着談話。他的外衣根本就沒有領子。

「小心爛泥。」中尉警戒着他。

他們一直走到黏胡胡的稀泥裏，一塊可以站的乾地都沒有。

「站住！是誰在那邊？」附近什麼地方一位步哨兵用震耳的聲音叫道。

塔夫雷提羅夫嚇了一跳。

「左托夫中尉。」

他們一直往前走，爛泥一直到他們脚踝，爛泥最黏的地方更拖着他們的脚寸步難移。繞過配給站建築的一角，他們走上門廊的臺階。他們用力蹬着脚，把雨從身上拂去。他們進屋的時候，他的燈還亮着。中尉把塔夫雷提羅夫帶進一間有着一張空桌子和兩張長椅子的飯堂裏（這是配給站值班的士兵吃飯、受訓的地方）他們長久以來就在設法找一段電線想把電接過來，但是這間沒有粉刷的木牆房間到現在還是靠桌子上一盞燈微弱地、不規則地照明着。牆角處仍然籠罩在黑暗之中。

警衛室的門開了。一個士兵站在門口，黑色的身影背對着那後面照着的電燈的光亮。

「蓋斯可夫那裏去了？」左托夫嚴峻地問道。

「站住！誰在那兒走動？」外面響起了人聲。

門廊上響起了皮靴的聲音。跟着蓋斯可夫走進來了，他後面是那跑去找他來的士兵。

「我來了，中尉同志。」蓋斯可夫做了一個糢糊的近乎行禮的手勢。在半暗的燈光下，左托夫可以猜到，蓋斯可夫的經常帶傲慢之色的面孔由激動而扭曲着，因爲他被中尉由於一些小事而打了岔，左托夫連他的直屬上司都不是。

左托夫突然憤怒地叫道：「蓋斯可夫軍曹！倒底你應該設幾個哨兵？」

蓋斯可夫害怕了，也吃了一驚；左托夫是從來不大叫的。他安靜地回答說：「應該是有兩名的，但是你知道……」

「我什麼也不知道。你明白守衛條例的；立刻聽命執行！」

蓋斯可夫嘴唇又扭曲着。「巴布尼夫士兵，去拿你的步槍站崗去。」

踏着沉重的脚步，那領蓋斯可夫前來的士兵繞過他的長官們消失在隔壁一間屋子中去了。

「你，軍曹，跟我到指揮官辦公室去。」

現在蓋斯可夫有點曉得有什麼事發生了。

那士兵拿了一支上了刺刀的步槍回來，漂亮地在他們身旁走過，在大門外站崗。

（到這個時候，左托夫才被膽怯所克服了。他找不到適當的字眼來說話。）

「你……我……」左托夫安靜地說，只勉強能夠抬起眼睛對塔夫雷提羅夫看着。「我必須要離開一下去照顧一點事情……」他的口音也特別令人注意到了。「你在這兒坐一會兒。我不會躭擱太久的，等着我好了。」

塔夫雷提羅夫那帶着寬大帽子的頭，以及那印在牆上和天花板上的影子，看起來是那麼奇怪地不吉利。他的繞在脖子上的圍巾好像一條能纏死人的蟒蛇。

「你要把我留在這裏呀?但是，維斯爾・維斯立奇，如果我呆在這裏的話，我會誤了火車的。至少讓我在月臺上等吧。」

「不，不，你就留在這裏。」左托夫急忙走到門口。

現在塔夫雷提羅夫明白了。「你要拘捕我?!」他叫道。「但是爲什麼呢，中尉同志?讓我趕火車吧！」

用他先前表示感激的同樣姿勢，他把五根手指像扇子般的張開壓在胸前。他朝中尉身後快走了兩步，但是那步兵把握了當時的情勢，用他的刺刀擋住了路。

左托夫禁不住地再一次朝後看了一下——他生命裏最後一次——在黯淡的燈光下，對着埋葬室裏的李爾王的絕望的臉的最後一瞥。

「你在幹什麼，你在幹什麼？」塔夫雷提羅夫用那像敲鐘一般的聲音喊道。「你犯了這個錯誤永遠也不能糾正的了。」

他的手臂在那過短的衣袖裏揮動着，一隻手提着他的提包，他好像長成了他的黑色撲動的影子那麼大，天花板看起來好像壓在他的頭上。

「不要擔心，不要擔心，」左托夫安撫着他，一邊用脚探着門口的階梯。「我們只不過是要搞清楚一點小問題。」

跟着他就走了出去，蓋斯可夫跟着他身後。

當他們經過軍事調派官的辦公室的時候，中尉說：「再把那輛火車延擱一下。」

回到他的房間裏，他坐在桌前寫着：

「逕交：安全分隊，交通支隊 NKVD（譯者按：蘇聯的秘密警察安全機構。今稱作KGB）

本人逕交疑犯塔夫雷提羅夫，伊哥・地門臺也維奇，據稱係從第二四五四一三號班車在斯哥比羅搭脫火車。在與本人的交談中……

「準備好吧，」他對蓋斯可夫說。「你再派一名士兵，押解此人到交會站，把他交給安全分隊。」

幾天過去了，假期來了又過去了。

但是左托夫怎麼樣也無法抖落掉關於那帶着歡愉的笑容、有穿着條子衣服的女兒的相片的人的記憶。

當然他做了一切他該做的事。

是的，但是……

他想知道那人是否眞的是一名間諜，或者他是否老早被釋放了。左托夫在交會站上打了一個電話給安全分隊。

「對不起，在十一月一號我送上一名叫塔夫雷提羅夫的疑犯，可不可以請你告訴我他倒底怎樣了？」

「被審訊中，」很堅定的回答，「你看啦，左托夫。你那份有關百分之八十受損的報告書，有幾點還不甚明瞭。這是很重要的一件事，有人可以因此而倒霉的。」

那一年多天左托夫一直都在那同一個火車站上做助理鐵路運輸官。不止一次，他想搖個電話打聽一下，却怕引起別人的懷疑。

有一次一位安全局人員因公從總部回來。好像順便一提似的，左托夫隨便地問他：「你記不記得有一位名叫塔夫雷提羅夫的人？我在秋天把他拘捕的。」

「為什麼你要問呢？」那位安全人員有意思地皺着眉頭。

「只不過是好奇…後來他怎樣了？」

「你那位塔夫利金是給揀出來了。我們是從來不會做錯的。」

自此以後，左托夫一生都再也不能忘記那人了……

散文詩

呼吸的自由

夜晚下了一陣暴雨，現在烏雲浮過天空，不時灑下一陣細雨。

我站在開花的蘋果樹下，我呼吸着。不單是那蘋果樹，還有那四周的綠草都閃着潮濕的水珠；簡直沒有字句來描敍那充滿在空氣中的甜密的芬芳。我竭盡所能地深呼吸，那芳香浸透我整個的存在；我張開眼睛呼吸，我閉上眼睛呼吸——我說不出來那一種情況給我更大的喜悅。

我相信，這個就是牢監從我們奪去的最寶貴的一項自由：自在地呼吸的自由，正如我現在所能夠做的。對於我來說世界上沒有一樣食物、一種酒、甚至於婦人的吻，能夠比這浸漬在花兒、濕氣和新鮮的香味中的空氣更甜密的了。

雖說這只是一座小小的花園，封閉在五層樓的房子中間，好像動物園中的籠子。我却聽不到摩托車的爆裂聲，收音機的哀鳴，擴音器的低沉的吼叫。只要在暴雨之後的蘋果樹下有新鮮的空氣可以呼吸，我們就可以生存得更長久一點。

賽格登湖

沒有人寫到過這個湖，只有在耳語中提到過它。所有通到這裏的路，都好像是通到施有魔法的城堡一樣，被阻塞住了，上面掛了一個禁止的標記——一道明白、坦率的直線。

不論人或畜類，面對那道標記，就必須折回。某種人世間的力量把那個標記置放在那裏，一切人畜不得馳過那裏，不得走過、爬過、甚或飛過那裏。

配着刺刀和手槍的衞兵在附近的松林裏的小徑邊潛伏着。

你可能繞着那靜默的樹林一圈又是一圈的走着，搜索一條通到湖中的路，但是你一條也找不到，也沒有一個人可以打聽，因爲沒有人走進這樹林裏來。他們全都被嚇走了。你的唯一可以冒險通過的機會是在落雨中的午後，在響起一陣遲鈍的牛鈴之後，沿着那牛羣踏出的小徑走。當你在樹幹之間第一眼瞥見它，那麼無垠的閃爍着；你就知道還沒有到達它的岸邊，你這一生都會被這地方所奴役了。

賽格登湖之圓，就好像是用一個圓規畫出來的那樣。如果你在一邊大叫（不過你必不可大叫，要不然會被人聽到），只有很微弱的回音可以到達對岸。兩岸的距離非常的遠。樹林把整個的湖邊幽禁起來，茂密的森林接連着不斷的一排排的樹木。當你走出樹林來到水邊，你可以看到整個的禁忌的湖岸：此處一條黃色的沙灘，那邊一些蘆葦的灰色的殘梗，更那邊一團茂盛的草叢。水是平靜無波的，除開湖岸幾簇野草，白色的湖床透過透明的湖水閃爍着光亮。

在秘林中的隱秘之湖。湖水仰望天空，天空向下俯視。如果森林之外有一個世界，那也是沒有人知道，而且看不見；即使它是存在的，在這裏也沒有它的位置。

這是永久安頓之處，一個能夠讓人同宇宙的元氣和諧共存而且被啓發的地方。

但是這一切却是辦不到的。一位邪惡的王子，橫目的無賴，霸佔了這湖作爲己有：那是他的房子，那是他的沐浴的地方。他那一批邪惡的同類在這裏釣魚，從他的舟艇上打鴨子，先是湖上來了一縷藍煙，再一下之後就是鎗聲。

樹林以外的遠處，人們流汗，喘氣，除非你強自闖進來，所有通到這裏的路都被封閉了。釣魚打獵都只是供給這無賴的享樂。這裏還有人點了火的痕跡，但是火被撲滅了，人被趕走了。

至愛的，被遺棄了的湖。

我的家鄉：：

小鴨

一隻黃色的小鴨，抬起它白色的肚皮，在潮濕的草裏滑稽地撲着翅膀，幾乎沒法用它那微細的腿站起來，在我前面跑着叫着：「我的母親到那裏去了？我的家到那裏去了？」

他沒有母親，因爲他是母鷄帶大的，鴨蛋被放在她的窩裏，她孵在上面，跟她自己的蛋一齊把牠們孵出來了。爲了要躲避這惡劣的天氣，他們的家——一個沒有了底的倒轉過來的籃子——被移到小屋裏來蓋上了粗麻布。他們全部都在裏面，但是這一隻却迷失了。那麼來吧，小東西，讓我用手托住你。

什麼東西使它活着？那麼一點微末的重量；它那小黑眼睛像念珠，它的脚像燕子的，稍一擠壓就不復存在了。然而它却有着生命的溫暖。它的小嘴是淡淡的粉色，稍稍有點張開，好像小型的指甲，它的脚已經長了蹼，它的羽毛之間略帶黃色，它的柔軟的翅膀開始長出來了。它的性格已經把它從它那些義兄妹分離開來。

而我們人類很快就能飛到金星去了；如果我們集合我們的力量，在二十分鐘之內，我們就可以翻犂整個的世界。

但是，用我們整個原子的威力，我們卻永遠——永遠！——也不能在試管裏造成這微末的小黃鴨；就算給我們羽毛和骨骼，我們也永遠不能合成這個小生物。

詩人的骨灰

現今叫做拉哥佛村莊的地方，古俄哥夫城曾經座落在歐卡河上的這懸崖之上。在彼時的俄國人，當他們在選擇一處建築地點的時候，在考慮到要有好的、能飲的活水之後次要的考慮就是它的美。

奇蹟把他從自己兄弟的謀殺中拯救出來，伊格娃·伊哥利維奇在此地建造了聖母升天寺院作爲感恩的奉獻。

在清明的天氣，從這個地方，視野掃過水草地，三十五俄里之外，在另外一處同樣的高地上，立着聖約翰寺院的鐘樓。

兩者都幸未遭受到迷信的巴提汗的摧毀。

從那麼多地方，耶加夫·彼得羅維奇·波朗斯基挑中這塊地方作爲己有，而且交待日後他將埋葬於茲。人好像總易於相信他的精神將徘徊在他的墓地之上，凝視着四周和平的鄉村景色。

但是那圓頂的教堂已不存在，留下的一半石牆由鐵絲連住的木板籬笆加高了起來，這整個古蹟被那熟悉的可憎的怪物所支配：瞭望塔。寺院門口有一個守衛室，還有一張告示寫着：「世界和平，」上面有一個俄國工人手臂上抱着一個小黑女孩。

我們故作無知。在守衛居住的茅屋之中，一位下班了的典獄官，穿着一件汗衫，對我們解釋道：

「在第二世界中，這兒是有一座寺院的。他們管第一世界是羅馬，莫斯科則是第三世界。這兒以前也曾經一度是孩子們的聚會之所，但是孩子們不懂這是個什麼地方，他們把牆也弄壞了，聖像也打壞了。後來一個集體農場用四千盧布買了這兩座教堂——目的是買那些磚，要建一個有六排牛廐的大牛棚。我本人也曾參加這份工作的。一塊整磚就付我們五十戈比，半塊的話就二十戈比。但是磚從來都不是乾乾淨淨的——總是沾着一團團的灰泥。他們在教堂底下找到一個地窖有主教在裏面。他只是一付骷髏罷了，但是他身上的袍子確還完好。有兩個人想要把袍撕成兩半，但是那質料之好，就是撕不破……」

「告訴我——按照地圖，這裏有一位詩人叫做波朗斯基的埋葬在這裏。他的墓穴在那裏？」

「你們是見不到波朗斯基的，他是在我們周界以內的。」

那麼波朗斯基是無法瞻仰了。還有什麼地方可以看看呢？一個崩潰了的廢墟嗎？等一等——

典獄官轉過頭問他太太：「他們有沒有把波朗斯基挖出來？」

「噢，送到來阿曾去了。」女人在門廊上點點頭，一邊用牙齒嗑着葵瓜子。

那典獄官以爲這是個大笑話：「看樣子他的刑期滿了——所以他們就讓他出來了……」

榆樹榦

我們在鋸木柴的時候，撿起一段榆樹榦，大吃一驚。一年來我們都在砍樹，拉在拖車後面，鋸成段，然後丟進駁船裏、貨車裏，滾成一堆，成堆地堆在地上——可是這段榆樹榦却始終沒有放棄！一條新生的綠芽發出來了，長成枝葉茂密固然指日可期，也許還會長出一棵全新的榆樹也說不定！

我們把那段榆樹榦放在鋸木櫈上，就好像放在行刑者的斬首臺一樣，但是我們却沒有辦法拿我們的鋸朝它下手。我們怎麼能狠得下心呢？那段榆樹榦之寶貴生命正如同我們一樣；實在它要求活下去的熱切甚至還強過我們。

倒影

急流的表面，遠近事物的倒影總是糢糊不清的；就算水是清的沒有泡沫，那老是充滿漣漪的河流，那無休止的水的萬花筒中的倒影却總是不確定、糢糊、不可辨識。

只有在水往下流，一條河又一條河地，到達寬廣、平靜的河口，或者流到一處止水、一處靜止的湖中——只有在這樣的情形下，我們才能在它那鏡子樣的平滑中，看到岸上樹的每一片葉子，雲的一縷一束，和那天空的無垠的深藍。

我們的生命也是一樣的，如果到目前爲止，我們還看不清楚，還不能窺到眞理的永恆輪廓，豈不是因爲我們也是在朝着某個終點移動着——豈不是因爲我們還活着？

拉瓦河上的城市

天使手捧蠟燭臺繞着聖・埃色克的拜占庭圓頂跪着。

三座三面的金教堂尖頂在拉瓦河和莫卡河兩邊互相呼應着。到處都有着獅子、獅身鷹面、或獅身人面的怪獸守護着寶庫、或在沉睡着。歷史由她的六匹馬拉着，駛過羅絲的精巧的拱門頂。有着成百成千柱子、奔躍的馬匹、搏鬪中的公牛的門廊……

這裏禁止建造新建築物是多大的福祉啊！那種像結婚蛋糕似的摩天大樓不得擠進拉夫斯基景色中來，五層樓的鞋盒子建築不得破壞格雷波也都夫運河。當今的建築師中，不管他多奴性、無能，也無法利用他的影響力在比黑河或歐克塔更近的地皮上造房子。

這些對於我們來說是疏遠了，但是却是我們偉大的光榮！到今天還能在那幾條街上漫步是何等的樂趣呀。然則這些美景都是俄國人造的——他們一邊磨牙切齒、一邊咒詛着、一邊腐蝕在那陰鬱的湖沼中，我們先人的遺骨被壓縮、石化，鎔進彩色的赭石色、巧克力的粽色、綠色的宮殿裏。

還有我們多災多難的，紊亂不堪的生命呢？我們暴發的抗議，被行刑班射殺的死亡的呼叫，女人們的眼淚：是不是這一切——可怕的思想——也都將完全被遺忘？是不是它也能生出這樣完全，永恆的美？

小狗

在我們後院裏，一個男孩把他的狗夏利克拴在那裏，一團絨毛般的東西被羈拌住了，他只不過是一隻小狗。

有一天我拿給他一些還是熱的、充滿香味的鷄骨。那男孩剛鬆了那可憐的小狗的領圈，讓他在院子裏活動活動。外面雪很深，像羽毛一樣；夏利克像野兔子般地跳躍着，先是用後脚，後來就用前脚，從院子一個角落到另一個角落，來來去去，把他的嘴埋在雪裏。

他朝我跑來，全身覆着粗厚的毛，對我跳着，嗅了嗅鷄骨——然後又跑開去了，肚腹埋在雪裏。

我不需要你的骨頭，他說。就給還我的自由好了……

舊鐵桶

是的，卡登樹林對於一位退役軍人去探查它，是一個令人沮喪的地方。那裏面有一個地方，十八年前的遺跡還保留着。部分已經倒塌，看起來幾乎不像是一排戰壕，也不像是一隊野戰炮兵的射擊陣地，倒多半像一個步兵分隊的強守之地，一隊無名的粗大的俄國兵，穿着一身襤褸的大衣，給他們自已挖的掩避壕。經過多年的歲月，溝頂的木板當然已經拆走了，但是戰壕却仍能清晰地看到。

雖然我從來沒有在這裏打過仗，我在附近類似這樣的樹林裏却作戰過。我從一個避彈壕走過另一個避彈壕，企圖設想當時的位置。突然，在我從一個避彈壕走出來的時候，我被一個舊鐵桶拌了一下，十八年以前它就躺在那裏了，它必然經歷過光輝的時光。

就是在那時候，打仗的第一年冬天，它就已經是破的了。也許是那個機靈的士兵從燒毁的村莊裏撿來的，把底下一部分的四邊弄成錐狀，用來連在他的錫爐上作通氣管。這裏，就在這個避彈壕裏，九十天，又或許是一百五十天以來，前線在這一戰區穩定下來，煙從這個破了的鐵桶通出來。它被燒得火燙，人們曾經以它暖手，你可以用它點上煙，在上面烤麵包。正如好多煙從那鐵桶通過去一樣，那裏健兒的沒有說出來的思想，沒有寫出來的信，也這樣地逝去了——而人，唉，恐怕已經老早就死去了。

然後有那麼一天明亮的早晨，戰略地位改變了，避彈壕被放棄了，當長官催促着他們——「走吧，開拔了！」——值星官用水把爐子潑熄了，把它裝在貨車後面，等到樣樣東西都裝好了，只沒有了地方放那個破鐵桶。

「把那髒東西扔了算了！」士官長叫道。「在新地方會再找到一個的。」

他們有好遠的路要走，而且溫暖的春天也已不太遠了；值星官拿着那破鐵桶站在那裏，嘆了一口氣，就把它丟在避彈壕的門口了。

大家都笑了。

自此以後，頂上的木頭被拆掉了，裏面的桌子，木板被搬走了，但是那忠實的鐵桶却在避彈壕旁留守着。

我站在那裏，眼睛裏湧出了淚水。那些戰時的朋友，他們是多麼地燦爛輝煌呀！那支持着我們前進的精神，我們的希望，甚至我們那無私的友情——都像一陣煙樣地消失了，那銹了的、遺忘了的…再也一無用處了…

在耶斯林鄉間

四座單調的村莊沿着路上互相連串着展開。灰塵。近處沒有園地，沒有樹木。搖晃的籬笆。各處散見着艷麗色澤的窗板。一隻猪在路中間的抽水機上搔癢。脚踏車閃過去的影子，使得一排列的鵝一齊轉頭，發出歡愉地挑戰的呼叫聲。小鷄們忙着在路上、院子裏扒着找尋食物。

就連那村子裏的康斯坦丁羅佛總店也看起像是一間搖晃不牢的鷄房。鹽鯡魚。幾種不同牌子的伏特加。那種人們已經十五年來都早已不吃了的煑過的黏甜食。圓黑麵包塊，比你在城裏買的大兩倍，看起來好像他們不是可以拿刀切的，而是要拿斧頭來砍的。

在耶斯林的茅舍裏，可憐的小分隔碰不到天花板，把屋子分成像櫃子或是散裝盒子，一點也不像房間。外面是籬笆圍住的小院子；此處本來是一間洗澡房，當年色蓋會把自己閉在黑暗中寫他的最早的詩篇。籬笆外面是平常那種小圍場。

我繞着這村莊走着，正如其他許多別的村莊一樣，村裏人主要的關心還是收成，怎樣去賺錢，怎樣不落到鄰居的後面去，我被感動着：聖火曾經有一次燃燒着這一塊鄉村的土地，到今天我還能感到它燃燒着我的面頰。沿着歐卡的陡峭的河岸走着，我帶着吃驚瞪視着遠方——難道眞的是遠處那一帶克佛羅斯托夫樹林激起這喚起人情感的詩句：

樹林喧嚷着一隻松鷄的悲悼……

難道這就是那同一條安詳的歐卡河，蜿蜒在水草地之間，詩人歌詠着：

陽光的乾草堆堆放在水深處……

造物者所打進這間茅舍裏的是何等樣的晴天霹靂的天才，打進那急躁的鄉村孩子的心中，那震撼使得他張開眼睛看到如許的美——在火爐邊，在猪欄裏，在打穀場上，在田野中，那千年來只是被人踐踏、忽略了的美。

科克何茲背籃

當你乘坐一輛郊區的公共汽車，被一個背籃的硬角給你當胸或是在背上撞了一下——不要詛咒，請對那附着濶大的、磨損了的帆布帶的草編籃好好的瞧一瞧。它的主人在爲她自己以及她的兩個鄰居帶着牛奶、乳酪和蕃茄進城，她將帶回來足夠兩個家庭食用的五十條麵包。

那農婦的背籃又堅實、又寬大、又便宜，它是沒辦法跟它同類的色彩鮮麗的、附有小口袋、還有閃亮的扣環的運動背籃相比的。它能負荷的重量，使得一位素有經驗的農人的肩膀也經不起在棉夾克外面把它的帆布帶子扯上一扯。

因此農婦就這樣辦：她們把背籃用力吊到背中央，把它的帶子繞到頭上好像輓具一樣。這樣一來重量就平均地分配到她們的肩膀同胸上了。

我倒是無意建議各位，我的耍筆桿的朋友們，親自去嚐試背背這樣的籃子。但是如果你發現自己給撞了——坐的士好了。

烽火同螞蟻

我把一段腐朽的木材丟進火堆，沒有注意到裏面全是螞蟻。木材開始發出爆裂聲，螞蟻急忙爬出來，拼命地四散奔逃。他們沿着頂端跑，被火焰燻烤得痛苦難當。我抓住那木材朝一邊滾動着。許多螞蟻算是設法逃到沙裏，或者松針裏去了。

但奇怪的是，牠們沒有從火裏逃開去。

他們一旦克服了他們的恐懼，轉了轉，打個彎，有一股力量又把他們吸引到他們那遺棄的家園了。許多螞蟻又爬回到那燃燒着的木材上，在上面奔跑着，就在那裏滅亡了。

山中的暴風雨

一個漆黑的晚上在山路口上我們遭遇到了一場暴風雨。眼看着它從山脊那裏朝我們而來。我們從蓬帳裏爬出來跑去躲雨。

萬物都是漆黑的——沒有山峯、沒有山谷，也看不到地平線，只有那燒灼的閃電劃分着明與暗，而雄偉的巴拉亞——卡亞和求加特來加峯就從黑夜中顯現出來了。我們四周巨大的黑松樹看起來好似山峯一般高。只有在一瞬間，我們覺得自身是在陸地上；然後一切又再陷入黑暗與紛亂之中。

閃電移動着，光亮與漆黑相間而來，耀眼的白，然後是粉色，再就是紫色，山和松總是彈回到同一個地方，它們的巨大使得我們充滿了敬畏之情；然而一等它們消失了，我們就不能相信它們曾經存在過。

雷聲充塞了山峽，淹沒了那河水的無休止的吼聲。像沙巴斯的箭一般，閃電朝山峯射過去，然後散開來竄進蜿蜒的河流中去好像撞在岩石面上爆裂了，又像一個生物攻擊着然後戰抖着一樣。

至於說我們，我們忘了怕閃電、雷，還有那傾盆的大雨，就正如大海中的一滴水不知懼怕海嘯一樣。

微末不足道然而却滿懷感激，我們變成了這世界的一部分——一個創造中的原初的世界浮現在我們眼前。

歐卡河岸之旅

在俄國中部沿着鄉村道路旅行，你會開始明白何以俄國的鄉間有那一種安慰人的效果。

那是因爲它的教堂，它們豎立在山脊上，丘陵間，好像紅、白的公主降臨到濶廣的河流，以它們的修長刻着凸花的鐘樓高高地凌越過日常生活的柴門茅舍。它們老遠地互相呼應着，從遠方看不到的村莊裏他們伸向同樣的天空。

不管你遊蕩到那裏，田野間、牧草地上，離開任何農舍好幾里之遙，你却永遠也不會孤獨：高高在樹牆，乾草堆，甚至於大地自身的曲線之上，鐘樓的圓頂永遠在向你招呼。不管是波奇、羅夫斯基、來比西，還是蓋夫利羅夫斯可。

但是一等你進入村子，你就發現那從遠方歡迎你的教堂已經死亡了。他們的十字架已經老早就彎了、斷了；圓頂脫落的油漆暴露出它銹壞的鋼鐵架；頂上，牆縫裏長了野草；教堂墓地也已幾乎沒有人照應，十字架給撞倒，墳墓被搜刮了；聖壇後面的聖像經過多少世紀的雨露而褪了色，並且潦草地畫滿了猥褻的塗汚。

門廊上放着一桶桶的鹽，一架拖拉機正在搖擺着朝它們開去，一輛貨車倒退到邊門去收集一些袋子。有一間教堂裏，機械工具運作聲充塞其間，另一間教堂則乾脆鎖起來寂然無聲。還有些則變成了俱樂部，宣傳集會召開（『我們會完成牛奶多產的目標！』）或是電影放映之處：「海的詩」，「偉大的探險」。

人們總是自私而且常常是罪惡的。但是安琪拉斯以前慣常敲打，回音浮盪在村莊、田野、樹林之上。它提醒人必須放下他不緊要的俗務，以一小時的思慮來思想永恆的生命。那當今之世只在流行歌曲裏爲我們留存下來的日暮的鐘聲，把人從禽獸的層面上提升上來。

我們的祖先把他們最好的都放進這些石頭和這些鐘樓裏了——他們全部的知識和他們全部的信念。

來吧！維提卡，振作起來，別再自憐了，電影六點鐘開演，舞會是八點：

一日之始

日出的時候，三十個年青人跑出到空地上；他們作扇形地展開，面對着太陽，開始彎下身，跪下去，鞠躬，臉貼地的躺下，伸出手臂，抬起手，然後又再跪落下地。這一切大概持續了半個鐘頭。

從遠處看來，你會以爲他們在祈禱。

在這種時代，如果人們每天耐性地保養他們的身體，留心自己的生活，沒有人會奇怪的。但是如果他們對他們的靈魂給予同樣的關心，他們會被恥笑。

不是的，這些人不是在祈禱。他們是在做他們的晨操。

我們永不會死亡

遠勝於一切的，我們對死亡和那些逝去的人產生懼怕之心。

如果一個家庭有人死亡，我們盡量避免寫信或拜訪，因爲我們不知道如何去談論死亡。認眞去提到墳墓都被認爲是可恥的。在工作的時候，再也不會說：「對不起，我星期天不能來，我必須去墳場看親戚。」何必去管那些不會請你吃飯的人呢？

什麼主意——把死人從一個城搬到另一個城？沒有人要借車子給你做這種事。而這年頭，如果你沒有什麼名堂，你就弄不到一輛喪車、一個喪儀隊——就只是乘輛貨車草草了事。

以前人們慣常在星期日到我們墳場來，在墳墓之間徘徊着，唱着美麗的讚美詩，散發着美味的燻香。它使得你內心安息，緩和了對那不可避免的死亡的痛苦的恐懼。它幾乎好像是死人從他們灰塚裏微笑：「沒關係的……不要怕。」

但是現在，如果墓地收拾了的，就有一個牌子：「墓地之主！保持整潔以免罰款！」而大多數的時候，他們只是用一輛剷土機把它們剷平，去造運動場和公園。

還有那些為他們祖國而死的人——這仍然可能發生在你我的身上。以前教堂挑出一天來追悼那些為國捐軀的人。英國在陣亡將士紀念日做同樣的事。所有的國家都奉獻一天紀念那些為我們大家而犧牲的人。

為我們俄國人而死的比任何其他人民都多，而我們却沒有這樣的一天。如果你停下來想想那些逝去的人，誰來建造新世界？在三次戰爭中我們喪失了那麼多丈夫，兒子和情人，然而去想念他們却會使我們厭惡。他們逝去了，埋葬在油漆的木標桿下——為什麼他們來干涉我們的生命呢？因為我們是永遠不會死亡的。

後記

劉安雲

我個人之所以喜歡蘇忍尼辛，是在他的現實主義作風以及他的極端素樸的文字。他的表現手法是傳統的，平舖直敍的，有時候顯得過於冗長緩慢，這種手法在他的長篇大部頭的著作中還並不顯得那麼過分，但是在短篇小說中，譬如在「爲了主義」那篇中穿插着細膩冗長的描寫，在整個短篇故事的結構來說，實在不能說是成功的。但是蘇忍尼辛作品中的力量却能透過這些瑕疵而仍然彰顯得出來，那是因爲他那根植在深深的俄國民族的寫實作風，他的一字一句都是從他對個人以及對俄國民族的存在體驗中得來。因此我們看到俄國從舊俄時代過渡到了共產主義的俄國，而俄國人呢？他們勤勞、忠誠、一無所求；貪慾無情、陰險殘暴一如歷史上任何一個時期的俄國人。舊地主、貴族、農奴是沒有了，取而代之的是那些活在新制度夾縫中的被剝奪了一切權利的俄國人，以及那些擁有特權的俄國人。這些就是蘇忍尼辛所把捉住的人性。也就是這些人性的光輝和醜惡，透過了蘇忍尼辛的現實筆觸，深深地把人震攝住了。也使我的腦海裏、心坎裏浮現出中國人民的形象，爲之輾轉反側起來。

我一向喜歡俄國文學，尤其喜歡俄國十九世紀文學，而蘇忍尼辛是毫無疑問地屬於這個大傳統的。因爲要翻譯，所以必須逐字逐句的細細推敲，使我有機會經歷一遍作者創作的歷程，這對於一向慣於略讀的我，是一個非常獨特的經驗。不過，可惜的是，我不是直接從俄文中翻譯過來，對於據說是熱中俄國鄉土口語的蘇忍尼辛的文字通過英譯本來翻譯成中文，所能表達其文字的美妙就很有限了，比方說在本書第二〇四頁中，在「克雷奇托夫卡火車站上的一件小事」的短篇裏，狄金軍曹「用伏爾加的方式」瞧着那芝麻大的小官，我把這 Volga-fashion 就只能這樣地直譯下來，是怎麼樣也不能滿意的。伏爾加是俄國境內一條河，也許伏爾加的方式是用伏爾加河的澎湃洶湧來寓指該軍曹狄金內心的情緒的激憤，但是英文本又沒有註，使我束手無策，而我又不敢望文生意，所以最後就只能直譯成「伏爾加的方式」了。所幸這樣的句子在本書中倒還不是很多，使得譯文整個的來說，尙能通順可讀。在全書中，「瑪德瑞安娜的屋子」是我譯得比較滿意的，也似乎比較能同作者的一氣呵成的氣勢相配合。「復活節的遊行行列」與「拉瓦河上的城市」這兩篇比較抽象的、寓意性、譏諷性強的文字，我用中文表達出來，讀起來只覺得意思非常晦澀，却又失去了原來文字中那種豐富的意象感與強烈的冷諷熱嘲的對比，這是我的失敗。

述先這次對於我翻譯這本書，除了精神上的鼓勵外，花了好多時間給我從頭到尾作了兩次逐字逐句的校對，並且還爲本書專門寫了一篇文章，對每篇短篇小說逐一作詳細的分析，現在刋在本書的前面作爲「導言」，是給讀者看蘇忍尼辛短篇小說的一篇絕好的指南。此外他的關於「第一層」的講演記錄也一並刋在本書，俾使讀者能分享他對蘇忍尼辛另一部巨著的深透的看法，在此謹向迺先致謝。同時應該聲明的是，「導言」曾在中央日報副刋六月十五到十七日一連三天刋載過，「附錄」的演講記錄則曾刋於香港「人物與思想」第六十六期，謹向該兩報刋誌謝。

附錄：偉大的傳統與偉大的作品

——從蘇忍尼辛的「第一層」說起

劉述先

我今天所以要談談蘇忍尼辛（Solzhenitszn）「第一層」（The First Circle），因爲我覺得這本偉大的作品，實在反映一偉大的傳統。它了不起的地方，是因它繼承俄國寫實主義的「大小說」傳統，把史太林時代集中營的生活很眞實地描繪出來。在這一方面，我覺得文學比哲學有較好的效果，因爲文學作品是透過人物和具體事象寫成。俄國小說以寫人身苦難及感受著名，俄國的社會和政治環境與中國相通的地方很多，五四後的中國是那麼多災多難，可惜我們中國文藝界中却尚未有一本偉大的文學作品，能把這個時代深刻地描述出來。此外，我特別敬佩像蘇忍尼辛那樣的知識份子，在當時蘇聯的政治環境是那樣的不自由，蘇忍尼辛却能夠不畏權勢站起來爲人民說話。這是盡到了一個眞正知識份子的責任。

The First Circle 直譯是「第一圈子」，書名源出但丁「神曲」地獄的第一層。「圈子」象徵集中營，「第一」則指受苦的程度最低而言。在蘇聯，許多囚犯關在不同的集中營內，有些是勞動的，做苦工的，待遇很差。「第一層」描繪一些特別的囚犯，他們都是科技專業人材，由於種種的政治原因而被關起來。在史太林的統治時代，蘇聯要利用這批專才去解決一些工業或科學上的困難，所以他們有較好的待遇，可以說，他們的物質享受與其他囚犯相比是最好的。但這些人却仍然是囚犯。

這小說的序幕是說一個蘇聯外交官在處理外交事務時，發現了一個秘密，那就是跟他家庭有密切關係的一個醫生（這醫生是從小看他長大的）將會陷入險境。原來那醫生答應別人要在訪問法國時，把一些看來平常的東西送給法國人，他却不知道他一旦這樣做，便會入獄。這個外交官心裏很矛盾，如果他警告那醫生，他自己可能招致危險，如果不告訴那醫生，又於心不忍。我們從這個地方看，作爲一個共產黨人，也有普通人一樣的人性。最後他決定告訴那醫生，警告他不要掉進這個陷阱，於是那外交官便跑到一公衆電話亭打電話給那醫生。他把那秘密告訴了醫生的家人後，電話線便給人截斷。

接下去，故事轉入另一個場合，初看上去好像與第一章完全不相干。主角是一羣高級知識分子。故事先寫一個語言學家，他與另一批德國的科學家關在一起。第二次世界大戰期中，他做過駐德的翻譯官，所以與德人有點友誼。他了解德人，也愛德國文化。他效忠蘇聯，也同情德國，因此他被關進牢裏。他相信共產黨這一套主義，並相信社會主義的最終目標。他雖身在牢中，却不並痛恨蘇聯的當權派。他覺得自己的不幸遭遇是由於現存共產主義制度下的漏洞所致，在一個革命的時代，輕微的錯誤是不可避免的。因此，他常常替社會主義辯護，他覺得社會主義下的一切是光明的，不能因個人的不幸，就說是社會主義目標錯誤。

一無所有　一無所懼

但在芸芸囚犯中，有很多不同的立場。有些人被抓進去後，只希望能利用自己的專長，來發明一些東西，用以交換一些更好的待遇，或減少一點勞動，更希望能提早被釋放。另外有一些人已經是絕望了，絕望到什麼事也不管，死亡與痛苦，對他們說，已不再是一種恐懼。他們並不覺得活着比死去好多少。他們對長官毫不畏懼。例如，有個科學家，當主管部長找他去說話時，他却大模大樣。部長還沒有叫他坐，他便一屁股坐下去，部長也莫名其妙，生氣地問：「我未叫你坐，你怎麼就坐下了？」他說，「我高興坐下去便坐下去。」部長問他：「知不知我是誰？」他說：「你了不起也只不過是個部長而已。」部長問他爲什麼敢這樣做，他說：「我本是個囚犯，囚犯便是囚犯。現在是你有事情求我，不是我來求你。」部長聽了也沒辦法。他對部長說：「你知道我爲什麼敢這個樣子，這是給你們當權派一個教訓，如果你把一個人所有的東西都剝光，這個人就什麼都無所謂。什麼都無所謂便是什麼都不怕。你要是不把我什麼東西都剝光，給我留下一點的話，我還有所顧忌，現在我什麼東西都弄光了。炸彈早已把我的家人帶走，現在我只有一身衣服，沒有任何東西使我懼怕。」作者事實上不只是寫這個監牢的事。他要寫共產國家體制下的人生和人性，特別是給權力扭曲的一面。

我們談過囚犯和部長，現在談到管囚犯的人，他們分兩類：一種是特務，另一種是在職的科學家，這些科學家不是囚犯，他們的工作是協助和監視那些囚犯達成任務。對於這些人，甚至大獨裁者本人，作者都有很深刻的了解，他把那社會中種種不同類型的人內心感受描寫得淋漓盡致。那些特務所關心的不是什麼科學研究。他們不懂也不管。他們管的是什麼呢？如果秘密給洩漏了，他管。政治犯鬧事情，他管。他一切只爲他這個制度而管，這是官僚政治的一面。其次，集中營有兩個主管，他們分別去實行兩個不同的計劃。他們需要發展一套仿話器，要用人造的聲音去模仿眞人說出來的聲音。其中一個頭子不是共產黨員；他曾經坐牢，後來被釋放，另一個頭子就看不起他。這兩人的上司就是那部長。他的權力很大，跟特務有關係，操生殺大權。你以爲他很得意，其實他不然，他的生死榮辱全操在史太林手裏。那部長要定期見史太林作報告，當報告時，那部長便會發抖。原因是史太林如覺得任何人的權力太大，他便會找一機會把他幹掉，你不會知道什麼時候史太林會把你幹掉。這種皇權思想和作風，我們中國的韓非子早就有所勾畫，你如要作皇帝的話，不能讓你的副手知道你的心意。因爲每個人都有弱點，一旦讓別人知道你的弱點，便會於你不利。

大獨裁者的神秘感

作爲一獨裁者，如有人可任他驅使，他必定喜歡這個人。你與史太林交往，在一方面你一定要表現得不太庸碌，不然史太林便覺得你無用；在另一方面，你也不能表現得太能幹，這可能引起史太林之妬忌。史太林愛作神秘莫測狀，他一進入自己的密室，除了他的近僕外，便什麼人也不見。他在那裏寫自己的著作，認爲它可以傳之萬世。他工作的時候，什麼人也不能騷擾他。他突然想到今天要接見部長。他對每個人做的事情都有詳細的檔案紀錄。蘇聯打進德國的時候，那部長私下收藏了一些德國擄來的戰利品，其實史太林是知道的，但他喜歡你這樣做，如你什麼也不要，只有理想，史太林會害怕你。如你貪污點的話，這人便沒有太大的野心。可是，當史太林想鬪那人時，他却可以用以前的貪污作爲罪狀。蘇忍尼辛對史太林有一大諷刺，他說史太林一生只相信一個人，這人便是希特拉，希特拉與史太林曾訂互不侵犯條約，史太林却相信希特拉不會打。到了後來，史太林不知爲何發生了對外界空間的恐懼。生活在蘇聯這樣的極權社會中，領導權和社會秩序的穩定所依靠的是恐懼。史太林那種殘酷統治，可能並不是他個人做成，這與那種以恐懼建立之制度也有關係。

故事發展到這裏就與第一章銜接了。那外交官把那情報告訴那醫生的家人後，他的聲音已經被記錄，雖然他是用僞裝的聲音說話。蘇聯的秘密警察已經展開了調查，史太林要求根據那聲音把那人找出來。另一方面，下令給那部長，要他在一年內完成計劃。那部長爲了討好史太林，也應許了在預定的時間內可以達成。於是那部長下令集中營的兩個科學部門聯合起來完成任務。預期的時候到了，那工作還毫無頭緒。現在營裏的很多科學家也擔心起來，他們知道，如果眞的弄不出來，整個集中營裏的人也要完蛋。但是有個人却自己秘密地研究，他希望如果自己眞的弄出來，便可立刻被釋放，還可能得到勳章。他只是相信自己個人，所以在社會主義的制度下，還是有這種人存在。

集中營內的囚犯是很難有機會見到家人的。一方面，當局是不希望多給他們見面的機會。而另一方面，囚犯的妻子也不希望別人知道她有一個在集中營裏的丈夫。原因是她們可能因此失去職業，而她的朋友也不會接近她。在蘇聯這種政治氣候下，找職業的首要條件——就是要「身家清白」，如果別人知道她的丈夫有政治問題，便當她患了大痲瘋一樣，不敢與她接近。而囚犯與親人接觸，徒然增加心理的負擔，沒有一點好處。自然而然越陷越孤立，終而至於唯一的眞實就是集中營內非人的生活。

尊嚴和羞恥感都沒有了

雖然在理論上，人的聲音是可以分化爲若干基本原素，而加以分辨，但一般科學家只是承認有這種可能性，而並不是一定成功的。因爲製造這種複雜的儀器，有很多技術上的困難，但史太林要求的是「一定」。但在科學上我們不能把「可能成功」說成「一定成功」。如果是這樣的話，我們便失去了知識眞誠。可是那些科學家爲了切身的利害，也只好說是「一定成功」。他們知道，就算說了老實話，上頭還是要他們完成任務。於是他們很籠統地把那聲音分析出來，秘密警察便到電話亭附近胡亂的找幾個人，最後他們到外交部裏找人。假如他們眞的找不到，就會有好些人遭殃，因爲在社會主義裏，犯罪是不可能不被發現的。外交部裏的人也擔心起來，如果秘密警察眞的來找人，很多人便會無辜受害。於是他們決定主動地把嫌疑的人交上去。因此那外交官和另一個人被送去集中營。

那外交官一向生活舒適，他有太太和兒女，根本沒有想到一般人的生活，更沒有想到牢裏的生活。他剛進牢裏便被檢查，但是不大仔細，結果給他帶了一些特別的東西進去。那外交官就想，社會主義的監牢也並不嚴密。可是，不久他便發現還要過不知多少關，最後終於全身被剝光，連名字也被號碼所取代。跟着他連續不斷被讕訊，問的是同一個問題，答案需要滿足他們的要求才被接納。在那時候，人的尊嚴和羞恥感都沒有了。

那故事是怎樣結束的呢？這裏提及到一個曾在莫斯科大學讀書的科學家，他不肯接受蘇聯當局委派他的所謂國家需要的任務，而被關進「第一層」裏。後來他又被認爲犯了事，終於被調去更下層的牢獄裏。

正確地看待傳統

「第一層」把史達林時代這一段歷史過程，透過最突出的典型，深刻的描繪出來。從前有人說過：「詩比歷史更眞」。在某一方面，小說比歷史更眞。如果詩和小說能把某些歷史的本質找到，而用一種抒情的方式表達出來，效果是十分好的。

這本小說充分繼承並發揚了俄羅斯的「大小說」傳統，托爾斯泰、陀斯妥也夫斯基的傳統，和詩的傳統。它同時也承受了西方文藝復與以來的文學傳統，作者在書中隨意引用但丁、哥德、莎士比亞，頭頭是道。這裏我們見到了傳統的可貴。如非同時繼承了西方和俄羅斯的雙重文學傳統，蘇忍尼辛是不可能寫出這樣偉大作品來的。

說到這裏，就不能不聯想到對於傳統的態度，我們現代中國不能再靠祖宗吃飯了。祖宗再了不起也只是祖宗的光榮。我們應採取的一種態度，是在亂捧傳統和亂反傳統之外的一種新態度。亂捧傳統卽是靠傳統吃飯，好像祖宗的光輝了不起。盲目的反傳統和捧傳統都有缺點。最近非洲有一個大人物到中國訪問，他的演講便出了毛病。他說你們的文化很偉大，他不知中共是極反傳統的。美國人在這方面比較聰明，可是當尼克森訪問中國時看到長城還不免說，你們如果沒有偉大的文明絕不可能有這些成就。我們祖宗了不起，但是我們不應沾了祖宗的光而感到了不起。不過，如果把傳統中的好東西打掉的話，這不單對傳統文化有損失，對現在也有損失，因爲傳統須經現代人的解釋，你對傳統的判斷就決定你對現在的判斷。反過來，現在有些中國人，在臺灣的、香港的、或大陸的，又懷着一種要不得的民族主義思想，那就是中國一切都是好的，外國是全要不得。如果我們知道自己的缺點，就應該承認，這才有改正和發展的餘地，這方面美國人的態度較好，有文化修養的美國人，一定說歐洲的、中國的傳統比他們深。他們有很多地方值得學習。美國有一個研究中國近代思想的學者，Joseph Levenson 其人才智很高。他對中國現代人的心態有一通盤的解釋，我雖不大贊成他的說法，但有一點是很有趣的，值得一提。他說因爲中國近百年來受到西方的侵略而感到羞辱，所以產生了一種 "Save the Chinese Ego" 的努力。共產黨的宣傳雖然是反傳統，他們爲了反對西方，就故意強調中國比資本主義的西方更前進。當他們與蘇聯鬧翻了，北京便宣傳毛澤東思想是馬列主義的最高水平，你看這不也是一種 "Save the Chinese Ego" 的變相嗎？當然我不是說 Levenson 的觀點很對，但我們要反省自己有沒有那種 Save the Chinese Ego 的意識在心裏作祟。

滄海叢刊已刊行書目(一)

書名	作者	類別
國父道德言論類輯	陳立夫	國父遺教
中國學術思想史論叢(一)(二)(三)(四)(五)(六)(七)(八)	錢穆	國學
現代中國學術論衡	錢穆	國學
兩漢經學今古文平議	錢穆	國學
朱子學提綱	錢穆	國學
先秦諸子繫年	錢穆	國學
先秦諸子論叢	唐端正	國學
先秦諸子論叢（續篇）	唐端正	國學
儒學傳統與文化創新	黃俊傑	國學
宋代理學三書隨劄	錢穆	國學
莊子纂箋	錢穆	國學
湖上閒思錄	錢穆	哲學
人生十論	錢穆	哲學
晚學盲言	錢穆	哲學
中國百位哲學家	黎建球	哲學
西洋百位哲學家	鄔昆如	哲學
現代存在思想家	項退結	哲學
比較哲學與文化(一)(二)	吳森	哲學
文化哲學講錄(一)(二)(三)(四)	鄔昆如	哲學
哲學淺論	張康譯	哲學
哲學十大問題	鄔昆如	哲學
哲學智慧的尋求	何秀煌	哲學
哲學的智慧與歷史的聰明	何秀煌	哲學
內心悅樂之源泉	吳經熊	哲學
從西方哲學到禪佛教—「哲學與宗教」一集—	傅偉勳	哲學
批判的繼承與創造的發展—「哲學與宗教」二集—	傅偉勳	哲學
愛的哲學	蘇昌美	哲學
是與非	張身華譯	哲學

滄海叢刊已刊行書目(二)

書名	作者	類別
語言哲學	劉福增	哲學
邏輯與設基法	劉福增	哲學
知識·邏輯·科學哲學	林正弘	哲學
中國管理哲學	曾仕强	哲學
老子的哲學	王邦雄	中國哲學
孔學漫談	余家菊	中國哲學
中庸誠的哲學	吳怡	中國哲學
哲學演講錄	吳怡	中國哲學
墨家的哲學方法	鐘友聯	中國哲學
韓非子的哲學	王邦雄	中國哲學
墨家哲學	蔡仁厚	中國哲學
知識、理性與生命	孫寶琛	中國哲學
逍遥的莊子	吳怡	中國哲學
中國哲學的生命和方法	吳怡	中國哲學
儒家與現代中國	韋政通	中國哲學
希臘哲學趣談	鄔昆如	西洋哲學
中世哲學趣談	鄔昆如	西洋哲學
近代哲學趣談	鄔昆如	西洋哲學
現代哲學趣談	鄔昆如	西洋哲學
現代哲學述評(一)	傅佩榮譯	西洋哲學
懷海德哲學	楊士毅	西洋哲學
思想的貧困	韋政通	思想
不以規矩不能成方圓	劉君燦	思想
佛學研究	周中一	佛學
佛學論著	周中一	佛學
現代佛學原理	鄭金德	佛學
禪話	周中一	佛學
天人之際	李杏邨	佛學
公案禪語	吳怡	佛學
佛教思想新論	楊惠南	佛學
禪學講話	芝峯法師譯	佛學
圓滿生命的實現(布施波羅蜜)	陳柏達	佛學
絕對與圓融	霍韜晦	佛學
佛學研究指南	關世謙譯	佛學
當代學人談佛教	楊惠南編	佛學

滄海叢刊已刊行書目(三)

書名	作者	類別
不疑不懼	王洪鈞	教育
文化與教育	錢穆	教育
教育叢談	上官業佑	教育
印度文化十八篇	糜文開	社會
中華文化十二講	錢穆	社會
清代科舉	劉兆璸	社會
世界局勢與中國文化	錢穆	社會
國家論	薩孟武譯	社會
紅樓夢與中國舊家庭	薩孟武	社會
社會學與中國研究	蔡文輝	社會
我國社會的變遷與發展	朱岑樓主編	社會
開放的多元社會	楊國樞	社會
社會、文化和知識份子	葉啓政	社會
臺灣與美國社會問題	蔡文輝 蕭新煌主編	社會
日本社會的結構	福武直著 王世雄譯	社會
三十年來我國人文及社會科學之回顧與展望		社會
財經文存	王作榮	經濟
財經時論	楊道淮	經濟
中國歷代政治得失	錢穆	政治
周禮的政治思想	周世輔 周文湘	政治
儒家政論衍義	薩孟武	政治
先秦政治思想史	梁啓超原著 賈馥茗標點	政治
當代中國與民主	周陽山	政治
中國現代軍事史	劉馥著 梅寅生譯	軍事
憲法論集	林紀東	法律
憲法論叢	鄭彥棻	法律
師友風義	鄭彥棻	歷史
黃帝	錢穆	歷史
歷史與人物	吳相湘	歷史
歷史與文化論叢	錢穆	歷史

滄海叢刊已刊行書目(四)

書名	作者	類別
歷史圈外	朱桂	歷史
中國人的故事	夏雨人	歷史
老臺灣	陳冠學	歷史
古史地理論叢	錢穆	歷史
秦漢史	錢穆	歷史
秦漢史論稿	刑義田	歷史
我這半生	毛振翔	歷史
三生有幸	吳相湘	傳記
弘一大師傳	陳慧劍	傳記
蘇曼殊大師新傳	劉心皇	傳記
當代佛門人物	陳慧劍	傳記
孤兒心影錄	張國柱	傳記
精忠岳飛傳	李安	傳記
八十憶雙親 師友雜憶 合刊	錢穆	傳記
困勉強狷八十年	陶百川	傳記
中國歷史精神	錢穆	史學
國史新論	錢穆	史學
與西方史家論中國史學	杜維運	史學
清代史學與史家	杜維運	史學
中國文字學	潘重規	語言
中國聲韻學	潘重規 陳紹棠	語言
文學與音律	謝雲飛	語言
還鄉夢的幻滅	賴景瑚	文學
葫蘆·再見	鄭明娳	文學
大地之歌	大地詩社	文學
青春	葉蟬貞	文學
比較文學的墾拓在臺灣	古添洪 陳慧樺 主編	文學
從比較神話到文學	古添洪 陳慧樺	文學
解構批評論集	廖炳惠	文學
牧場的情思	張媛媛	文學
萍踪憶語	賴景瑚	文學
讀書與生活	琦君	文學

滄海叢刊已刊行書目（五）

書名	作者	類別
中西文學關係研究	王潤華	文學
文開隨筆	糜文開	文學
知識之劍	陳鼎環	文學
野草詞	韋瀚章	文學
李韶歌詞集	李韶	文學
石頭的研究	戴天	文學
留不住的航渡	葉維廉	文學
三十年詩	葉維廉	文學
現代散文欣賞	鄭明娳	文學
現代文學評論	亞菁	文學
三十年代作家論	姜穆	文學
當代臺灣作家論	何欣	文學
藍天白雲集	梁容若	文學
見賢集	鄭彥棻	文學
思齊集	鄭彥棻	文學
寫作是藝術	張秀亞	文學
孟武自選文集	薩孟武	文學
小說創作論	羅盤	文學
細讀現代小說	張素貞	文學
往日旋律	幼柏	文學
城市筆記	巴斯	文學
歐羅巴的蘆笛	葉維廉	文學
一個中國的海	葉維廉	文學
山外有山	李英豪	文學
現實的探索	陳銘磻編	文學
金排附	鍾延豪	文學
放鷹	吳錦發	文學
黃巢殺人八百萬	宋澤萊	文學
燈下燈	蕭蕭	文學
陽關千唱	陳煌	文學
種籽	向陽	文學
泥土的香味	彭瑞金	文學
無緣廟	陳艷秋	文學
鄉事	林清玄	文學
余忠雄的春天	鍾鐵民	文學
吳煦斌小說集	吳煦斌	文學

滄海叢刊已刊行書目㈥

書名	作者	類別
卡薩爾斯之琴	葉石濤	文學
青囊夜燈	許振江	文學
我永遠年輕	唐文標	文學
分析文學	陳啓佑	文學
思想起	陌上塵	文學
心酸記	李喬	文學
離訣	林蒼鬱	文學
孤獨園	林蒼鬱	文學
托塔少年	林文欽編	文學
北美情逅	卜貴美	文學
女兵自傳	謝冰瑩	文學
抗戰日記	謝冰瑩	文學
我在日本	謝冰瑩	文學
給青年朋友的信(上)(下)	謝冰瑩	文學
冰瑩書柬	謝冰瑩	文學
孤寂中的廻響	洛夫	文學
火天使	趙衞民	文學
無塵的鏡子	張默	文學
大漢心聲	張起鈞	文學
回首叫雲飛起	羊令野	文學
康莊有待	向陽	文學
情愛與文學	周伯乃	文學
湍流偶拾	繆天華	文學
文學之旅	蕭傳文	文學
鼓瑟集	幼柏	文學
種子落地	葉海煙	文學
文學邊緣	周玉山	文學
大陸文藝新探	周玉山	文學
累盧聲氣集	姜超嶽	文學
實用文纂	姜超嶽	文學
林下生涯	姜超嶽	文學
材與不材之間	王邦雄	文學
人生小語㈠㈡	何秀煌	文學
兒童文學	葉詠琍	文學

滄海叢刊已刊行書目(七)

書名	作者	類別
印度文學歷代名著選(上)(下)	糜文開編譯	文學
寒山子研究	陳慧劍	文學
魯迅這個人	劉心皇	文學
孟學的現代意義	王支洪	文學
比較詩學	葉維廉	比較文學
結構主義與中國文學	周英雄	比較文學
主題學研究論文集	陳鵬翔主編	比較文學
中國小說比較研究	侯健	比較文學
現象學與文學批評	鄭樹森編	比較文學
記號詩學	古添洪	比較文學
中美文學因緣	鄭樹森編	比較文學
文學因緣	鄭樹森	比較文學
比較文學理論與實踐	張漢良	比較文學
韓非子析論	謝雲飛	中國文學
陶淵明評論	李辰冬	中國文學
中國文學論叢	錢穆	中國文學
文學新論	李辰冬	中國文學
離騷九歌九章淺釋	繆天華	中國文學
苕華詞與人間詞話述評	王宗樂	中國文學
杜甫作品繫年	李辰冬	中國文學
元曲六大家	應裕康 王忠林	中國文學
詩經研讀指導	裴普賢	中國文學
迦陵談詩二集	葉嘉瑩	中國文學
莊子及其文學	黃錦鋐	中國文學
歐陽修詩本義研究	裴普賢	中國文學
清真詞研究	王支洪	中國文學
宋儒風範	董金裕	中國文學
紅樓夢的文學價值	羅盤	中國文學
四說論叢	羅盤	中國文學
中國文學鑑賞舉隅	黃慶萱 許家鸞	中國文學
牛李黨爭與唐代文學	傅錫壬	中國文學
增訂江皋集	吳俊升	中國文學
浮士德研究	李辰冬譯	西洋文學
蘇忍尼辛選集	劉安雲譯	西洋文學

滄海叢刊已刊行書目(八)

書名	作者	類別
文學欣賞的靈魂	劉述先	西洋文學
西洋兒童文學史	葉詠琍	西洋文學
現代藝術哲學	孫旗譯	藝術
音樂人生	黃友棣	音樂
音樂與我	趙琴	音樂
音樂伴我遊	趙琴	音樂
爐邊閒話	李抱忱	音樂
琴臺碎語	黃友棣	音樂
音樂隨筆	趙琴	音樂
樂林蓽露	黃友棣	音樂
樂谷鳴泉	黃友棣	音樂
樂韻飄香	黃友棣	音樂
樂圃長春	黃友棣	音樂
色彩基礎	何耀宗	美術
水彩技巧與創作	劉其偉	美術
繪畫隨筆	陳景容	美術
素描的技法	陳景容	美術
人體工學與安全	劉其偉	美術
立體造形基本設計	張長傑	美術
工藝材料	李鈞棫	美術
石膏工藝	李鈞棫	美術
裝飾工藝	張長傑	美術
都市計劃概論	王紀鯤	建築
建築設計方法	陳政雄	建築
建築基本畫	陳榮美 楊麗黛	建築
建築鋼屋架結構設計	王萬雄	建築
中國的建築藝術	張紹載	建築
室內環境設計	李琬琬	建築
現代工藝概論	張長傑	雕刻
藤竹工	張長傑	雕刻
戲劇藝術之發展及其原理	趙如琳譯	戲劇
戲劇編寫法	方寸	戲劇
時代的經驗	汪琪 彭家發	新聞
大衆傳播的挑戰	石永貴	新聞
書法與心理	高尚仁	心理